여기서는
여기서만 가능한

여기서는
여기서만 가능한

이연숙
산문

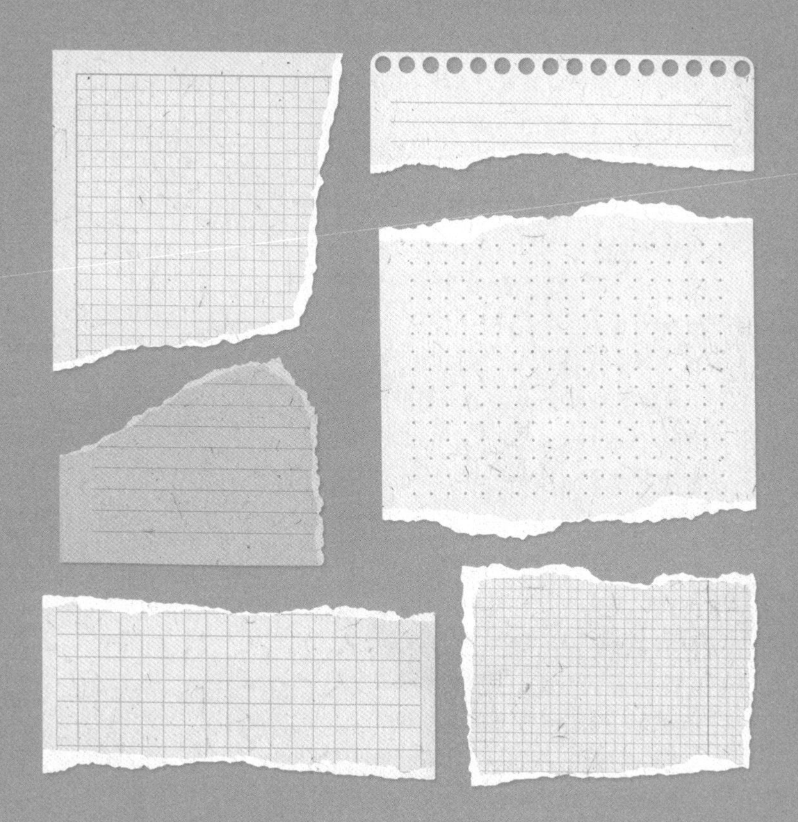

난다

차례

2016

2017

2018

2019

2020

2021

2016

토하지 않고 잤다

20160504

학원 일을 때려치웠다. 4월부터 계획하고 있었던 일인데 드디어 해냈고, 덕분에 주말이 생기자마자 김해로 도망갔다. 엄마가 보고 싶었다. 오후 일곱시쯤에 출발했는데 직통 KTX 표가 다 팔려서 중간에 내려 환승하고 어쩌고저쩌고 하고 나니깐 밤 열시가 다 된 시간이었다. 내가 올 때까지 엄마는 역에서 기다리고 있었다.

엄마 차는 프라이드라는 구형 기종이고 굴러다니는 것 자체가 너무 놀라워서 이것이 신의 축복이 아니라면 무엇이란 말일까 하는 의문이 든다. 만약 이 차를 중고로 판다면, 아니 팔 수나 있을까? 오히려 웃돈 받고 폐차되는 것이 나을 정도인데, 그런데도 엄마는 자신이 소유한 이 차를 무척 아낀다. 아마 엄마가 온전히 소유한 유일한 물건이라 그런 것 같다고 나는 생각한다. 간만에 탄 프라이드는 작년 9월에 마지막으로 탔을 때보다 상태가 더 심각해 보였는데 우선 조수석 안전벨트가 고장나서 좌석 시트 쪽에 고정이 안 되는 상태였다. 이런 난처한 상황에서도 엄마는 방법이 다 있다면서 자기 안전벨트랑 조수석 안전벨트를 교차시켜 운전수 시트석에 있는 고장나지 않은 클립에 꽂아 고정시켰다. 결과적으로 조수석과 운전석의 벨트가 하나의 고정 클립에 연결된 존나 이상한 모양이 되었는데, 그래서 엄마가 무슨 말을 하거나 덜컹거릴 때마다 진동이 고스란히 내 쪽으로 전달되었다. 그게 너무 우스꽝스러우면서도 슬펐는데, 왜냐면 얼마의 시간이 흐른다고 해도 조수석 안전벨트가 고쳐지는 일은 영원히 없을 것이라는 예감이 들었기 때문이다.

집에 도착하니 나의 그러한 예감이 틀리지 않을 것임을 예증하는 집이라는 것이, 그 누추하고 구질구질한 집이라는 것이 무너지지도 않고 용케 땅 위에 얹혀 있었다. '우리집', 이 단어를 떠올리면 초등학교 때까지, 그러니까 압류당해서 경매로 팔려가기 전까지의 그 집을, 지금은 아마 다 헐리고 없을 바로 그 장소에 서 있던 이층짜리 집을 생각하게 된다. 지금도 꿈속에서 집이 나올 때면 항상 그 집이 배경이 되는데 좋은 기억이라고는 하나도 없는 그 집이 꿈에 나올 때마다 해결될 수 없는 멜랑콜리함에 젖어서(아니 해결될 수 없으니깐 멜랑콜리겠지, 그게 멜랑콜리의 정의라고) 한동안이나 무척 우울해진다. 지금 이 글에서 '우리집'이라고 하는 공간은 사실 집이라고 하기도 뭐한, 말 그대로 약간 임시 거처 같은 공간인데 우선 방이 두 칸, 여기에 부엌과 한두 평 정도의 마루라는 공간으로 나누어져 있다. 화장실은 작은 방으로 통하는

문에 위치하고 있어서 작은 방을 경유하지 않으면 똥도 못 싸기 때문에 새벽에 깨서 화장실에 가기란 상당히 모험에 가까운 일이 된다. 엄마는 마루에서 나는 큰 방에서 막냇동생은 작은 방에서 자기 때문에 나는 마루에서 자는 엄마를 깨우거나 작은 방에서 자는 동생을 깨우거나 혹은 둘 다 깨우는 방식으로 화장실을 갈 수밖에 없다. 이 얼마나 무시무시하고 끔찍한 상황인지. 나는 집에 들어가자마자 숨이 턱 막히게 되는데 엄마는 항상 변명처럼 다음 달은 혹은 내년에는 정말 아파트로 이사를 할 거야, 하고 혼잣말을 한다. 나는 일부러 혼잣말을 듣는 둥 마는 둥 하면서 그래야지, 하는 식으로 말끝을 흐리는데 왜냐하면 언제나 그 희망은 엄마에게만 건강한 것이기 때문이다.

엄마는 내가 오기 며칠 전부터 뭐가 먹고 싶냐고 물어보곤 하는데 그날따라 도토리묵이 너무 먹고 싶어서 도토리묵을 해달라고 부탁했다. 그러자 마침 큰이모가 갖다준 도토리묵 가루가 있다고 했고 그걸로 묵을 만들어주겠다고 했다. 시판 도토리묵이 더 나을 것 같다는 말을 하려다가 참았다. 집에 도착하자 엄마가 만들어준 도토리묵이 있었고 몇 분 정도 부엌에서 복닥거리는 소리가 나더니 엄마는 금세 비빔국수와 오징어무침을 해왔다. 고춧가루 때문에 세 음식 모두 색깔이 비슷해 보였는데 놀랍게도 각자 맛이 다 달랐다. 엄마랑 막걸리를 마시면서 그것들을 먹었다. 엄마가 자기 이야기를 시작했다. 도토리묵에 물을 넣었더니 푸딩 같네, 그래도 맛이 있지, 막내는 너무 많이 먹지 말고, 니 속이 안 좋은데 매운 거 먹어도 되나, 며칠 전에 막내삼촌 미용실에 갔는데 웬일인지 자기가 직접 머리를 해주더라, 원래는 쳐다도 안 보던 사람인데 바뀌긴 했나보다. 엄마는 항상 서러움을 꾹꾹 씹어 삼키면서 말한다. 언제고 어느 때고 말을 하다가 울 것 같다. 그날도 엄마는 옛날 이야기를 하다가 울었다. 나는 결코 엄마의 외로움을 외면할 수 없다. 그렇지만 그것은 내가 보상해줄 수 있는 종류의 것이 아니다. 엄마를 볼 때면 그래서 무력해진다. 나는 엄마의 환상(또는 망상)을 공유할 수 없는 '딸'이기에 기꺼이 그녀를 방치하면서 그녀의 이해자인 척한다. 엄마는 이런 집에 사는 것이 너무나 부끄럽고 지겹다고 했다. 다른 사람에게 보여주기 치욕스럽다고 말했다. 최근에 사귄 친구가 자기와 '급'이 안 맞는다고 느끼는 것 같아 더 다가가고 싶지 않다고 했다. 이것은 엄마의 오랜 열등감이고 자존심이다. 내가 뭐라고 말해야 했을까? 나아질 거라고, 앞으로 더 좋아질 거라고 말했어야 했을 것이다. 물론 그렇게 하지 않았다.

그 이후로는 집에서 잠만 잤다. 부산에서 약속이 두 개나 있었지만 모두 파토냈고 내가 김해에 왔다는 것을 할아버지가 알고 있으므로 어떻게든 만나서 인사를 드려야 했지만 그렇게 하지 않았다. 적절한 감정들을 준비하는 데는 많은 시간이 소모된다. 최근에는 더욱 평이한 상태를 유지하고 있는 것이 힘들어졌다. 만약 그날 아침 내가 머리를 감았다면 아마 수월하게 부산에 갈 수 있었을 것이다. 그렇지만 나는 모든 예상되는 결과를 알고 있으면서도 머리를 감지 않았다. 머리를 감으면 다 좋아질 거라는 것을 알고 있었지만 그렇게 할 수가 없었다. 일단 몸을 일으켜서 씻어야 한다고 생각은 했다. 그런 장면을 머릿속에서 수없이 시뮬레이션했고 결국 포기했다. 나는 씻을 수 없는 사람입니다. 이제 어떻게 될지 알고 있고 그에 대해 책임질 준비가 된 성인입니다. 이런 식으로 삶이 천천히 망가진다. 망가진다는 것을 안다. 처음에는 이렇게 머리를 감지 못하거나 옷을 입지 못하는 일로 시작해서 살아가는 것에 흥미를 잃게 된다. 나는 분명히 내가 매듭짓지 못하고 벌여놓기만 한 일들, 시작도 하기 전에 포기한 일들에 대해 기억하고 있다. 언젠가 그것들을 모두 마무리지어야 한다는 것을 알고 있지만 단지 미루는 것이 아니라 방치하게 되면서 나는 나를 주워담는 것 역시 포기한다. 도처에 내가 굴러다니는 느낌이다. 그리고 그것들을 언젠가는 주워야 하겠지만 지금은 그럴 수 없다. 그래서 하루종일 누워 있었다. 물론 처먹기도 많이 처먹었다. 그러다가 졸리면 누웠다. 이틀 내내 한 일이라곤 약속을 다 펑크내고 할일을 하지 않고 존나 열 시간 넘게 잠만 잤다는 것뿐이다. (엄마랑 별 대화를 하지 않았다는 것을 상기하고 나니 또 눈물이 날 것 같다. 일요일에는 당장 집에서 도망치고 싶었는데도.)

다시 서울에 도착해서는 배가 고파져서 피자를 먹고 맥주를 마신 후 다 토하고 잤다. 이대로는 안 되겠다고 생각했다. 다음날 학교 보건소 정신과에 찾아갔다. 당연히 학교 보건소의 약국에는 아캄프로세이트가 없어서 주문할 테니 몇 시간 후 오라고 했다. 그사이에는 핸드폰을 잠깐 잃어버렸는데 분명 보건소에 두고 온 것 같아 셔틀을 타려다 말고 보건소로 가니 점심시간이라 문을 닫는다고 했다. 꼼짝없이 두시경은 돼야 문을 열 것이었다. 일단은 과외가 급하니 다시 학교에 오는 걸로 하고 서울대입구역으로 출발했다. 날씨가 궂었다. 비가 오는 만큼 바람도 많이 불었고 생리가 끝나지 않아 인생 그만두기에 딱인 날씨였다. 무슨 일이 생길 것 같다는 예감 때문인지 모르겠지만 과외 학생이 제시간에 나타나지 않았다. 불길한 예감에 남의 전화를 빌려 연락을 해보니 그만두고 싶다고 말했다. 초조한 상태에서 전화를 끊고 빨리 학교 돌아가 폰을 찾아 연락해야겠다는 생각을 했다. 읽을거리도 없이 한 시간 남짓 학교로 돌아오는 시간이 고문이었다. 폰은 H가 찾아둔 상태였다. 다행스러웠다. 과외학생과 원만하게 통화를 끝내고 보건소로 돌아가 약을 처방받았다. 기분이 상당히 나아져서 친구들이랑 라믹탈, 렉사프로, 아빌리파이 같은 약물에 대해 이야기했다. 수업을 끝내고 나서는 맛좋은 생맥주가 너무나 마시고 싶어 H, Q와 링고에 갔지만

문이 닫혀 있었다. 할 수 없이 우리집에 가서 한 시간 정도를 기다렸다. 이 조합으로 가능한 이야기는 항상 페미니즘 아니면 퀴어, 혹은 뒷담화여서 그런저런 이야기를 하며 시간을 때우다가 링고로 이동했다. 맥주가 끝내주게 맛있었다. 맥주를 먹고 동방으로 돌아가 해야 하는 일들을 처리했다. 다 끝났다고 느꼈을 때는 새벽 두시였고 나머지 두 시간은 번역을 하려 했지만 너무 하기 싫어서 굳이 지금 안 해도 되는 일을 하며 첫차까지 시간을 죽였다. 첫차를 타고 집에 도착하니 새벽 여섯시였다. 심한 배고픔이 몰려왔고 편의점에서 막걸리와 김치를 샀다. 집에 남아 있던 계란 두 개를 부쳐서 김치와 먹었다. 막걸리도 다 마셨다. 토하지 않고 잤다.

요 며칠간 일기를 쓰려다가 세 번 정도 실패했다

20160526

요 며칠간 일기를 쓰려다가 세 번 정도 실패했다. 토요일에는 리움을 가서 '아트 스펙트럼'을 봤다. 리움을 나와서는 대충 죽고 싶어졌다. 한강진역은 너무 깨끗했고 외국인이 존나 많이 살고 있는데 그걸 자연스러운 '척', 내게도 그것이 일상인 척 받아들이는 것이 힘이 들었다. 왜냐면 그것은 절대로 내 세계가 될 수 없기 때문에. 옥인 콜렉티브의 작업은 무력감으로 가득차 있었다. 그것이 나를 울적하게 만들었다. 할 수 있는 것이 없다고 생각했다. 그리고 나는 아무것도 되지 못하고 죽을 것이라고 생각했다. 최해리의 작업에서는 딜런 토마스의 시가 인용되고 있었다. And death shall have no dominion. 나는 요즘 아무거나 봐도 금방금방 운다.

네시 조금 넘어 합정에 도착해서 Y를 만났다. 볼터치를 귀엽게 했고 검은 모자를 썼는데 잘 어울렸다. Y가 가고 싶어했던 피자집이 있어서 거기로 갔는데 한번 가본 곳이라 특별한 기대는 없었다. 피자도 맛있었고 샐러드도 맛있었다. Y가 오키나와 갔다와서 샀다는 초콜릿을 받았다. 포장이 귀여웠다.

계산할 때는 돈이 한푼도 없어서 Y에게 빌렸다. 어디로 갈까 헤매다가 트위터에 올라왔던 귀여운 물건을 파는 가게에 들러보기로 했다. 두세 평쯤 되는 공간에서 장난감 같은 액세서리와 '소녀' 취향의 물건들을 팔고 있었다. 아무런 감흥이 없어서 빨리 집에 가고 싶었다. 홍대에는 인간들이 너무 많았다. 그러다 맛있는 디저트가 먹고 싶어져서 카페 히비라는 곳을 갔다. 하이볼을 마셨는데 실내 흡연이 가능하던 시절이 그리워서 미칠 것 같았다. 담배를 피우고 싶었는데 조금만 참으면 밖에 나갈 수 있다는 생각에 가만있었다. 카페를 나와서는 뭘 해야 할지 모르겠어서 돌아다녔다. 인간이 어딜 가도 많았다. 실없는 농담을 하다가 연남동 근처까지 갔다. 거기도 인간들이 너무 많았다. 빨리 집에 가고 싶어 조급해졌다. 집중하고 앉아서 글을 쓰거나 책을 읽고 싶다는 생각이 간절했다. 밖에 나온 것이 잘못이라는 생각이 들었다. 좀 여유가 있고 단단해져 있을 때 만나야만 했다. 헤어질 무렵에는 당분간 밖에 나와서 누군가를 만나는 것이 불가능할 거라고 확신했다. 내가 예민한 사람이라고 생각하지는 않는다. 그런데 어쩌면 그럴지도 모르겠다.

당장 뭐를 쓰든지 뭐를 읽어야 했다. 점점 불안해졌는데 지금을 놓치면 아무것도 쓸 수 없게 될 거라는 생각 때문이었다. 서울대입구역에서 내려 맥주 하나를 사서 학교로 가는 버스를 탔다. 버스 안에서는 내내 울기 직전의 상태였다. 아까 본 딜런 토마스의 시를 검색해서 좀 읽었다. 동방에 도착했는데 O가 있었다. 연습 때문에 존나 녹초가 되어 있었다. 노트북을 켜서 두세 줄을 쓰다가 지우고 쓰다가 지우고를 했다. 말이 안 되는 말만 나왔다. 안 되겠다 싶어서 읽던 책을 펼쳤는데 이상한 기분이 들었다. 그날 오전에 읽었던 페이지였다. 한글로 된 책을 읽으면 괜찮아질 것 같아서 니체를 폈는데 갑자기 눈물이 날 것 같았다. 그러다가 동방에 어떤 신입이 들어왔고, 시끄러워졌다. 동방에 온 지 한 시간 만에 집으로 갈 준비를 했다. 집에 오면서도 딜런 토마스를 읽었다. 뭐가 그렇게 슬픈지 계속 울었다. 쪽팔렸다. 집에 도착해서는 뭘 먹으면서 니체를 읽다가 몇몇 구절을 마리한테 보내주고 싶어졌다. 아마 『도덕의 계보학』에서 잔인함에 대해 말하는 구절이었던 것 같다. 마리한테 카톡을 보내고 트위터를 좀 하다가 문득 너무 많이 먹었다는 생각이 들었다. 화장실에 가서 다 토했다.

일요일은 과외가 있었다. 과외라기엔 좀 모자란 자리였는데 그냥 학생이랑 밥 먹기로 약속한 자리였기 때문이다. 일곱시에 잠실에서 만나기로 했고 시간이 좀 있었다. 오후에 깨자마자 도서관으로 갔다. 일요일에 도서관은 한시부터 다섯시까지만 운영해서 문 닫을 시간쯤에 퇴관해 동방에서 폰 충전을 하고 잠실로 출발하면 될 것 같았다. 기다리는 메일은 여전히 안 왔다. 찝찝했다. 도서관에 가면 읽어야 하는 책과 그에 관련한 다른 책들을 한 네 권쯤 골라놓는다. 보통 그렇게 하면 세 시간 정도 집중할 수 있지만 나중에는 힘들어지기 마련이라 읽지 못한 나머지 책들은 제목만 적어놓거나(이 경우, 보통 다시 찾아볼 수 없다. 읽을 것이 너무 많고 나는 멍청하기 때문에.) 서문과 결론만 읽고 서가에 꽂아 넣는다. 집에 가져가면 안 읽는 습성을 잘 알기에 대출은 안 한다. 돈이 많으면 좋겠다는 생각을 한다. 작업실이 있으면 좋겠다. 한두 평이라도 좋으니까 책을 들고 다니거나 노트북을 지고 다니지 않아도 되는 장소가 있으면 좋겠다. 다섯시쯤에 동방으로 가려고 도서관을 나서는데 갑자기 비가 존나 쏟아졌다. 비가 너무 많이 와서 누가 물을 막 들이붓는 것 같았다. 씨발 어떡하지 싶었는데 우산 살 돈이 없었기 때문이다. 그리고 집에 이미 우산이 너무 많았다. 도서관에 다시 가서 쓸 만한 우산이 있나 뒤적거렸다. 물에 젖지 않고 먼지가 쌓인 것으로 골라 쓰고 나왔다. 동방에서 사람들과 수다를 떨다가 잠실로 향했다. 버스 타고 가는 길이 지옥 같았다. 지하철을 탔는데 생선 비린내 같은 냄새가 났다. 역했다.

얼마 전에 카놀라유로 토스트를 구웠다가 친구들한테 놀림당했기 때문에 이왕 잠실에 온 김에 백화점에서 버터라는 것을 사보기로 했다. 잠실백화점 일층은 음식 냄새가 났고 비가 오는데도 불구하고 인간이 너무 많았다. 식품 매장에서 버터를 찾긴 찾았는데 정말 비쌌다. 그만한 가치를 투자

할 정도로 내가 가치 있는 사람인가 생각해봤는데 전혀 아니었다. 어차피 자주 해먹지도 않을 거고 그런 식으로 사치를 부리고 싶은 날은 밖에서 팬케이크 같은 것을 사먹으면 되지 않을까? 버터 사는 것을 포기하고 학생과 밥을 먹었다. 냉라면을 시켰는데 정말 맛이 없었다. 학생과 헤어지고 난 후 서울대입구에서 열한시쯤 룸메이트랑 〈곡성〉을 보기로 했다. 밖은 비가 여전히 왔고, 카페나 집에 들를 힘은 없었다. 서울대입구에서 내리자마자 있는 봉구비어에 들어갔다. 한 분이냐고 물어서 그렇다고 했더니 1인석으로 안내해줬다. 옆 좌석의 어떤 여자도 맥주를 시켜놓고 노트북으로 뭔가를 열심히 하고 있었다. 스미노프 아이스를 마시면서 한 시간 정도 책을 읽고 있는데 룸메가 도착했다. 둘 다 한 시간 정도 책을 더 읽다가 예매를 하러 올라갔다. 인간이 존나 많아서 어이가 없었다(일요일인데 그리고 심야인데 인간이 이렇게 많은 게 존나 어이없음). 〈곡성〉이 아니 그렇게 대단하냐고? 아침부터 새벽까지 222번은 틀어주잖아. 다른 영화를 하나도 볼 수가 없다고. 어차피 〈곡성〉만 하니깐 말이야. 하여간 영화를 기다리고 있는데 간만에 S를 만났다. 여전히 예뻤다. 할말이 없었다. 학원 그만두니깐 살 만하냐고 하길래 그렇다고 했다. 영화가 시작되었는데 중간에 네 번 정도 나가고 싶어졌다. 어떤 부분은 웃겼지만 어떤 부분은 심하게 지루했다. 만약 이 영화가 한 시간 반짜리였다면 신나게 웃다가 나왔을 것이다.

진료비는 십만칠천 원이 나왔다

20160525

발진이 시작된 것은 약 일주일 전의 일이다.

어느 날 아침에 깼는데 온몸이 빨개져 있었다. 처음엔 이것들이 목에서부터 시작된 거라고 생각했다. 열꽃 같은 것이 군데군데 퍼져 있었다. 허벅지를 만져보니 꼭 닭 껍질 같았다. 마치 뾰족한 가시에 찔린 것처럼 붉은 점이 팔뚝 전체를 뒤덮고 있었고 통증은 없지만 따가웠다. 가렵기도 했다. 웃옷을 들춰보니 목에서부터 시작된 발진이 유선을 따라 밀집되어 있었다. 가능성들이 떠올랐다. ①내가 싸구려 악세사리를 하고 다녀서 쇠독이 오른 것인가. 아니면 ②어제 갔던 디브이디방의 위생이 후져서 진드기가 옮은 것인가. 그것도 아니면 ③최근 새로 산 단면도로 자해를 했는데 소독이 잘되지 않아서 파상풍에 걸린 것인가. 맨날 자해하면서 건강을 챙긴다는 것이 비웃기지만 하여튼 무서워서 바로 병원에 갔다.

병원에서는 내가 먹고 있는 약(라믹탈)의 탓일 가능성이 크다고 했다. 일단 그걸 먹지 말고 내일 상태를 보고 병원을 다시 오라고 했다. 오늘 제대로 처방을 해주기는 힘들다고도 했다. 정신과 의사와 조율이 필요할 수도 있는데 무작정 스테로이드같이 강한 약을 줄 수는 없다고 했다. 그날은 하루 종일 피부가 따가웠다. lamotrigine rash를 구글에서 검색했다. 대체로 내가 겪고 있는 상황과 유사했다. 고열 때문에 형체도 없이 문드러진 피부 사진도 있었다. 라믹탈의 부작용이 발진이라는 것은 알고 있었다. 라믹탈로 약을 바꾼 첫날, Q와 이야기했던 기억이 났다. 자기는 가끔 빨간 점이 보이기도 하는데 심한 정도는 아니라고. 그때 그 말을 들으면서 이렇게 생각했다. 나는 어떤 것에도 알러지가 없으니 아마 아무 일도 없을 거라고. 사실이었다. 일주일간의 적응기 동안 내 몸에는 어떤 이상도 없었다. 처방해주던 선생님이 그랬다. 일주일 이내로 부작용이 나타나지 않으면 약이 맞는 거라고, 물론 발진이 이후에 나타날 수도 있지만 증량을 조심스럽게 하면 그런 일은 없을 것이고, 혹여나 있다고 해도 일이 퍼센트의 사람에게 해당하는 말이니까 걱정할 필요가 없다고. 대부분의 부작용이 그렇다. 내가 그 소수의 일이 퍼센트에 해당하면 어떡하냐고 되물을 필요가 없었다.

다음날은 상태가 더 심해져서 얼굴이 팅팅 부었다. 육안으로도 상태가 심각해 보였다. 깨자마자 밥을 먹고 응급실에 갔다. 역시 라믹탈 때문일 가능성이 크다고 했고, 정신과 의사와 진료를 봐야겠다고 했다. 조급해져서 물었다. 비싸면 어떡해요? 막 십만 원씩 나오는 거 아니에요? 그렇게 물으니 피부과 의사는 웃으면서 아니 그렇게 비싸겐 안 나와요, 라고 대답했다(이것은 복선임). 큰 병원이지만 응급실이 붐벼서 간이의자에 앉아 정신과 의사와 상담을 했다. 약을 바꿔야겠는데 아빌리파이도 안 맞았다고 하니 난처한 표정이었다. 우울증 약은 대부분 살이 찌는데(식사량과 상관없다) 아빌리파이와 라믹탈이 개중엔 체중 증량의 부작용이 제일 적은 약이라고 했다. 다른 약은 어쩔 수가 없다고. 피검사를 하고 그나마 덜 찌는 종류로 찾아보자고 하길래 그러자고 했다. 피검사를 하면서 항히스타민 링거를 맞았다. 발진이 좀 가라앉는 것 같았다. 한 서너 시간은 병원에 있었던 것 같다. 결과적으로 데파코트라는 약을 받아왔고 항히스타민과 스테로이드, 안정제 등등을 포함해 일곱 가지의 약을 받아왔다. 진료비는 십만칠천 원이 나왔다.

데파코트를 먹고 아주 생생한 꿈을 꿨다. 마치 어제 있었던 일같이 느껴졌다. 데파코트의 부작용 중 하나다. 다음날도 병원에 갔고 상태는 그렇게 호전되지 않았다. 약을 계속 먹어야 하고 발진이 가라앉기까지 바를 연고를 받아왔다. 그간 먹은 라믹탈이 체내에서 모두 빠져나갈 때까지 발진이 있을 수밖에 없다는 설명을 들었다. 얼굴이 울긋불긋해 군이

볼터치를 하지 않아도 되겠다고 생각했다. 그러면서도 살이 찌면 어떡하지? 하고 계속 걱정했다. 잠들면 또 그런 꿈을 꿀까봐 무서워졌다. 항히스타민과 스테로이드 때문인지 데파코트 때문인지 서 있기만 해도 졸렸다. 아무것도 할 수가 없어서 잠만 잤다. 무기력했고 기운이 없었다. 잠을 자고 깨고 또 잠을 자고 깨고 반복하다보니 주말이 다 지나가 있었다. 뭐라도 해야겠다고 생각했다. 중도에 가서 빌리려고 했던 책을 빌리고, 바지 수선을 하고, 뒷머리도 밀고, 가방도 빨고 신발도 빨았다. 오후쯤 되니 정신이 서서히 말짱해지기 시작했는데 놀랍게도 내가 해놓은 모든 일들에 대한 기억을 몽땅 잃은 채였다. 마치 꿈에서 벌인 일 같았다. 며칠간 병원을 들락거리고 '생활'이라는 것을 했던 흔적이 남아 있지만(약봉지와 설거지거리 등등) 내가 했다는 생각이 들지 않았다. 약을 더 먹기가 싫었다. 저녁에는 디브이디방에 가서 〈카사블랑카〉를 봤다. 〈카사블랑카〉에 대해 움베르토 에코가 쓴 글을 읽은 적이 있는데 글이 훨씬 재밌다고 느꼈다. 잉그리드 버그만의 클로즈업이 나올 때만 포커스가 흐릿해졌다.

엄마는 내가 본 최초의 우는 사람이었다

20160730

엄마 얘기다.

얼마 전 엄마와의 카톡 대화를 블로그에 올렸다. 그 대화는 엄마가 처음 내게 자신의 그림을 보여준 날부터 시작한다. 5월 언제였다. 마지막 그림은 몇 주 전. 엄마가 죽거나 한 것은 아니니 걱정 말길. 엄마가 그림을 그리기 시작한 것은 공장을 그만두면서부터였다. 손목 통증이 공장을 그만두게 한 이유였다. 일을 그만두니 심심했던지 낙서를 하기 시작했다. 그러면서 그림이 그리고 싶다고 했다. '꽃' 그림을 그리고 싶다고. 내가 열여덟 살의 이연숙이었다면, 아니 스무 살의 이연숙이었다면 화를 냈을 것이다. 별다른 이유는 없다. 당시의 나는 '여자'가 '꽃' 그림을 그리면 치를 떨면서 싫어하는 종류의 페미니스트였다. 그것도 '엄마'가 '장식'화를 그린다니. 아마 수치스러워했을 것이다. 미술사 책을 가지고 와서 엄마를 무려 '계몽'하려고 했을지도 모르겠다. 어쨌든 당시 이연숙이 그랬다는 이야기다. 그렇지만 스물일곱

살의 이연숙은 강사 경력이 사 년이 넘었고, 그보다 계몽을 때려치웠다. 일 년에 한 번 보는 엄마가 꽃을 그리고 싶다고 하길래, 응 그래 가르쳐줄게, 그냥 그랬다. 일단 드로잉부터 하고 있으라고 했다. 서울에 가면 이것저것 부쳐주겠노라고 장담했다. 나는 약속을 지켰다. 당시엔 몇 푼이나마 돈이 있었기 때문에 엄마에게 십여만 원 어치의 물감과 캔버스를 사다가 보내줬다. 엄마는 정말 재능이 있었다. 그게 날 더 안타깝게 했다. 그 그림들을 보고 있노라면 어떨 때는 기분이 정말 좋지 않았다.

엄마에게 그림을 그려보는 게 어떻냐고 권한 것은 나였다. 일 년에 몇 번씩 집에 내려가면 그때마다 엄마는 울면서 자신의 어릴 적 이야기를 했다. 이야기를 요약하자면 대충 이렇다. 엄마는 술만 먹으면 개가 되지만 제정신에는 꽤 가족을 아끼는 외할아버지와 몸이 약했던 외할머니 밑에서 태어났다. 집안 사정이 넉넉하지 않아 여섯 명 중 한 명이 일 년간 친척집에서 살아야 했는데, 말이 일 년이지 사실상 얼마나 떨어져 살아야 할지 몰랐던 상황이었다. 그런데 엄마가 거기에 당첨되고 만 것이다. 엄마는 그때 열 살도 채 되지 않았는데 친척집에서 노예처럼 부려지다시피 했다고 한다. 매일매일 울었다고 한다. (그때 대청마루에서 혼자 울면서 '흐드러진' 작약꽃밭을 봤다고 하는데, 그게 그렇게 이뻤다고 했다.) 그러고서 일 년 후 결국 집에 돌아갔는데, 외할머니와 외할아버지의 얼굴을 보는 순간 너무 '어색했다'고 했다. 엄마, 아빠하고 불러야 하는데 말문이 막혀 목소리가 나오지 않았단다. 하여튼 엄마는 식구들 모두에게 화가 나 있었다고 했다. 왜 하필 자기를 보냈는지 모르겠다고. 엄마의 분노는 상당한 수준에 달해서 차마 세세하게 적을 수는 없으나 엄마의 과격한 물리적 공격에 당한 이모들의 흉터가 아직까지 선명한 수준이다. 요컨대 지금은 돌아가신 둘째 이모의 손등에는 엄마가 연필로 찍어버린 흉터 자국이 남아 있다. (이유는 알 수 없지만 그 이야기를 듣고 왜 내가 엄마 딸인지 알 것 같다고 생각했다.) 당시 외할머니는 투병중이었고 결국 몇 년 후 돌아가셨다. 외할머니는 그 과정에서 딸과 아들을 향한 메시지를 카세트테이프에 녹음했는데 '양아(엄마의 아명이다), 못되게 살지 마라'는 말을 남기셨다고 한다. (그 테이프는 큰이모가 '죽은 사람 목소리는 재수없다'는 이유로 태워버렸다.) 엄마는 외할머니가 돌아가실 때까지도 너무 미워서, 자기를 혼자 거기로 보낸 게 너무 미워서 쳐다보지도 않았다고 했다.

이런 이야기를 하면서 엄마는 정신없이 운다. 줄줄 운다. 엄마는 자기 엄마가 보고 싶어서 울고, 열 살짜리 자기가 너무 불쌍해서 운다. 우는 엄마는 예순이 다 되어가는 중년 여자가 아니라 열 살짜리 양이 같다. 나는 우는 사람을 어떻게 달래야 하는지, 어떻게 해야 눈물을 그치게 하는지 잘 모른다. 엄마는 내가 본 최초의 우는 사람이었다. 나는 이 사람 앞에서는 항상 무너지지 않아야 한다고 생각한다. 비척거리면서 잔뜩 부은 얼굴로 무엇이 그렇게 미안한지, 연신 미안하다고 하면서 울음을 터트리는 사람의 쏟아내는 그 감정을 받아들이기 버거웠다. 얼어붙은 얼굴로 아무 말 하지 않기. 여전히 나는 아무 말도 할 수 없다. 쏟아지는 감정 앞에서 말문이 막힌다.

아빠가 중환자실로 옮겨졌다

20160812

아빠가 죽었으면 좋겠다고 하루에도 몇 번씩 생각하긴 했지만, 정말로 이런 방식은 아니었다. 아빠는 며칠 전부터 열사병으로 병원에 입원해 있는 상태다. 나 역시 더위에 유독 취약한 사람이라 아빠가 쓰러졌다고 해도 놀라지는 않았다. 쓰러지기 일보 직전인 상태로 돌아다니는 순간이 많았으니까. 그렇지만 엄마에게 아빠가 입원 도중 뇌졸중 증세가 발견되어 중환자실로 옮겨졌고 의식이 없다는 소식을 오늘 오전에 전달받았을 때는 솔직히 말해, 충격적이었다. 처음에는 병원비가 걱정됐다. 그다음에는 우스워졌다가 또 그다음에는 힘이 빠졌다. 아무 생각을 할 수가 없어서 입을 벌리고 있으려니 정말로 침이 뚝뚝 흘러나왔다. 얼마 안 있어서 나의 무력감에 대한 몇 가지 가설을 세우기 시작했다. ①아빠가 죽으면 나는 유일한 증인을 상실할지도 모른다. 내게 일어났던 사건의 공모자, 나의 유일한 공모자를 상실할지도 모른다. 당신과 내게 있었던 바로 그 일을 이제 누가 증언해줄까? 이제 누구와 나는 영원히 갈등해야 할까? ②아빠가 죽으면 엄마의 경제적 여건들은 누가 보장해주지? 내게 기댈 수 없을 텐데 엄마는 레즈비언도 아니고, 다른 남자랑 살아야 하나? 다시 공장에 다녀야 하나? ③내가 진짜로 아빠의 죽음에 영향을 받아버리면 어떡하지? 균형을 못 잡고 진짜로 미쳐버리면 어떻게 하지? 누군가의 죽음이 나한테 진짜로 영향을 미친다는 것을 확인하면 그다음에는 어떻게 살아가지?

결론적으로 말하면 아빠는 아직 죽지 않았고, 죽더라도 이 주 후에나 죽을 것 같다. 나는 내일 김해로 내려가 아빠의 상태를 확인해야 하는 상황에 놓여 있다. 오늘 하루종일 이 모든 상태가 지연되지 않고 차라리 순식간에 끝장나버리기를 바랐다. 무엇도 내가 컨트롤 할 수 없는 상황에서 처분만 기다리는 시간은 정말로 끔찍스럽다. 나는 내가 정말로는 그를 죽일 수 없다는 것, 그래서 그의 피로하고 아픈 얼굴을 본다면 결국 눈물을 쏟아낼 것이라는 사실을 참아낼 수 없다. 나는 그를 저주할 권리가 있다. 그를 죽일 권리가 있다. 그를 고문하고, 그의 손목을 자르고, 그의 눈알을 찌르고, 그를 거세하고, 그를 수십 번 난도질할 수 있는, 적어도 그런 음모를 꾸밀 수 있는 권리가 있다. 그런데도 나는 그가 죽어가는 소식을 들으면서 모든 것이 다 내 탓인 것만 같은 착각에 빠진다. 내가 그를 죽으라고 사주한 탓이라 느낀다. 나는 내게 일어나는 모든 비극이 이러한 이유 때문이라 느낀다. 속죄하기. 수치 없이 살기. 그런데 어떻게 가능하지? 아빠 없이 어떻게 내가 수치 없이 살지? 아니 왜 그렇게 살아야 하지? 그 사람을 위해서가 아니라면?

아무것도 아니고 싶지 않다

20160822

일상적인 곤궁에 대해 쓰는 일. 아무 소용이 없다. 아무 소용이 없다고 생각하면서도 쓴다.

8월에는 사람들을 용서하자. 더워서 사람들이 이유 없이 미워진다. 그러자 마리가 나도 누군가에게 죄를 지었을 것이라고 대답했다. 그런 식으로 생각해본 적이 없어서 가만히 놀랐다. 왜냐하면 8월에 누군가를 용서한다고 해도 나는 나를 용서하면 안 된다고 결심했기 때문이다. 그런데도 내가 누군가에게 죄인이 될 수 없다고 생각했다. 상상력 부족. 더위를 단단히 먹었다. 8월에는 그 사람들이 나를 부디 용서했기를 바란다.

그간 있었던 일에 대해 차분하게 써내려가는 일은 어렵지 않을 것 같다. 속이 깊은 사람들에게 두어 번 정도 술에 잔뜩 취해서 내 이야기를 했다. 그 사람들에게 말을 던지고 나면 아주 한참이나 있다가 대답이 메아리처럼 돌아온다. 나는 그게 편하다. 공명하듯 위로해주는 부드러운 진동. 대답들은 언제나 나를 과민증 환자로 만든다. 미치게 만든다. 정신이 나가버릴 것 같다. 내 말이 내동댕이쳐지는 소리가 너무 커서 온몸이 따끔거릴 정도다. 그러면서도 이 배은망덕한 대답들은 또 나를 기다리고 나를 조르고 졸라 진탕 진을 빠지게 만들어서 결국에는 죽이려고 드는 것 같다. 숨이 막힌다. 하루종일 온 신경이 곤두서 있다. 그들이 대답을 고르느라 눈동자를 굴리는 소리가 너무 큰 바람에 귀마개를 하고 다녀야 할 지경이다. 지쳤다. 중학교 때로 돌아간 기분이다. 가슴께에 돌덩이들이 틀어박혀서 빠질 생각을 안 한다. 선 채로 줄담배를 피우다보면 그대로 그 자리에 우뚝 박혀버릴 것 같다. 나는 아무것도 아닌 사람입니다, 를 하루에 열 번 정도 말한다. 그런데 물론 그러고 싶지 않다. 아무것도 아니고 싶지 않다.

아빠는 아프고 상태가 좋지 않으며 아빠가 일하던 곳에서는 그가 일어나기 전까지 그의 돈을 줄 수 없다고 했단다. 아빠의 보험은 역시 상태가 좋지가 않고 병원비는 계속해서 쌓이고 있으며 엄마는 일을 하지 않고 있고 체력이 나빠 간병인을 써야만 한다. 엄마는 정규직으로 일하고 있는 동생에게 대출을 요청한 상태고 나에게 휴학을 종용했으나 거절했다. 기타 등등의 말할 필요도 없는 매일매일 오가는 자질구레한 문자와 전화와 카톡들이 있다. 땡볕에 서 있지 않더라도 그것들을 보고 있으면 비슷한 기분이 든다. 끝나지 않을 것 같은 기분. 어쨌든 더워서 생각은 자주 멈춘다. 보고만 있어도 숨은 멈추고, 줄담배를 피우는 것 외에는 할 수 있는 일이 없다. 다음달 생각은 안 하기로 한다. 주변 사람들을 미워하지 않기. 미워했다면 용서하기. 8월의 할일은 이것만으로도 너무 벅차서 도무지 다른 일을 할 수가 없다.

내가 죽으라고 저주해서 아빠가 지금 죽어가는 것 아닐까?

자격에 대해 생각한다. 뭔가를 누릴 자격. 밥을 먹을 자격. 술을 마실 자격. 뭔가를 향유할 자격. 쓸 자격. 볼 자격. 읽을 자격.

고통을 피할 수 있는 자격. 참아야 한다고 생각했다. 모든 것을 참아야 한다. 이 일을 이렇게 만든 것은 나의 죄고 나는 이것을 견뎌야 한다고 생각했다.

죄책감은 피학적인 쾌감을 동반한다. 죄 자체가 아니라 살을 발라내면서 육신을 단죄한다. 이것은 사형집행인의 도덕이다. 원죄가 육화되었을 뿐 종교와 다른 점이라고는 하나도 없다. 노예처럼 이를 갈면서 복수를 생각한다. 어떻게 죽여야 했을까? 아직도 '내가 죽일 수 없게' 그 사람이 자기 혼자 죽어가는 것에 분노하고 있다. 그러면서도 정말로 아빠가 죽어버릴까봐 두려워한다. 좋지 않은 소식들이 자꾸만 들려오고 나는 또 자격에 대해 생각한다.

이 저주가 나의 유일한 종교라는 진실을 깨닫는 데는 그리 오랜 시간이 걸리지 않는다.

기반이 취약해져서 결국 망가지는 상상을 한다. 상상을 자주 하는 이유는 언제나 대비해야 하기 때문이다. 컨트롤 할 수 없는 상황들이 무섭다.

이러다가 정말로 정신이 나가버리면 어떡하지?

뇌의 가소성은 우리가 팔을 잃거나 다리를 잃어도, 혹은 시력이나 청각이 손상되어도 다른 기능들로 우리의 결손을 대체할 수 있도록 해준다. 막다른 길에 도달하면 새로운 길을 내는 것처럼 통째로 새로운 체계를 만드는 대신 샛길을 뚫어주는 것이다. 뇌는 적응을 잘한다. 물리적인 손상뿐만 아니라 정서적이거나 심리적인 상황에도 마찬가지다. 내가 고착적으로 생각하는 방식대로 뇌는 샛길을 얼마든지 파준다. 우울증 환자들이 자신의 우울에 집착하면 할수록 상황이 악화되는 것은 이런 이유 때문이다. 일반적으로 성인이 된 이후로 우리가 사고하거나 의식하는 방식—세계를 이해하는 틀거리라고 할 수 있는 사고방식들이 바뀌지 않는다고 믿지만, 신경가소성의 뛰어난 성형력과 순응력으로 우리는 우리가 믿는 것보다 더 빨리 바뀐다. 선천적인 결함이나 후천적인 손상, 우리의 경험이나 삶을 구성하고 있는 '신비한' 의식들은 결국 어떤 의미에서는 의지적인 차원에서 극복 가능한 문제일지도 모른다. 『시크릿』 같은 말을 하려는 것은 아니고. 내 말은, 결국 내가 하고 싶은 말은, 난 정말 정신이 나가버릴 수도 있다는 거다. 그렇게 하려고 마음을 먹기만 한다면.

그러지 않으려 최선을 다할 예정이다. 왜냐하면 정말 그러기 싫기 때문이다.

추해지지 말자. 하루에도 일억 번씩 생각한다. 하루에 일억 번씩이나 추해지지 말자는 생각을 하다보면 사람이 추해진다.

술이 덜 깼다.

돈을 벌어야 한다. 좋다. 집세를 내야 한다. 이것도 좋다. 죽지 말자. 좋다. 비록 계좌를 차압당했지만 아무래도 좋다. 어쨌든 살 수 있는 부분이다. 8월을 죽이지 않기.

9월이 오고 있다. 무한정 오지 않기를 바라고 있지만 어쨌든 인간이 달력이라는 것을 발명한 이후로 우리는 이 숫자들 때문에 초조해지게 된다. 가는 데는 순서가 없지만, 지금 누가 나를 죽이지 않는 이상에야 남은 숫자를 세면서 이빨로 손톱을 물어뜯는 수밖에. 9월도 미워하지 말자. 장담할 수는 없다.

사람은 미워하되 죄는 미워하지 말자.

그것도 고발처럼 보이기도 한다

20160921

미셸 코스Michele Causse라는 래디컬 레즈비언 이론가가 일흔네번째 자신의 생일선물로 선택한 것은 존엄사다. 자격증이 있는 호스피스가 펜토바르비탈을 약국에서 구입한 후 그녀의 집에 방문한다. 그녀의 마지막을 함께할 친구들도 그녀의 집에 초대되었다. 마지막 말은 준비되어 있지 않다. 푸코를 인용하면서 그녀는 "할말이 없어요"라고 한다. 그러다가 생각난 듯 "고마워요! 고마워요!"라고 말한다. "음악이 중요하죠. 음악이 있으면 삶이 끝난 게 아니에요." 그녀는 혼자서 음악을 듣는다. "음악보다 위대한 것은 아무것도 없어요." (나는 그녀의 도취된 표정 때문에 오히려 두려움을 읽고 싶은 욕망이 생긴다.)

곧 호스피스는 부엌에서 펜토바르비탈을 두어 번 나누어 마실 수 있는 분량으로 제조해 침실로 가져온다. 침실에서는 신중한 서약이 이루어진다. "당신의 이름이 미셸 코스가 맞습니까?" "네. 맞습니다. 그리고 나는 싱글이에요." "그걸 물은 것은 아닌데요!" 두 사람은 깔깔거리고 웃는다. (왜 그녀가 하필 여기서 '싱글'인 점을 말해야만 했을까? 만약 그녀가 혼자가 아니었다면? 그녀는 다른 선택을 했을까? 그리고 그녀가 래디컬 레즈비언 이론을 주창했음에도 불구하고 그녀가 혼자라는 사실이, 세상 사람들이 보기에는 아무래도 상관없는 일이라고 해도, 그녀의 영혼과 육체가 그것을 정당화하기에는 너무 힘겨웠던 것 아닐까? 나는 왜 이런 이야기를 해야만 할까? 자신의 죽음을 다큐멘터리로 담기로 한 것은 그녀다. 이미 카메라는 돌아가고 있고, 돌이킬 수 없는—사실은 선고에 가까운—죽음의 상황에서, 그녀가 터트리듯이 '나는 싱글이에요'를 고백해야만 하는 상황에 대해서 생각하자면, 감히 함부로 말할 수는 없지만, 내게 그것은 외로움이나 두려움의 고발처럼 보이기도 한다.)

서약은 계속된다. "이 약을 먹으면 당신은 죽습니다. 동의합니까?" "예. 내 마지막 소원이에요." "그럼, 세이 굿바이." "세이 굿바이." 약을 단숨에 들이킨 그녀는 연거푸 약이 너무나 쓰다며, 끔찍해!를 연발한다. 약을 먹은 후 몇 분 안에 잠에 빠진다는 호스피스의 말을 듣고, 그녀는 친구 중 한 명을 부른다. 친구는 그녀의 얼굴을 어루만지고, 두 사람은 사랑과 연민의 대화를 속삭인다. 그녀는 초콜릿을 계속해서 먹는다. 그녀가 어느 시점부터 졸려요, 너무나 졸려요, 하고 눈을 껌뻑이자 호스피스가 그녀의 손가락에서 초콜릿 조각을 빼낸다. 벨벳처럼 부드러운 목소리로 귓가에 대고 속삭인다. 당신은 지금 구름 위에 있어요. 눈을 감아요. 쉬… 눈을 감아요. 그녀의 눈꺼풀은 떨리더니, 제대로 감기지 못하고 흰자위를 가느다랗게 드러내며 계속해서 경련한다. 호스피스는 계속해서 속삭인다. 편안해 보이는 표정인가? 전혀 모르겠다. 어쨌든 화면은 갑자기 페이드아웃된다. 우리는 그 순간 깨닫는다. 지금 본 것은 하나의 죽음이라고.

견뎌야 한다는 진실만은 명백하다

20160929

한 얼굴을 오래 쳐다보고 있는 것은 고통스러운 감정을 불러일으키는데 그것은 그 사람의 얼굴에서 마침내 나를 발견하기 때문이다. 발견은 언제나 절단의 경험을 동반한다. 불가해해야 할 타인이라는 존재는 어떤 계기로 초라하고 시시한 껍데기로 전락한다. 얼굴의 동물적인 면, 야만적인 장면들은 갑자기 고쳐 써야 할 비문처럼 내 앞에 들이밀어진다. 나는 당혹스러워지는데 이 얼굴에 대해 아는 바가 하나도 없음에도 이미 뭔가를 판단하고 있었다는 사실을 깨닫기 때문이다. 얼굴이 언어의 안으로 비집고 들어오기 시작한다. 그렇지 않다. 방안의 낯선 자처럼 그렇게 태연하게 언어는 우리를 기다리고 있었다. 판단은 언제나 유예되어 있었을 뿐이다. 하나의 얼굴에서 우리가 볼 수 있는 것은 단지 하나의 인간일 뿐이어야만 한다. 그럼에도 불구하고 비열하고 뻔뻔한, 우글거리는 말들의 소굴의 나락으로 우리는 추락한다. 우리가 볼 수 있는 것은 아무것도 없다. 우리는 얼굴을 보지 못한다. 우리는 눈을 감고 타인의 귓바퀴, 여드름 자국, 턱살이 접혀 들어간 사이로 은밀히 기어올라 그들의 비밀을 훔치기를 원한다. 아무것도 모를 이 순진한 얼굴을 살해하기를 원한다. 내가 이 얼굴을 심문하고 있는 동안 이 얼굴은 나에 대해서 아무것도 몰라야만 한다. 그러나 그게 어떻게 가능할 것인가? 내 얼굴을 내가 볼 수 없다는 사실로 나는 안절부절못하고 무질서한 감각에 사로잡히고 만다. 공기 중에 나의 비밀이 누출되고 있다는 편집증적인 착각에 빠져 서둘러 혼자가 되지 않으면 안 된다고 느낀다. 어떻게 그 단순한 진실을 잊을 수 있을까? 내 눈앞에 들이닥친 이 얼굴은 글자도 아니고 물컹거리는 살덩어리도 아니다. 내가 타인에게 폭력적일 수 있는 만큼 나도 그에게 종속된다. 얼굴끼리 맞댄다는 것은 무지막지한 폭력에 서로를 제물로 내어주는 엄청난 호혜를 베푸는 행위나 다름없다. 쳐다보고 있기. 그리고 판단하기. 나로서는 이 판단을 멈출 방법이 없다. 인간을 인간으로 대우하는 방법을 모르겠다. 그러나 견뎌야 한다는 진실만은 명백하다. 타인 역시 내 얼굴을 견디고 있기 때문이다. 얼굴을 내놓고 다님으로써 인간들은 각자를 견디고 산다. 죽이지 않고 잘 견딘다. 그럴 수 있으려면 얼굴은 비참할 정도로 계속해서 읽혀져야만 한다. 우리를 이끌고 내동댕이치는 단 하나의 매개가 언어이기 때문이다.

언니의 손에는 있다

20161010

언니의 손은 렘브란트적인 경건함이 있다. 정말로 그렇다. 언제든 그림자가 떨어질 준비를 하고 있는 큰 각이 진 손. 의도하지 않아도 포즈를 취하고 있는 듯한 조형적으로 완벽한 손. 나는 언니의 손을 감상하면서 경탄하지 않을 수 없다. 그 손이 움직이면서 뭔가를 한다는 사실이 마치 회화가 살아 움직이는 것만 같은 경이로움을 불러일으킨다. 그런데 내가 이 손에 대해 차마 말할 수 없다고 생각했던 것은 렘브란트가 유대인과 장애인을 자신의 그토록 진지하고 웅장한 작업들의 모델로서 사용했던 것과 마찬가지로 언니의 손에서 수치로서 여겨지는 부분이 존재하기 때문이다.

언니의 손에는 있다. 그것을 들여다보는 사람으로 하여금 시선을 재빨리 돌리게끔 만드는 분명한 결함이 있다. 그것은 당혹스러움이기도 하고, 죄책감이기도 하다. 내가 어떻게 사랑하는 사람의 손, 이토록 완벽한 손에게서 눈을 돌릴 수가 있을까? 그러나 또한 사실로서 그 손은 말한다. 자, 봐, 나는 너와 달라. 이 손은 완벽하지 않고, 이 손은 비정상적이야.

이렇게 너를 불편하게 만드는 이 손을 봐. 나는 당당하게 뭐가 어떠냐며 하나도 이상하지 않다고 웃으면서 말하고 있었지만 사실과는 달랐다. 나는 무서웠다. 내가 거짓말을 하는 것이 들킬까봐 무서웠다. 언니는 언니의 손을 수치스러워하고 있었고 나는 언니를 안심시켜주고 싶었다. 그렇게 할 수 없는 것이 진실이라고 해도, 기만하고 싶었다.

오랜 시간이 지나서 나는 이제야 언니의 손이 '이상하다'고 입 밖으로 내뱉을 수 있게 되었다. 렘브란트의 회화가 너무나 진지한 나머지 '평생을 연구할 가치가 있다'고 이야기한 프루스트처럼 언니의 손을 생각하면 항상 나는 죄책감과 동시에 스릴을 느낀다. 언니의 손은 이상하다. 어떤 단면은 너무나 수직적이고 건축적으로 느껴지는 반면, 또 어떤 단면은 너무나 왜곡되어 기형적으로 느껴진다. 이상하다. 분명히 이상하다. 이런 손을 가진 사람은 어떤 사람일까? 당연히 나를 항상 놀라게 하는 사람이다. 이런 사람은 나를 항상 놀라게 한다. 아직도 나는 언니에게 적응할 수 없다. 내게 완전히 속하지 않는다고 느낀다. 나는 이 사람을 알겠다가도 전혀 모르겠다. 잡았다 싶으면 놓칠 것 같아 불안하다. 코끝이 아려오고 나는 곧 울 것 같다.

우리는 어떤 책의 표지에 매료되기도 하고, 그 책의 단 한 문장에 매료되기도 한다. 어떤 계기로든 나는 단 한순간에 알아볼 수 있다. 사랑에 빠질 수 있는지, 아닌지. 그러나 표지를 펼친 후에도 단숨에 한 권을 읽은 후에도 여전히 갈증을 느끼게 되는 것, 내가 읽은 책이 뭔지 도무지 모르겠다고 느끼는 것, 그래서 계속해서 같은 책을 읽게 되는 것, 이런 경험들을 도무지 설명할 수 없다. 당연하지만 언니는 책이 아니고, 그래서 이 경험을 스스로 설명하는 데 애를 먹는다. 어떻게 사람을 이렇게 '여길 수' 있을까? 한 사람이 어찌 이렇게 불가해한 대상이 될 수 있을까? 우리는 사람을 사로잡을 수 없기에 이미지를 사로잡으려 애쓰고, 문자를 해석하려 애쓴다. 그림을 시로 썼다가 다시 시를 그림으로 뒤집었다가 하면서 우리가 얼마나 몸 앞에서 무너지는 존재인지를 확인한다. 언니의 손가락 앞에서 나는 말을 멎는다. 뭉툭하고 잘려나간 단면들은 우리가 무엇을 읽어내려고 애써왔는지 그러한 국면들을 일깨워줄 따름이다. 언니의 손을 대체할 수 있는 것은 아무것도 없다. 도무지 어떤 문장도, 단어도, 작품도 그것을 대체할 수는 없다.

안 죽으려고 짜장면을 먹었다

20161022

어제는 인천에 갔다왔다. 퀴어방송의 지원금을 받기 위해서 인천아트플랫폼에서 뭘 함(이렇게만 써도 알아듣겠지?). 결과 발표는 화요일에 난다.

피티 시간이 오 분이었는데 다른 지원자들 발표를 제대로 못 들어서 너무나 민망했고, 꼭 그렇게 느낄 필요는 없었지만 내 행동이 무례한 일이라고 생각했다.

요즘 이런 식으로 공중에 자신을 전시하면서 제대로 자기관리를 못한다고 생각하는 일들이 늘어난다. 미대 수업시간만 해도 그렇다. 너무 자주 졸고, 남의 발표를 제대로 안 들으며 수업을 빠진다. 그것이 어른스럽지 못하기에, 그래서 미성숙함을 여전히 누출시키고 있다는 것 때문에 화가 나는 것이 아니다. 그런 것들이 소위 예술가적 태도라고 생각하지도 않는다. 화가 나는 이유는 요컨대 이런 것들 때문이다: 미대 수업에서 졸면 태도 점수가 깎이고, 졸업을 못하게 된다. 남들이 발표할 때 집중을 안 하고 자꾸 왔다리 갔다리 하면 심사위원들이 날 좋지 않게 생각할 것이고, 어떻게든 평가

점수에 반영된다. 이런 것들은 스스로의 기회를 박탈하는 거다. 어떤 기회냐면 정말 실질적인 기회. 조금만 신경쓰면 놓치지 않아도 되는 기회들.

하지만 어쩔 수가 없었던 것도 사실이다. 그것도 다른 이유가 아니라 경제적이거나 정신적이거나 하여간 그게 다른 사람이 아니라 나이기에 필연적으로 발생하는 그런 사건들. 그런 건 통제가 안 된다. 내가 졸업을 못하고 있는 것도 지금처럼 사소한 계기들 때문이고, 농담처럼 하는 말이지만 '원래 성소수자들은 졸업을 제때 하는 법이 없다'는 말이 한편으론 뼈저린 사실이기도 하듯이 내가 이런 상태로 존재하는 이상 벌어질 일인 거다.

어제 다른 사람들의 발표에 도무지 집중할 수 없었던 것에도 당연하지만 여러 이유가 있었다. 월말까지 해결해야 하는 것과는 별개인 다른 마감에 쫓기고 있었고(Y님이 마감을 하루를 줘서 당시 마감 여섯 시간 정도가 남은 아주 촉박한 일정이었음), 너무 놀랍게도 3차 창작준비금에 떨어졌다는 통보를 바로 그 장소, 거기서 받았기 때문이다. 진짜 황당했고 이건 어떻게 해야 할지 전혀 감도 안 잡혔다.

물론 난 포기(또는 체념)가 비교적 빠른 편이지만 그래도 한두 시간은 좀 멍했다. 사람이니까 그래도 된다. 언니랑 그런 문자를 했다. 진짜로 기약 없는 돈은 기대는 거 아니다. 우리 그렇게 살지 말자. 눈먼 돈은 기다리는 거 아니다. 그렇게는 절대 안 산다. 그리고 사람은, 죽으라는 법은 정말로 없다. (그래도 어제는 진짜 누가 나 죽이려고 이러나? 싶긴 했다.)

그래서 안 죽으려고 짜장면을 먹었다. H가 신승반점이랑 공화춘을 추천해줬는데 심하게 길을 헤매다가 결국 신승반점을 갔다. 간짜장을 먹었는데 오이랑 달걀을 올려줘서 맘에 들었다. 맛은 그냥저냥 뭐 간짜장 맛이었다. 그 와중에 아빠가 또 죽는다고 연락이 왔다. 이제 곧 인간과 우주 시험도 쳐야 하는데 화학 공식 외워야 하고 내 나이가 일흔인데 도대체 어떻게 살아야 할지 몰라서 남은 짜장면을 꾸역꾸역 목구멍으로 밀어넣고 서울로 왔다.

아빠의 얼굴을 찍었다

20161026

엄마에게 연락이 온 것은 오전 아홉시 반 무렵이었다. 지금 아산병원에 와 있다고 했다. 아빠의 상태가 위급하기 때문에 간 조직검사를 해봐야 한다는 짧은 내용의 문자에 할 수 있는 답장은 "ㅇㅇ"가 전부였다. 달리 할 수 있는 말도 없었다. 게다가 아빠의 상태가 '위급'한 것이 한두 번도 아니었다. 며칠 전 엄마가 '아빠가 너무 보고 싶다는데 내려올 수 있어?'라고 물어봤을 때도 내 대답은 '아니'였다. 그래서 엄마가 아산에 있다는 걸 알고 있었지만 구태여 찾아갈 생각은 하지 않았다. 아무런 죄책감 없이 그렇게 할 수 있었다. 오늘 한 일이라곤 오후 다섯시 무렵 문자로 '좀 어떻냐'고 떠밀리듯 물은 것뿐이다. 엄마의 답장은 구구절절했지만 어쨌든 '상태가 급격하게 나빠졌다'는 얘기였다. 엄마는 과장을 잘하는 사람이고, 엄마에 의하면 아빠는 언제나 상태가 급격하게 나쁜 사람이다. 난 별생각이 없었고, 답장을 하지 않았다.

저녁 무렵 엄마에게 전화가 걸려왔다. 엄마가 지금 와줄 수 있냐고 울면서 물었을 때 나는 엄마가 아빠를 아산병원에

데리고 온 것이 어떤 의미로든 치사하다고 생각했다. 대체 무슨 수로 거절을 한단 말인가? 신림동에서 아산병원까지는 어떻게 해도 한 시간이 걸린다. 어떤 핑계를 대도(가던 길에 차에 치어 죽지 않는 한은) 거절할 수가 없다. 나는 엄마가 무슨 생각으로 아산까지 왔는지 궁금해졌다. 어떤 상태길래 아산까지 올 수밖에 없었는지 눈으로 확인하지 않으면 이 드라마가 끝나지 않을 것 같았다. "죽기 직전이야?" 묻자 엄마는 "그런 것 같애" 대답했다. 잠실까지 어떻게 갔는지 기억이 안 난다. 지하철 창문으로 내 얼굴을 계속 봤는데 생각보다 목이 엄청 길다는 생각을 했다. 중환자실 면회는 여덟시부터 여덟시 반이다. JTBC에서 중요한 문건을 발표한다고 한 게 여덟시였는데 그건 실시간으로 못 보겠군, 그런 생각을 했다.

엄마는 아산병원 서문에서 기다리고 있었다. 엄마는 항상 내 기억보다 작아져 있다. 면회시간을 기다리기까지 무슨 대화를 했는지 전혀 기억이 안 난다. 아침에 도착했고, 어쩌다가 여기를 오게 되었는지, 아빠가 병원으로 이송되는 와중에 더 악화되었다는 이야기를 했다. 나는 묻고 싶은 것이 하나도 없었다. 병원은 무지막지하게 컸고, 인간들이 많았다. 중환자실 보호자 대기실에서는 마치 1호선 첫차를 타는 사람들에게서나 맡을 수 있는 그런 냄새가 났다. 대기실에서 밤을 새러 짐을 싸온 사람들이 많았다. 엄마 짐은 단출했다. 어디서 잘 거냐고 묻자 일단 오늘밤은 여기서 잔다고 했다. 여덟시가 가까워오자 중환자실 입장을 위한 보호자 명찰을 나눠줬다. 나는 그걸 목에 걸었다. 지켜야 할 규정은 달리 없었다. 소독을 해줄 것, 면회시간을 철저히 지켜줄 것. 중환자실 문이 열리자 소독약 냄새가 진동했다. 엄마는 내과로 나를 안내했다.

침대를 둘러봤다. 아빠를 찾기 위해서였다. 실패했다. 비슷한 형체의 인간들이 아무 말을 못하고 거죽을 떨고 있었다. 개별적으로 본래 어떤 이름들, 본래 어떤 얼굴들이었다는 사실을 잊어버릴 것 같았다. 내가 '가족'이 없는 침대의 환자에게 눈길을 주며 의미 없는 추측을 하는 동안 엄마가 아빠를 찾아냈다. 침대에 누워 있는 아빠는 완전히 시체 같았다. 기계적으로 심장 주변이 부풀어올랐다가 가라앉았는데 그 모습이 마치 죽은 개구리에게 숨을 불어넣는 것 같았다. 썩은 나무 표면 같은 피부는 차마 만질 수도 없었다. 제 말이 들리시면 눈을 감아보세요, 라는 의사의 말에 아빠는 눈을 감았다. 엄마는 여보, 연숙이 왔어, 연숙이 보고 싶다고 했잖아, 하며 아빠의 얼굴을 쓰다듬었다. 나는 다가가서 아빠, 연숙이 왔어요, 보고 싶었어요, 하면서 엄마랑 똑같이 얼굴을 쓰다듬었다. 아빠는 눈을 떴다가 감았다가 했다. 그가 할 수 있는 의사 표현은 그게 전부다.

아빠의 얼굴을 보는 순간 이걸 감당할 수 없을 것이라고 생각했다. 동시에 어떤 방식으로든 이 얼굴을 남겨야 한다고 생각했다. 면회 시간이 십오 분 정도 지나자 아빠는 잠이 들었고, 엄마는 또 울기 시작했다. 사진을 찍어도 되겠냐고 엄마에게 묻자 엄마는 별말이 없었다. 나는 아빠의 얼굴을 찍었다. 그게 역겨운 행위라는 걸 알고 있었지만 그렇게 할 수밖에 없었다. 왜 그렇게 해야 했는지는 모르겠다. 그걸 언젠가는 그리거나 감당하거나 폐기할 수 있다고 생각했다. 그 행위가 내게 가장 죄책감을 준다는 것, 그 사진을 가지고 있다는 것 자체가 죽어가는 아빠에게 할 수 있는 가장 부끄럽고 치욕적인 행위라는 사실을 알고 있기 때문에 그렇게 할 수밖에 없었다. 만약 아빠가 의식이 있었다면 차마 그렇게 할 수 없었을 것이다. "사진은 찍지 마세요." 담당의는 내가 하는 짓을 뻔히 보고 있다가 말했다. "그러면 보호자분 마음에 안 좋아요. 나중에." 사진은 곧바로 메일함으로 전송했다. 어쨌든 아빠의 얼굴을 지금 감당할 수는 없다. 평생 그런 날은 안 올지도 모른다.

아홉시 무렵에는 동생이 도착했다. 동생은 아빠를 짧게 면회했다. 우린 별말이 없었다. 엄마 잠자리는 중환자실 대기실 바닥에 간이 매트리스와 돗자리로 마련되었다. 엄마는 앞으로 얼마나 많이 기약 없는 밤을 이곳에서 지내야 할까? 두렵고 미안해서 아무것도 물을 수 없었다. 해결해야 할 많은 일들이 있고 빨리 해내야만 한다. 그렇지 못하면 죽는 수밖에 없다. 이렇게 많은 죄를 뒤로하고 망가질 수는 없다고 생각했다. 엄마는 빨리 가라고 등을 떠밀었다. 반은 자의로, 반은 엄마 탓으로 병원을 나섰다. 어쨌든 논문을 완성하고 퀴어방송 계좌를 어떻게 할지 생각하고 지원금에 대해서 생각하고 금요일까지 해야 할 일들이 너무 많다. 스위치를 꺼야 한다. 일요일까지는 드로잉을 적어도 몇 개는 해야 한다. 스위치를 끄지 않으면 죽을지도 모른다. 아빠가 내일 죽는다고 해도, 지금 당장 죽는다고 해도 정신을 차려야 한다. 망가지지 않으려면 그래야 한다. 동생과 헤어지고 지하철을 타러 갔다. 무심결에 머리카락을 쓸어넘기다가 익숙한 냄새가 코에 훅 하고 들어온다. 아빠를 쓰다듬었던 왼손에서 아빠 냄새가 났다. 메스꺼운 토기가 올라왔다.

뜨거운 물이 하는 일

20161111

며칠 전 난방비를 드디어 냈다. 몇 개월이나 미루던 일이다. 별 이유가 있어서 미뤘던 건 아니다. 뜨거운 물로 샤워를 하는 일이 우선순위가 아니었을 뿐이다. 미납된 난방비를 룸메이트와 나눠서 낸다고 해도 꽤 목돈이고, 그 돈이면 일주일간 맥주나 커피를 별 걱정하지 않고 소비할 수 있는 돈이다. 왜 그런 즐거움을 포기하겠는가? 어림도 없는 소리다. 온종일 존재를 노출당한 것만으로 폭격을 당했다고 느끼는 취약한 영혼에게 맥주 한 캔은 그의 위장을 일시적으로나마 축축하게 적셔준다. 그것이 위로가 아니라면 뭐가 위로인지 모르겠다. 그에 비하면 차가운 물로 하는 샤워는 견딜 만했다. 견딜 만하다는 거지, 즐겼다는 의미는 아니다. 알몸으로 차가운 물을 맞으려면 크나큰 용기가 필요하다. 어떤 날은 '샤워'를 하기 위해 몇 시간이나 스스로를 격려해야만 했던 적도 있다. 연숙아! 힘내. 연숙아! 할 수 있어. 포기하지 마.

10월 중순에 차가운 물로 샤워하기. 그것은 샤워가 아니라 육체적인 고통에 가깝다. 우선 옷을 벗는 것이 고통스럽다.

집안의 외풍이 그대로 스며들어와 옷을 벗자마자 체온을 빼앗기는 것을 피부로 느끼게 된다. 최악은 앞으로 상황이 더욱 악화되리라는 것을 알고 있다는 것이다. 샤워기를 틀자마자 작은 조약돌에 초당 이백 번쯤 맞는 기분이 든다. 기분이 아니라 실제로 맞았을지도 모른다. 눈을 감고 있었기 때문이다. 얼마나 오래 버틸 수 있을까? 물을 맞는 시간은 길지 않다. 사실대로 말하자면 나는 샤워가 끝나기를 애원했다. 샤워가 인간의 형상을 하고 있었다면 발바닥이라도 핥았을 것이다. 다행스럽게도 나는 원한다면 언제든지 샤워기에서 바늘같이 차가운 물줄기가 몸을 찔러대는 것을 멈출 수 있었다. 나는 스스로를 고문하는 취미 따위는 없다. 그것이 의미가 없다는 것을 알기 때문이다.

샤워가 끝나면 할 수 있는 말이 그리 많지 않다. 드글거리는 얼굴들, 표정들이 스쳐지나간다. 침묵이 비밀이 되는 순간들. 아무런 용서를 바랄 수 없는 가로막힌 장면들. 꾹 다문 입술 같은 것들이 떠오른다. 미안하다는 말은 아무런 소용이 없다. 과거에 용서를 덧대는 일은 누구에게도 진짜 위로가 될 수 없다. 그저 각자의 죄를 껴안고, 영원히 소화불량인 채로 살아갈 수밖에 없다. 머릿속에서 많은 사람들이 죽는다. 그중에는 나도 있다. 나는 항상 지하철이나 버스 안에서 구걸을 하고 있다. 어쩌면 모레 죽을 수도 있다. 내일 다리가 부러지거나 교통사고가 날 수도 있다. 불구가 되는 상상. 여기서 더 나빠질 수도 있다. 차가운 물로 샤워를 하는 일은 아무것도 아니다. 나는 아무것도 아니기 때문이다. 항복한 채로 지껄이는 것에 익숙해져야 한다. 무력함을 가까스로 인정하기 위해서가 아니다. 마지막까지 내게 남는 것이 무엇이 될지 정말로 알고 싶기 때문이다.

차가운 물로 샤워를 마치면 아무 옷을 주워 입고 침대에 누워 침묵에 잠기기를 기다린다. 죽고 싶지는 않았을 것이다. 시간을 씹어 삼킬 다른 시간들이 필요했다고 느꼈을 뿐이다. 고백하자면 이런 시간들이 정말 고통스러웠기에 나는 일주일에 많아야 세 번, 적으면 두 번만 샤워를 할 수 있었다. 육신이 더러우니 그만큼 정신적으로 온전치 못한 사람이 된 것 같았다. 경제적인 무능력이 계속해서 내 외부로 폭로되고 있는 것 같아 두려웠다. 나의 가난함이 통제를 벗어나고 있었다. 내가 노숙인이 될지도 모르고, 그리고 그렇게 된다고 해도 잃을 것이 하나도 없는 상태인데도 불구하고, 아니었던 것이다. 나는 심지어 두려워하고 있었다. 생활의 궁핍함이 내 육신으로 옮아오고 있는 것이. 그러한 육신의 초라함이 이렇게나 빨리 나의 영혼을 갉아먹는다는 것이.

난방비를 내게 된 까닭은 겨울이 무례할 정도로 일찍 찾아왔기 때문이다. 어찌나 무례했던지 대문이 다 박살났다. 어느 날 아침인가, 가스요금 고지서를 외면하던 나와 룸메이트와의 대화는 다음과 같은 첫마디로 시작했다. "내야겠지?"

묻지도 따지지도 않고 대답은 "어"였고 그게 뭘 의미하는지 우리 둘 다 잘 알았다. 그날 곧장 가스비를 냈고 도시가스 요금 상담원과의 몇 차례 통화 끝에 저녁 여섯시경 온수가 나오기 시작했다. 그날은 유난히 추웠다. 밖에서 한참 일을 보고 들어오는 길에 집에서 따듯한 물로 샤워를 할 생각으로 큰마음을 먹고 좋은 향기가 나는 바디오일과 바디클렌저를 샀다. 마음이 붕 떴다. 한 시간이고 열 시간이고 뜨신 물에 푹 고아질 수 있을 것 같았다. 집에 돌아와서 뜨거운 물을 틀자 몇 분 후 거짓말처럼 증기가 훅 하고 끼치더니 이내 콸콸 하고 절절 끓는 물이 쏟아져나왔다. 아, 난방비의 기적. 홍해를 가르신 놀라운 금전의 힘. 하마터면 납작 엎드려 화장실 바닥에 절을 할 뻔하였다. 우선 샤워가 급했다. 클렌징부터 알차게 해야 했다. 이번에는 절차가 무척 중요했는데 이것이 내게 고문이 아니기에 더욱 그러했다. 루틴을 제대로 따라야만 했다. 눈가에서 코, 코에서 뺨, 뺨에서 이마와 턱으로 이어지는 '결'을 따라 손가락을 굴리는 것이 괴롭지 않았다. 더러운 불순물들을 '제거'한 후에는 마땅한 보상이 주어져 있기 때문이다. 얼굴의 모든 신경이 마비되는 것 같은 얼음물에 얻어맞느라 질식할 듯한 기분을 느끼는 대신 말이다.

벌거벗은 채로 후끈거리는 온수를 맞는 기분, 그것도 몇 개월 만에 처음으로 온수를 맞는 기분을 뭐라고 설명해야 할까? 뜨거운 물이 나를 구했다. 심지어 나는 거울마저 볼 수 있었다. 내 얼굴을 똑바로 볼 수 있었다는 말이다. 눈을 피하지도 않고, 곁눈질하지도 않았다. 실수로 본 것도 아니다. 정말로 멀쩡한 정신으로 똑바로 쳐다보았다. 인간이 으레 자기 자신을 자기애를 담은 시선으로 응시하듯이, 그렇게 보았다는 말이다. 또 그날 있었던 일들을 생각하면서 할 수 있는 일과 하고 싶은 일들을 생각했다. 이번에는 얼굴들이 아니라 이름들이 떠올랐다. 이름을 능력들로 환산했고, 그들과 어떤 일들을 할 수 있을지 생각했다. 궁리를 해본 셈이다. 이미지를 구호와 병치시키는 일. 혼선을 빚는 일. 미학과 정치를 교차하는 일. 상상하고 연대하고 실천할 수 있게 하는 힘은 몸에서 나오고, 이것은 차가운 물이 아니라 뜨거운 물이 하는 일이다. 나는 무력하지 않다고 느꼈다. 샤워를 마치고 난 뒤에는 더욱 그랬다. 새로 태어난 것 같았다. 몸은 따뜻했고 피는 빠르게 돌았다. 피부는 반질거렸고 좋은 향기가 났다. 말 그대로, 뭐든지 할 수 있을 것 같았다.

그리고 일주일이 지났다. 나는 그간 이틀 집을 비웠으며, 세 번의 뜨끈한 샤워를 했고, 세 번 뭔가를 쓰려고 시도했다. 사람은 하루도 빠짐없이 만났다. 떠들고, 부추기고, 교환했고, 위로받았다. 혼자가 되고, 뜬금없는 문장과 장면들을 마주치면 어쩔 도리가 없어서 울어야만 했고, 내가 너무 약해서 끊임없이 이미지 안으로 도피했다. 무엇을 했나? 아무것도 안 했다. 생활의 잡다하고 소란한 일들이야 아무래도 좋다. 그런 일들에 꼬집히고 끌려다니는 것에는 태어나기 전부터 익숙해져 있다. 그런데 점점 생활이 핑계가 되고 있다. 지치고 누더기인 몸을 온수에 적시면서 일시적인 평화를 얻는 것으로 하루의 빗장을 걸어 잠그는 것 같다. 더이상의 갈등은 원하지 않는 사람처럼 그렇게 닥치게 된다. 이럴 거라면 차라리 난방비를 내지 말걸 그랬나? 어리석은 생각임을 알고 있다. 억지로 벼랑으로 내몬다고 해서 없던 재능이 생기지는 않는다. 중요한 것은 한 인간이 속한 환경, 만지고 느끼고 듣는 그 모든 것들이 그의 감각과 정동을 조직한다는 사실이다. 물론 가장 중요한 것은, 뜨거운 물이 나오든 차가운 물이 나오든 나는 게으르며 앞으로도 계속 그럴 예정이라는 것이다.

세계화를 닥치게 하고 싶은 사람

20161116

이날은 내가 말이 많았다. 어딘가에서 연재되는 어떤 만화들을 꼭 봐야 한다거나 무슨 영화를 꼭 봐야 한다거나 이런 저런 이야기를 엄청나게 했다. 언니 작업실에 가서는 치킨을 먹고 각자의 작업을 했다. 언니는 게일 루빈의 『일탈』을 다시 읽고 있었는데 우리 둘 다 집중력이 흐트러지는 새벽 서너시쯤이 되자 나는 끼어들어서 언니가 읽는 문장들을 따라 읽기 시작했다. 갑자기 모든 말들이 웃겨지기 시작했기 때문이다.

언니 책장에는 엄기호가 쓴 『닥쳐라, 세계화!』라는 책이 있는데 이 제목이 갑자기 웃겼다. 언니는 엄기호의 글이 촌스럽지만 분명 설득력 있는 방식으로 제시된다고 얘기했고 나도 동의한다. 그거랑 별개로 '닥쳐라'라는 말이 너무 웃겨서 (그리고 그걸 제목으로 선택하게 둔 작가나 그걸 제목으로 선택한 출판사나 그걸 방치하고 있는 언니나) 그런 부분들이 말도 안 되게 느껴졌다. 난 한참 그 책 제목을 보고 웃었다. 왜냐면 이날 언니랑 이런 대화를 했기 때문이다. 그 집의 책장을 보는 것은 그 사람의 모든 것에 대해 알게 해주는 것은 아니지만 적어도 몇 가지 비밀은 알 수 있게 해준다고. 아마 앤 패디먼의 에세이를 이야기하다가 대화가 여기까지 온 것 같다.

누군가의 책장에는 언제나 분류되지 못하고 항상 모서리에 꽂히는 책들이 있다. 그것은 무엇이 책장 주인에게 잔여로 남는 것인지를 말해준다. 그럼 우리 언니에게 『닥쳐라, 세계화!』란 뭘까? 그건 숨긴 책도 아니고 가장자리에 꽂힌 책도 아니다. 어쨌든 언니는 세계화를 닥치게 하고 싶은 사람인 것이다. 그리고 그런 제목의 책을 절대로 숨겨두지 않는데(나라면 절대로 숨겼을 만한 책을), 아마도 이런 이유로 언니를 사랑할 수밖에 없는 것 아닐까? 나는 부분을 전체로 확대한다(언제나).

거기서 엄마를 만났다

20161118

아침 열시에는 초안지를 내러 인문대로 갔다. 열시 반쯤에 도착했는데 대기번호 44가 무색하게 내 앞에 총 네 명밖에 없었다. 초안지는 무사히 냈는데 문제는 들을 만한 수업은 수강 신청이 마감되어서 산문 수업을 들어야만 한다는 점이다. 대체 계절 학기를 어떻게 보내지? 벌써 걱정이 태산이다.

예술인복지재단에서 갑자기 누락된 소명 자료를 내라고 메일이 와서 오전 오후 내내 (마감일이었는데도) 시달렸다. 병원에 있는 엄마를 만나려고 잠실로 갔다. 거기서 엄마를 만났다. (집 이야기는 지금은 쓰고 싶지가 않다.) 소명 자료를 모두 갖춰서 사진을 찍고 편집을 하니 오후였다. 이걸 다 갖춰도 또 떨어지면 그때는 진짜 답이 없다는 생각을 했다.

집세를 제때 낼 돈이 없다

20161121

느지막이 퀴어방송 녹음을 하러 스튜디오로 갔다. 가는 길에 집주인과 통화했다. 계약 기간 일 년 연장을 위해서다. 사실 수차례 문자를 했는데 답장이 없어 통화를 건 것인데 대뜸 내가 믿음이 가지 않는다며 만약 보증금을 다 까먹고도 안 나가면 어떡할 것이냐며 화를 냈다. 당연히 순순히 나가지 않을까요?라고 고분고분하게 대답했더니 집주인이 말이 쉽다며 웃었다. 왜 말이 쉬운지 영문을 모르겠어서(정말로) 뭐가 문제냐고 물었다. 그는 내가 방세를 조금씩 밀려서 주는 게 문제라며 누구에게든 이런 말을 듣지 않도록 '당당하게 살아'라고 덧붙였다. 집세를 독촉받을까봐 집주인을 피해 집 밖으로 나오지 않는 날들이 있었다는 것을 그가 모를 리가 없다. 그래서 하는 말이라 그 말이 더 아팠다. 내가 어떻게 당당할 수 있을까. 난 집세를 제때 낼 돈이 없고 그래서 당당할 수가 없다.

녹음을 마치고 편집하러 학교로 갔다. 맥주를 마시면서 편집을 마치니 새벽 세시경이었다. 글을 손보기에 적절한 시간이라 생각되어 회피하던 일을 시작했다. 다섯시쯤 되자 글을 손보는 일도 끝났다. 수중에 돈이 없고 연구비도 언제 들어올지 몰라 알바를 구하는 게 시급했다. 동네 근처 아무 시급 높은 토킹바에 문자를 넣었다. 다섯시 반쯤 집으로 갔다. 추웠다.

좆된 경우

20161123

저녁에는 바 면접을 갔다. 패딩과 통 넓은 바지를 입고 가서 사실상 결과가 예견된 것이기도 했는데 좆까라는 식이었던 것 같다. 화장을 진하게 했기 때문에. 그걸로 '여성' 패싱에 성공할 수 있으리라 착각했던 듯하다.

첫번째 바에 도착했더니 알바생만 있고 사장이 없어서 당황했다. 면접 왔다고 하니까 알바생이 나보다 더 당황한 것 같았다. 사장이랑 통화를 하는데 소리가 다 들렸다. 면접 오셨는데요, 제가요? 모르겠는데요, 네, 저는 오자마자 바로 일해서 잘 모르겠어요, 네, 이런 대화였던 것으로 기억한다. 어쨌든 알바생이 나에게 면접지를 건네려 카운터 밖으로 나왔는데 그제야 그녀가 뭘 입었는지 제대로 볼 수 있었다. 허벅지 절반까지 오는 누디하고 타이트한 원피스를 입고 굽 팔센티 정도의 흰색 힐을 신었고 스타킹도 누디한 것으로 착용했다. 거의 흑발에 가까운 긴 갈색 머리에 웨이브가 풍성했고 (내 기억으로는) 앞머리가 있었다. 메이크업은 과하지 않았는데 그렇게 미인은 아니었다(최소한 내 기준에서는). 또 아랫배가 과하게 튀어나와 '일반적'인 기준으로 날씬한 체형이 아니었다.

어쨌든 이로써 여기서 일할 수 없게 되리라는 것은 잘 알았다. 면접지에는 주량이나 신체 사이즈를 적는 란이 있었고 경력란이 따로 있었다. 스무 살 초반 토킹바에서 일 년 가까이 일한 적이 있어 적으려고 하다 곧 관두었다. 옛날 일이라 기억도 안 나고 응대를 잘할 자신도 없어서 경력 시급을 받을 염치가 없었기 때문이다.

두번째 바에 면접을 갔는데 거기엔 다행히 사장이 있었다. 그는 정말 전형적인 '토킹바 사장' 같았다. 사장은 이것저것을 물었고 내가 유니폼 지급이 되냐고 물은 부분에서 그다지(이미) 나를 달가워하지 않는 것 같았다. 그는 근무 요일을 조절해봐야 할 것 같다고 했고 나는 이 말을 불합격 사인으로 받아들였다. 일하고 있는 사람은 한 명이었고 그녀는 오피스룩 같은 것을 입고 있었다. 얼굴은 자세히 보지 못했지만 긴 생머리에 짧은 스커트 차림이었다. (난 무슨 인류학적 조사를 하러 간 것이 아니라 그냥 일하고 싶어서 면접을 보러 간 것뿐이다.)

이 동네의 토킹바들은 대체로 한 사장이 네다섯 개의 바를 거느리고 있어서 한두 개 간보고 좆된 경우 아무도 날 안 쓴다고 보면 된다. 그러니 포기를 하는 것이 빠르다. 해서 나는 집에서 자조모임을 갖기로 했는데(혼자), 갑자기 문자가 왔다. 첫번째 바 사장에게서다. 얼굴을 못 보고 그냥 가게 해서 미안하다는 것이다. 어차피 걸어서 오 분 거리니 내가 지금 가겠노라 했다. 덜덜 떨며 도착하니 웬 느끼한 발라드 가수처럼 생긴 사람이 있었다. 확실히 '토킹바 사장'의 전형에서 벗어난 유형이긴 했다. 그는 최소 시간을 투자해 내가 여기서 일할 수 없음을 부드럽게 돌려 말했는데, 요컨대 이런 식이었다.

'여기서 일하는 애들 복장 보셨죠? 많이 보이시한 스타일이신 것 같은데. 치마 입고 그러실 수 있겠어요…?'

나는 이 대목에서 참지 못하고 웃음이 터졌다. 처음 보는 사람에게 정체가 폭로당한 것이다. 숨긴다고 숨겼는데 절대로 숨길 수 없고 앞으로도 그럴 수 없을 것이란 안타까운 진실로 스스로가 비참해져서 웃을 수밖에 없었다. 그러실 수 있겠어요? 힘드시지 않겠어요? 님은 지금 여기서 연기가 통할 수 있을거라고 생각하시나본데, 딱 봐도 실패하셨어요.

그러면서 그 사람의 마지막 질문은 이랬다. '죄송한데 전공을 여쭤봐도 될까요?' 이 질문으로 나는 하루치 존엄을 다 파괴당했기에 울면서 집으로 곧장 뛰어갈 수밖에 없었다. (사실 곧장 가지는 않았다. 배고파서 홈플러스 들렀고 오천 원짜리 와인 샀음.) 어쨌든 마지막까지 웃으면서 대답은 했고, 결과는 언제 알 수 있냐고 묻자 오늘이라도 알려드린다고 해서 집에서 술을 마시면서 기다렸다. 새벽 두시쯤에 '죄송한데 저희 가게와는 맞지 않으실 것 같습니다' 하고 문자가 왔다.

나는 속수무책으로 바라보는 사람이다

20161124

하루종일 누워서 유튜브만 보다가 다섯시쯤 일어나서 타르코프스키의 〈거울〉을 보러 갔다. 학교 신축 도서관 육층 소극장에서 좋은 영화를 많이 틀어줄 모양이다.

타르코프스키의 영화는 항상 나를 울게 한다. 우는 이유는 결국 내가 화면에서 붙잡을 수 있는 것이 아무것도 없기 때문에 떠나가는 꿈 같은 이미지들, 소망들, 시간들을 흘려보낼 수밖에 없기 때문이다. 소망을 정박시켜두고 싶은 욕망이 상으로 잠깐 맺힐 때 그것은 말로 표현할 수 없는 격렬한 아름다움이고, 심지어 종교적인 숭고함이고, 동시에 가장 비참한 좌절의 장면이다. 나는 우는데 어쨌든 이 모든 것들이 다 떠나가기 때문이다. 나는 속수무책으로 바라보는 사람이다.

〈거울〉을 보고 나서 집에서 쓰러지듯 잠을 잤다. 꿈을 꿨는데 수장고에 가까운 아카이브에서 옛날 영화들을 보는 꿈이었다. 그곳에서 여러 번 발을 헛디뎠고 내가 들어가야 할 방을 계속해서 찾지 못했다. 아주 희미한 불빛만이 있는 아카이브. 그 장소를 안다. 습하고 어둡고 넘어지게 되는 곳.

깨고 나니 슬펐다. 영화가 멈추지 않았으면 했다.

그럼에도 나는 돈이 필요한 사람

20161129

아침 수업을 안 갔다. 그러면서 영어시험을 걱정한다. 잃어버린 민증 재발급 문자가 와서 찾으러 갔다. 재정적인 문제가 나를 거의 숨도 못 쉬게 했다.

복지재단에서 지원금을 받기 위해 이런저런 서류(즉 내가 가난하고 돈을 받을 자격이 있다는 서류)가 필요한데, 이 가난 증명에 수반되는 하찮고도 서글픈 육체적 고단함은 여름부터 꾸준하게 나를 괴롭혀왔다. 시간과 노동력을 무의미하게 착취당한다고 생각하지만 호소할 곳이 없다. 돈을 받을 수도 있고 아닐 수도 있지만 다 내 탓이다. 이 모든 노력들이 허사가 될 수도 있지만 감내해야 한다. 익숙해지지 않는다. 안 되면 죽지 뭐, 라고 매일 생각한다. (그럴 수 있을까? 나는 진짜로, 눈물 날 정도로 살고 싶은데?)

10월중에도 한 차례 보충 서류가 필요하다는 이유로 문자와 메일이 와서 구청과 보험공단을 들락거려야 했다. 돈을 줄 생각이 없는 것인데(물론 그렇지는 않을 것이다, 도와줄 생각이 없으면 연락을 아예 않겠지), 그럼에도 나는 돈이 필요한 사람이라 하라는 대로 해야 한다. 이날도 허술하게 서류를 준비한 탓에 주민등록초본과 임대계약서를 12월 초까지 내달라고 연락이 왔다. 머리가 터질 것 같았다. 계약서를 이제 와서 어디서 찾는단 말인가? 당연히 없다. 관리를 못한 탓이 크지만 너무한 처사라고 생각했다. 부동산에 연락했다. 그쪽에도 계약서가 없다고 하길래 울 것 같은 심정으로 집주인에게 연락해야 했고, 새로 계약서를 작성해야만 했다.

울 것 같은 이유가 하나 더 있다. 장학재단에 대출을 신청하기 위해 (부나 모의 명의로 된) 가족관계증명서를 떼야 하기 때문이다. 평소라면 엄마에게 연락해 서류를 떼서 사진 좀 찍어달라고 하면 그만이지만, 이번에는 사정이 다르다. 아빠가 중환자실에 있고(상태가 그새 또 안 좋아졌다), 엄마는 아빠 때문에 병원 밖으로 나가기가 곤란하게 되었다. 병원에 있는 무인민원 발급기는 '가족관계증명서'를 제외한 모든 민원 증명서가 발급된다. 어이가 없지만 아무튼 그러하다. 그래서 이 주 전에 부탁한 가족관계증명서를 아직도 받지 못했다. 누굴 탓할 수 있을까? 아무도 탓할 수 없다. 나도 바빠서 대리 발급을 위해 병원까지 갈 수 없는 처지인데 대체 누굴 원망할 수 있을까? 엄마가 내 일을 해결해줘야 할 의무라도 있단 말인가? 결코 그렇지 않다.

어쨌든 이 무렵 통장 잔고가 정말로, 말 그대로 바닥을 보이고 있었고 말 그대로 끼니를 걱정해야 하는 상황이 왔다.

연구비는 아직 안 들어왔다. 〈나르코스〉라는 드라마에 이런 대사가 나온다. 파블로가 어릴 때 우린 찢어지게 가난했어. 그애가 어느 날 신발이 낡았다고 학교에서 놀림받고 왔지. 나는 밤중에 신발가게에서 신발을 하나 훔쳤다. 그리고 그애는 다음날 새 신을 당당하게 신고 갔어. 나는 하나도 부끄럽지 않았다. 존엄이란 그런 거야. 이런 말들이 나를 지탱해준다. 가난이 나를 추락시킬 수 없다고 생각한다. 아무것도 나를 추락시킬 수 없다고 생각한다. (이게 신발을 훔치자는 구호로 들린다면 해줄 수 있는 말은 없음.)

슈퍼에서 물건을 사다가 내가 내 가난을 팔고 있는 것은 아닌가 하고 의심했다. 동정을 사려고 하는 것은 아닌가 하고 의심했고 더이상 가난에 대해 쓰지 말자고도 생각했다. 그런데 어떻게 말을 멈출 수 있을까? 이게 내 당당함이 아니라면, 비참함 속에서 굴러다니는 말들을 주워 삼키는 게 내 존엄이 아니라면, 뭐가 내 말이 될 수가 있을까? 쉼터에 들어가거나 말 그대로 '빌어먹을' 수도 있었지만 그러지 않았기에 혼자서 항의하듯이 죽어갔던 젊은 예술가들의 선택을 잊을 수가 없다. 나는 죽기를 선택한 사람들의 '안으로' 들어가 볼 수는 없지만, 매번 그 닫힌 문 앞에서 서성거린다. 더이상 이런 일이 일어나서는 안 된다고 말하려는 것이 아니다. 그런 말은 쉽다. 어떤 상황에서 어떤 선택을 하게 되는 누군가가 이미 있다.

제적이 뜰지도 모른다

20161204

작업을 마무리하러 학교에 갔다. 연구비가 들어왔지만 밀린 집세나 전화비나 이것저것 청구된 금액을 해결하고 나니 잔고가 몇십만 원도 채 남지 않았다. 그렇지만 일단 숨통은 트였다. 급한 채무를 해결했기 때문이다. 새벽에 학교에서 돌아왔다. 말도 못하게 추웠다. 미술대학 복수전공을 왜 하겠다고 덤볐을까? 스스로를 이해할 수가 없고 도중에 포기하고 싶다고 몇 번이나 생각했다. 그런데 이렇게 중도 포기한 일이 너무 많았다. 나의 중도 포기 목록에 미술대학을 추가해야만 할까? 잘 모르겠다. 자신이 없다. 학점이 걱정되었다. 이번에는 세 과목밖에 듣지 않는데, 또 낮은 학점을 받게 되면 제적이 뜰지도 모른다. 그런 일만은 제발 피해야만 한다.

새벽 다섯시쯤, 친구가 같이 일할 사람을 구한다는 트윗을 올렸다. 보자마자 일하고 싶다는 멘션을 보냈고, 매니저 메일 주소를 받아 이력서를 보냈다. 내일 연락 주겠다고 했다. 어떤 일을 하게 될지 모르는 상태다. (아직도 모르겠다.) 최근 바 면접을 봤지만 망했고 돈은 벌어야 하는데 구직 사이트

들락거릴 기력은 없어 아무 생각 없이 그리 한 것이었다. 무슨 일이든지 해야 한다. 당장 잔고가 없기 때문이다.

나는 하루종일 언니의 이름을 품고 있었다

20161205

아침 수업을 갔다. 친구와 점심을 먹었다. 식사하고 학교로 돌아왔는데 간만에 보는 다른 친구와 마주쳤다. 논문을 마무리하지 못했다고 했다. 한 페이지씩 분담해 받아 논문을 완성시켜주고 싶은 심정이었다. 학교에서 저녁까지 과제를 했다. 어제 이력서 낸 곳에서 전화가 왔다. 아홉시 무렵 용산에서 보기로 했다. 녹음이 끝나고 전화 달라고 하기에 그러기로 했다. 일곱시에는 녹음을 했다. 나흘간 방구석에 틀어박혀 영화만 본 탓인지 말이 잘 나오지 않았고 게스트와 같이 방송을 하는 친구를 제대로 리드하지 못했기에 녹음을 망쳤다는 인상이 강했다. (그래서 편집을 못하고 있다. 솔직히 편집을 할 수 있을지 모르겠다. 무섭다.)

녹음을 마치고 찝찝한 심정으로 용산에 면접 보러 갔다. 한 시간 정도 면접 겸 잡담을 마치고 집으로 돌아오니 열한시가 넘었다. 출근은 이번주 금요일 여덟시부터 하기로 했다. 새벽 다섯시까지 하는 일이다.

이날, 나는 하루종일 언니의 이름을 품고 있었다. 언니가 너무 그리워서 가만히 있다가도 눈물이 쏟아졌다. 언니에 대해서 설명하려고 할 때면 모든 말들이 하찮아진다. 언니와 새벽 네시까지 통화를 했다. 밀린 이야기를 오랫동안 나눴다. 이렇게 사랑스러운 모순이 어떻게 나의 세계에 떨어졌을까? 물론 사건은 내가 원할 때만 일어난다. 언제나 문은 내게만 열린다. 그러나 아무리 내가 원했다고 해도 타인이 어떻게 그토록 쉽게 나를 밀어젖히고 부수고 파괴하도록 내버려둘 수가 있는지? 그의 살과 뼈, 그의 숨결과 목소리, 심지어 체취나 그림자와 같은 그 사람에게 속해 있으면서도 이미 그 사람이 아닌 흔적들마저 나를 엉망으로 망치고 뒤흔들도록 '내'가 그렇게 내버려뒀다는 말일까?

비유는 사실을 축소시킬지는 몰라도 진실을 손상시키지는 않는다. '가슴이 찢어진다'는 말이 그렇다. 어떤 '고통'스러운 일을 당한 사람들이 모두 동일한 크기의 고통을 겪지는 않기에 우리는 그런 말을 함부로 내뱉을 수는 없다. 연인과 헤어지고 난 누군가에게 '가슴이 찢어지시겠네요'라는 위로를 건네는 사람들은 상대방이 어떤 경험을 하고 있는지 어쩌면 조금도 관심이 없는 것일 수도 있다. 누군가는 전혀 고통을 겪지 않을 수도 있고, 누군가는 그런 말로는 소용이 없을 정도로 삶이 산산이 조각났을 수도 있다. 그러니 비유에는 언제나 사실'들'을 일반화하려는 욕망이 내재되어 있는 셈이다. 모든 이별은 결코 가슴 찢어지지 않는다. 그러나 그러한 비유 속에는 적어도 언제나 한줌의 진실이 존재한다. ('가장 진부한 말조차 누군가가 실제로 겪었던 일이다'라고 아니 에르노가 말했던 것처럼). 왜냐하면 고통은 정말로 가슴이 찢어지는 육체적인 감각을 동반하기 때문이다. 우리는 그러한 표현 없이는 어떠한 말로도 그 고통을 누군가에게 전달할 수 없다.

나는 누군가를 사랑하는 일이 고통스러울 수 있다는 말이 사실상 비유가 아니라는 것을 안다. 누군가 계속해서 가슴께를 칼로 쑤셔대거나 심장을 온 힘을 다해 쥐어짜대거나 납덩이처럼 무거워져 걸어다닐 수조차 없는 상태가 어떻게 '육체적'인 고통이 아닐 수 있을까. 이것이 내가 '허락한' 상태라면 그 또한 지나친 말이다. 물론 언니를 원했기에 그가 나를 훼손시키도록 둔 것이기도 하겠지만, 그의 존재를 내가 무슨 수로 중지시키거나 '이제 적당히 했으니 그만둬달라'고 애원할 수 있단 말일까? 언니를 사랑하게 될 것이라고 느낀 그날, 온 마음이 짓뭉개지는 절망감을 느꼈다. 더이상 내 세계의 주인이 내가 될 수 없었기 때문이다.

인간의 삶은 유한하고 나와 언니는 또다른 누군가를 만나서 사랑에 빠질지도 모른다. 그런 상상은 아주 나를 늙어버리게 한다. 때때로 나는 미래와 과거를 교차하는 시선으로 나와 언니를 바라보곤 한다. 이 순간을 어떻게 회고하게 될까? 그런 때도 있었는데. 그때도 이렇게 생각했었는데. 그래서 아무 이유 없이 눈물이 날 때가 있다.

근심이 빚처럼 쌓여 있다

20161207

내가 만오천 원을 내고 〈라라랜드〉 예매를 하고 언니가 사만 원짜리 아구찜을 사줬다는 사실 때문에 나는 뻔뻔스럽게도 병원에 있을 엄마와 동생의 생활, 굳이 말하고 싶지 않은 부분들을 떠올렸다. 속상하고 미안해서 눈물이 계속 나왔다. 메뉴 선택이 잘못된 것이 아니었다. 내가 먹고 싶어하는 모든 음식들은 어차피 하나같이 엄마와 관련된 것들이니 뭘 먹어도 펑펑 울게 되었을 것이다. 이를테면 아구찜에는 이런 기억이 있다. 내가 네다섯 살 무렵 엄마는 주방에서 아구를 손질하다가 손가락 한마디가 거의 잘리다시피 했다. 나는 주방에 서서 엄마가 피 흘리는 것을 쳐다봤다. 거실에서 밥을 기다리는 누구도 신경을 쓰지 않았다. 엄마는 가루로 된 소독약을 상처 부위에 뿌렸다. 그런 장면들. 흐릿하지만 분명한 인상들.

생활고를 견디다못해 엄마가 자살할까봐 걱정됐다. (그럴리 없다는 것을 안다.) 밥을 먹고 엄마랑 통화를 했다. 중3인 동생은 아직도 학교에 가지 못하고 엄마와 병원에 있다. 근심이 빚처럼 쌓여 있다. 돈에 대한 이야기가 먼저 오가고 밥을 먹었느냐고 묻는다. 할말이 더 있느냐고 묻기에 없다고 대답했다. 통화가 끝나고 또 한참을 울었다. 언니는 속수무책으로 벌어지는 내 감정을 보고만 있다. 그저 내버려둔다.

죽은 자들과 함께 살고 있다고 느낀다. 죽은 자들의 말과 글 속에서 견딜 만한 우정을 찾고 또 그 속에 몸을 숨긴다.

사소한 우정의 순간들이 나를 구한다

20161208

이날은 기록이 없다.

일기를 한꺼번에 쓰려고 복기하는 것은 다음과 같다. 사람들과의 카톡, 메시지, 통화 목록, 사진들, 해당 날짜의 트윗들 그리고 수첩에 적힌 일정들.

당분간은 일기를 쓸 수 없을 거라고 생각했다. 지난 일주일이 몇 달처럼 길었다. 글을 쓰는 것도 말을 하는 것도 힘들었다. 어떤 날들은 한마디도 하지 않고 물건처럼 놓여 있었다. 그게 좋았다. 나이가 들었다? 늙었다? 어쨌든 많은 순간들을 삼켰다. 반응하지 않고 말하지 않음으로써 나를 지연시켰다. 외부에서 오는 감정들이 무섭고 두려워서 입을 닥치고 있었던 것은 아니다. 덩그러니 놓여 있을 때 타인들이 내 껍질 속으로 스미듯이 들어온다. 폭력적이라고 생각되지 않았다. 스스로를 방어하려고 굳어지기를 선택하지 않았다. 내가 타인들에게 단순한 위로를 바라고 있었다는 것, 그들의 더운 말들이 불어넣는 공기로 기꺼이 데워지기를 바랐다는 것만이 내가 아는 진실이다.

나를 연민하는 눈빛들과 속수무책으로 마주치면서 이들의 욕망을 읽어내려고 시도하는 것은 애처로워 보인다. 나는 취약해져 있었기에 그것이 동정이라는 것을 알면서도, 혹은 그의 욕망이 무엇인지 알면서도 내 방식대로 그의 책임과 애정을 착취했다. 이런 우정들이 진지하지 않다고 말할 수 없다. 어떤 관계들은 이러한 순환 고리 안에서 안정적으로 지상에 착지하는 것에 성공한다.

나는 내가 위태로운 상태라는 것을 안다. 이러한 말로 동정을 산다는 것도 안다. 그러므로 나는 그들에게 나를 위로하기를 허락한 것이다. 내가 아무리 이십여 년을 겨우 인간이 되기 위해 살아남았든 어쨌든 간에, 나를 걱정하는 이들을 어떠한 말로도 비난할 수는 없다. 나는 그들 덕분에 아프지 않고 파괴당하지 않았다. 사소한 우정의 순간들이 나를 구한다. 그 순간들을 부서져라 껴안을 수밖에 없다. 어떤 날은 분명하게 다짐한다. 연말까지 살아 있을 수는 없겠다고. 그러나 이 모든 감정과 관계들에 연루되어 있는 한 내게는 책임이 있다. 원한과 증오가 아니라 오직 책임감으로 세계에서 사라지는 방법을 선택한 사람들. 이들의 책임감을 뭐라고 말해야 할까? 다만 원망 없이 죽는 것에 대해 끊임없이 상상하게 된다.

불행은 단지 씹어 삼키기 어려웠던 시간들에 붙이는 다른 이름일지도 모른다. 내가 늦게 도착하는 사람이라면, 도착조차 할 수 없는 사람이라면, 목적지를 생각할 필요가 없다.

2016년은 아직 삼 주나 남았다.

목소리로는 숨길 수 없는 것들

20161209

영화를 보고 오후 늦게 깼는데 엄마에게서 카톡이 와 있었다. 아빠 병원비를 위해 헌혈증을 모아달라는 거였다. 둘째 동생이 이미 헌혈증을 모으고 있다고도 했다. 헌혈을 해본 적이 없어 헌혈증이 어떻게 생겼는지, 또 유통기한이 있는지, 그것이 유형의 물건인지 아니면 타인의 정보만으로 수집 가능한 것인지 알 수 없어서 혼란스러웠다. 엄마에게 묻자 오랫동안 대답이 없었다. 병원에 있다보면 자주 생기는 일이다. 대화가 일시적으로 중단되고 한두 시간 뒤에나 답장이 온다. 참지 못하고 짜증스럽게 채근했더니 그제야 대답을 했다.

눈물이 찔끔 나왔다. 순간적으로 엄마에게 분풀이를 해버린 것이 미안하기도 했지만 그보다 이 상황이 못 견디게 억울하고 분해서 눈물이 난 것이다. 해야 하는 일이라고는 생각했다. 엄마는 자주 뭔가 부탁을 하려다가 말을 삼키곤 했다. 이런 부탁을 했다는 것은 이제 엄마도 감당을 할 수 없다는 의미다. 게다가 동생이 지고 있는 책임이 너무 많았다. 분담하지 않으면 안 된다고 느꼈다.

그럼에도 억울했다. 머리통이 끓어올라 쪼개질 것만 같았다. 나의 지긋지긋한 생활과 알고 싶지도 않을 개인적인 사정들을 사람들에게 그야말로 폭로해야만 했고, 그러한 폭로로 내가 얻을 것은 당연하고 '인간적'인 동정이다. 내게 동정받을 이유가 전혀 없음에도, 오로지 아빠라는 사람 하나로 그러한 취급을 받게 될 것이다. (하지만 '나'를 걱정해주는 사람들에게 내가 무어라 원망을 할 수 있을 것인가? 말해진 것, 쓰여진 것의 표면을 만지는 것은 항상 분리와 절단의 경험이지만, 동시에 거기에 손과 입이 있었다는 것을 아는 이상 기호로 환원될 수 없는 정동과 느낌들에 휘감기게 된다. 원한다면 언제든지 다시 꺼내서 위로받을 수 있는.)

알바 첫날이었다. 헌혈증을 구한다는 트윗과 페북 글을 쓰고 나니 예상보다 출발이 늦어져 지각을 할 뻔했다. 힘내라는 디엠, 아버지 괜찮으시냐는 전화, 문자가 많이 왔고 목소리로는 숨길 수 없는 것들이 있었다. 누군가의 입에서 아빠라는 이름을 들을 때마다 내 옆에 얼굴이 주렁주렁 매달린다. 나는 그 사람과 계속 있다. 일을 가지 않았다면 완전히 무너질 뻔했다.

제발 졸업을 하고 싶다

20161212

T와 시험공부를 하려고 낙성대와 서울대입구 사이에 위치한 카페에 갔다. K와 졸업과 관련한 문자를 하다가 갑자기 12월 무렵 미대 졸전예비심사 기간 근처일 것이란 생각에 미쳤고, 과사에 전화를 했다. 역시나 예비심사 명단에서 누락되었다. 11월에 통화했을 때는 문자를 준다고 했었는데 오지 않았던 것이다. 나는 거의 울먹거리면서 '제발 졸업을 하고 싶다'고 했고, 과사에서는 교수들과 통화를 해볼 테니 일단 기다리라고 했다.

예비심사에 통과하지 못하면 다음 학기에 졸전을 할 수 없다. 이런 이유로 나는 지난 학기에 졸업을 하지 못했던 것이다. 황폐해진 기분으로 얼마간 초조하게 기다린 끝에 과사와 통화가 되었고, 내일 오전 안으로 예비심사용 포트폴리오로 작업 다섯 점을 보내라고 통보를 받았다. 시험공부는 물 건너간 셈이 되었다. 여섯시부터 포트폴리오용 작업을 시작했고, H가 카페에 도착한 여덟시경에도 작업이 끝나지 않아 노트북을 접고 식당으로 향했다. H가 글뤼바인을 선물해줬다. 몇

주 전 T가 내게 글뤼바인을 선물해줬는데 나를 계속 살아 있게 하려고 친구들이 고안한 묘책 같아 귀엽고 사랑스러웠다.

제주상회에서 동아리 친구 한 명을 더 만나 넷이서 밥을 먹었다. 작업이 여전히 남아서 H네로 다 같이 갔다. 스트레스로 머리가 터질 것 같았다. 작업이 끝나지를 않았다. 열한시가 넘어서 Q가 왔다. Q의 얼굴을 제대로 못 보고 작업만 했다. 한시가 넘어서 포트폴리오용 작업들을 완성하고 과사 메일로 보낸 후 너덜너덜한 기분으로 택시를 타고 집으로 갔다.

토가 나오려고 했다

20161214

아침 아홉시 반이 독일어 시험이었다. 처음 보는 텍스트가 두 개나 있었고 공부한 곳에서 나오지도 않아서 울적했다. 다행인 점은 교수님이 마지막에 쓸데없이 그림형제 동화의 상징을 해석하라는 문제를 (한국어로) 냈다는 점이다. 그래서 술 먹은 프로이트처럼 섹스와 금기 이야기를 아무렇게나 썼다. 교수님이 시험 도중에 계속 나의 우울증 이야기를 해서 웃겼다. 『월든』을 읽었냐고 하길래 그렇다고 했고, 『무소유』를 읽었냐길래 그렇지 않다고 했더니 읽으라고 했다. T는 나보다 먼저 시험지를 완성하고 나갔는데 T가 나가자마자 시험지를 받아든 교수님이 거기 적힌 T의 이름을 물끄러미 보더니 내게 묻기를, '그런데 네 친구 철학과 재 여자였냐?' 했다. (내게도 미스젠더링의 경험이 있으면 좋을 것 같은데 화장을 하지 말아볼까, 하고 누군가에게 중얼거리면서 말했더니 '아니 화장을 해도 안 해도 그럴 일은 없을 듯'이라는 대답을 들었다. 주변 친구들뿐만 아니라 나의 사랑스러운 마누라마저 미스젠더링 내지는 트랜스젠더냐는 질문까지 심심찮게 받는데 내게는 그런 경험이 단 한 번도 없으므로 이 미스젠더링의 경험은 여전히 내게 미지의 영역으로 남아 있다.)

독일어 시험을 마치고 보건소에 약을 타러 갔다. 잠은 잘 자냐, 술은 어떻냐, 소화는 잘되냐, 기분은 어떻냐는 통상적인 질문들이 이어졌다. 이때쯤 상당히 극심한 자살 충동에 시달리고 있었으므로 적당한 우울증 약을 요구했고 선생님은 약 이 주 치를 처방했다. 막상 약국에서 약을 탈 때 보니 그 약의 효능 및 효과는 '니코틴 금단 증상 완화'에 효과적이라고 적혀 있었고 우울증 보조제로 쓰인다는 문구는 맨 마지막 줄에 변명처럼 매달려 있었을 뿐이라 당황스러웠다. 금연할 생각이 전혀 없었기 때문이다. 약사님에게 '이 약을 먹으면 담배 피울 때 토가 나오나요?'라고 물었는데 약사님은 '그렇진 않은데 이왕 이렇게 된 담배를 끊는 것은 어때요?'라고 대답해서 공포에 질렸다. 왜냐하면 약사님은 이미 수 개월간 알코올 중독 보조제로 효과적인 두 종의 약을 처방해주고 있었음에도 불구하고 담배마저 끊으라고 권유하고 있었기 때문이다. 담배마저 뺏어가는 것은 너무한 처사가 아닐까? 하느님은 아마 아실 것이다.

다음날 연달아 시험이었기에 학교에서 또 밤을 샜다. 토가 나오려고 했다.

거지가 거지를 키우는 게임

20161215

역시 같은 시간인 아침 아홉시 반에 인간과 우주 시험을 보았다. 또 계산 문제가 다섯 개 정도가 있었고, 이 다섯 문제를 버린다고 생각하자 나머지를 다 맞춘다고 해도 학점이 어떻게 나올지 벌써부터 위태로운 상황이었다. 대부분의 문제는 당연하지만 공부를 한 부분에서는 안 나왔고 공부를 안 한 부분에서 나왔다. 펄사와 관련한 문제는 보자마자 뒤통수를 망치로 세게 얻어맞은 것 같았다. 대체 프린트물 어디에 펄사 관련한 언급이 있었는지 도저히 기억할 수 없었기 때문이다. 순전히 결석이 잦았던 내 탓이지만 나로서는 평일 내내 아홉시 반에 수업을 나올 재간이 없었다. 어쨌든 시험은 치러졌다. 해방감을 느꼈던가? 그렇지 않았던 것 같다. 할일이 산적해 있었고 무엇보다 육신이 늙고 피로했다. 쉬고 싶었지만 그럴 수가 없었다. 무엇보다 불안했다. 학점이 잘 나올 리가 없었고, 이대로라면 학사경고를 받게 될 것이고, 제적을 당하거나 권고 휴학을 당할 것이다.

동방에 돌아와서는 한국장학재단 채무자 신고를 하고 가

족구성원 동의서를 스캔 받아서 냈다. 본래 동의서는 공인인증서로 내야 하지만 엄마 아빠 모두 병원에 있기에 그럴 만한 사정이 안 되어 재단에 전화를 하니 뭔 서류를 프린트해서 서명하고 특정 형식으로 스캔해 재단 홈페이지에 올리면 된다고 했다. 이 모든 과정을 끝내니 2116년이 되어 있었다. 백 년밖에 안 걸리는 아주 간단한 작업이었다.

저녁에는 K를 만나기로 했었는데 졸리고 추워서 취소했다. 그러다가 밤중에 우리집 근처에서 술을 마셨다. 일만 년 만에 만났는데 얼굴을 봐서 좋았다. 문득 K와 우정을 교류할 수 있는 사이가 될 수도 있겠다는 생각이 들었고, 그것은 K를 좋아했던 시간을 떠올리게 했다. 그런 기억들은 사소한 계기로 선명하게 깨어나지만 마치 나의 기억이 아닌 것만 같은 인상을 준다. 내 역사의 일부이겠지만 지나치게 비균질하고 거칠어 이름을 붙이지 않고 보관할 수밖에 없는 기억들이 있다. 물론 어떤 가까운 거리에서 그애는 여전히 매력적으로 보이고, 나는 그런 종류의 욕동에 여전히 반응하는 사람이고, 내가 가라앉은 곳에서 내가 존재하는 이상 그애를 '그런 식으로' 생각하는 것을 거부할 권리가 내게는 없다. 나는 이런 식으로 자신의 통제권을 상실하는 데 흥미를 느낀다. 그리고 애틋하게 여긴다. 그애에 대해서가 아니라 내가 잃어버리는 나의 조각들에 대해서. 결국에는 향수에 시달리게 될 시간들에 대해 무한한 연민을 느낀다.

새벽이 지나서는 E도 왔다. E가 거지 키우기 게임을 소개해줬다. 거지가 거지를 키우는 게임을 한다는 사실이 쓸데없이 사람 슬퍼지게 만들지만 꼭 그렇지만은 않다. 거지가 알바를 고용할 수 있기 때문이다. 이 게임의 유머가 여기서 발견된다. 거지는 화가, 로커, 개그맨과 같은 소위 '예술가'들을 고용해서 앵벌이를 시킬 수 있다. 렙이 올라가면 더욱 고급한 인력을 착취할 수 있는데 발명가부터 시작해서 최후에는 과학자까지 고용할 수 있다. 그런데 이 과학자의 행색이 지나치게 '과학자'스러운 탓에 어딘가 대기업에 취직한 고급 인력이라기보다는, '순수'하게 과학이 좋아 연구에 미친 조교로밖에는 안 보인다. (그래서 그는 앵벌이를 할 수밖에 없었던 것이다.)

어쨌든 최고 레벨에 도달하면 외계인 커플을 고용할 수 있는데 이쯤 되니 이 게임의 '퀴어함'에 정신이 혼미해진다. 그리고 이 퀴어한 커플이 최고로 많은 돈을 거지 키우기의 주인공인 나=거지에게 벌어다준다. 돈을 많이 벌어서 뭘 하냐면 그냥 여기저기에 땅을 사고 빌딩을 산다. 거지 행색을 하고는 있지만 땅부자인 것이다. 어쨌든 게임을 플레이하는 모습을 보면서 한 가지 의문이 들었는데 순수학문을 하는 과학자와 퀴어와 예술가들도 있는 판국에 왜 인문대생은 앵벌이로 고용할 수 없는가, 하는 것이다. (며칠 뒤 또 애들이 이 게임을 플레이하는 꼴을 봐야 했는데, 자연히 의문이 풀렸다. 플레이

하는 본인들이 인문대생=거지이기에 딱히 앵벌이 대상으로 인문대생이 소환될 필요가 없다.)

다섯시쯤 집에 들어갔다. 애들이 계산을 다 했으므로 미안했지만 뻔뻔한 마음을 가지기로 했다. 그렇지 않으면 빠르게 비참해지기 때문이다.

동생과 나는 이야기하지 않는다

20161218

코웃음을 친다. 한 달이나 지난 일기를 지금에야 적겠다고? 기억을 어떻게 문장으로써 불러들일까? 어떻게 편집을 할까? 백 번이나 머릿속에서 이 글을 적는 상상을 했다. 일기를 왜 적고 있는지 모르겠다. 상상으로는 충분하지 않았던 것인지. 뭐가 그렇게 대단한 일이 있었다고. 그럼에도 불구하고, 그럼에도 불구하고! 미래의 독자인 연숙이를 위해서 이날의 기록을 한다.

이날은 예전에 수업을 했던 친구와 점심을 먹었다. 누군가에게 영향력을 행사했고, 그러한 당사자로부터 고백 아닌 고백을 듣는 일은 약간의 책임감을 수반하는데 나는 이 책임감에 수반되는 쾌감을 안다. 이는 감히 느꼈다고 입 밖으로 꺼내기조차 두려운 것이어서 죄책감의 원천이 된다. 내 속죄의 방식: 의식적으로 의식하기. 끊임없이 의식하기. 환자처럼 의식하기. 내가 하는 말들, 쓰는 글들, 쉼표와 온점 하나가 그렇게 영향을 미친다는 사실을 의식한다. 그것을 아는 이유는 내가 그러한 방식으로 못에 박히거나 숨을 멎게 하는 것과 같이 어떤 사람들에게 영향을 받았기 때문이다. 이미 존재 자체가 그렇게 영향을 미친다. 내게 굳이 말을 건네지 않아도, 외부에 껍질을 드러내고 나와 다르게 존재할 가능성 자체를 현시하고 있다는 것만으로도, 나의 연약함, 나의 위태로움은 폭로된다. 그것을 참을 수가 없다. 이 얼굴들과 살아야 한다는 것. 바꿔 말해, 내가 그들에게도 그런 존재라는 것.

언젠가 올해 스물다섯이 된 동생과, 우리 두 사람이 공유하는 어떤 증상을 이야기한 적이 있다. 아빠가 입원한 병원에서 우리는 많은 이야기를 한꺼번에 터트리듯 나눴는데 불특정한 사람이 자신을 찌르는 것에 대한 망상이 그중 하나였다. 동생에게도 이런 망상이 있다는 것이 놀라웠고 또 비슷한 시기에 망상이 생겨 아직도 나아지지 않고 있다는 사실에 연민과 공감을 느꼈다. 중학생 무렵부터 나를 설명해온 명쾌하고도 친숙한 방식인 프로이트 이야기를 했고, 그애는 그 이야기를 듣더니 '항상 배우고 싶었지만 이제는 너무 멀리 와서 (동생은 컴퓨터를 전공한다) 그럴 기회가 없다'고 말했다.

〈인셉션〉의 어떤 장면을 떠올렸다. 그애가 봤는지는 모르겠다. 엘렌 페이지의 꿈속에서, 마리옹 꼬띠아르는 한 치의 망설임도 없이 다가와 단번에 그녀의 뱃속에 칼을 쑤셔 넣는다. 〈인셉션〉을 떠올리면 가장 먼저 떠오르는 장면이다. 내가 중학생 무렵부터 아직까지도 길거리를 걷거나 군중 속에 섞일 때마다 수도 없이 되풀이하는 장면이다. 어떤 날은 하루종일 주머니에 손을 넣고 다녀야만 했다. 누군가가 나를 해칠 것이라는 두려움을 참지 못하고, 결국 내가 먼저 그렇게 해버릴 것만 같아서다. 말할 필요도 없다. 그애, 동생과 나는 폭력의 경험에 대해 이야기하지 않는다. 얼마나 죽고 싶었는지 얼마나 무력했는지 얼마나 참을 수 없었는지 말하지 않는다. 우리가 같은 증상을 공유하고 있다는 것만으로 증언이 불필요한 위안을 받기 때문이다.

나는 나를 너무 사랑해서 그러고도 남는다

20161222

인간과 우주 성적이 떴다. F였다. (이 글을 읽는 불특정 소수에게 해명하고 싶은 바가 있는데, 이 수업은 절대 평가로 성적을 매긴다. 거의 매주 있는 숙제를 포함해 중간, 기말 성적이 60, 70점이 넘지 못하면 무조건 F다. 막무가내로 출석을 하지 않거나 시험을 치지 않은 상황이 아님을 알아주길 바라는 마음에 구차하게 덧붙여본다. 어쨌든 내가 개차반으로 성적을 받았음은 더 말할 필요가 없다.) 결국 눈물과 호소의 성적 정정 메일을 보냈다. 조교님에게서 연락이 와서 '너의 사연이 사실이냐'고 물어봤고, '살려주세요'라는 말밖에는 할 수 없었다. 저녁 무렵 감사하게도 성적을 정정해주겠다고 연락이 왔다. 이대로는 안 되겠다 싶어 진작에 성적이 뜬 미대 수업에도 정정 메일을 보냈다. 한 그레이드만 올려줄 수 있겠냐고 물었으나 하루종일 기다려도 답장이 오지 않았다. 남은 과목인 독일어 수업은 아마도 마감일 전에나 성적이 뜰 것 같아 불안했다. 이날은 하루종일 자비를 구하는 글을 쓰고, 스스로가 얼마나 비참하고 어려운 상황에 있는지를 되풀이해서 말하면서도, 수

신인에 대한 아무런 확신이 없어 마치 시지프스의 형벌을 받고 있는 것만 같았다. 구원 가능성이 전혀 없는 일에 끊임없이 매달리는 까닭은 사실 일말의 희망을 아예 버린 것이 아니기 때문인데 그것이 사람을 미치고 팔짝 뛰게 만든다. 어쩌면? 어쩌면. 뭐가 어쩌면인지. 나는 모로 누워 이빨로 손톱을 끊어 먹으면서 시간을 보냈다. 세상이 나를 죽이려고 한다. 이런 착각에 빠지지 않기란 어렵다. 운명적인 비극(실은 운명과 비극은 동의어임에도 불구하고, 더이상 강조하려는 뭔가가 존재한다는 듯)이 앞에 당도했고 나는 죄수처럼 고개를 늘어뜨린 채 끌려갈 뿐이다. 스스로를 십자가에 못 박히게 하고, 비탄에 잠기게 하고, 결국 숭고하게 만드는 일은 쉬워도 너무 쉽다. 단지 F를 받고 학고를 맞을 상황이라는 이유로 나는 나에게 충분히 그런 축복을 하사할 수 있다. 한 시간만 전기장판 켠 침대에 모로 누워 있을 수 있다면 차고 넘치게도 가능한 일이다. 나는 나를 너무 사랑해서 그러고도 남는다. 며칠간은 이런 상태에 시달리면서 보냈다. 내게 학고와 학고를 준 학교와 졸업이, 진실로 아무런 의미가 아님을 확인하기까지 대략 삼 일 정도가 걸렸다.

거짓말을 멈출 수 없을 것이다

20161223

알바를 가던 중에 할아버지에게서 전화가 왔다. 무슨 일을 하냐고 하길래 클럽에서 일을 한다고 했다. 클럽? 술집 아니냐? 이런 말을 했던 것 같은데 틀린 말은 아니어서 맞다고 했다. 나더러 술을 파냐고 하길래 그도 틀린 말이 아니어서 맞다고 했다. 그러니까 할아버지의 머릿속에서 나는 술집 여자가 된 셈인데 그 '술집 여자' 일을 안 한 것도 아니고, 그 '술집 여자'보다 더한 일도 해왔기에 이 역시 틀린 상상이 아니라 내버려두었다. 할아버지는 씨근덕거리면서 전화를 끊었다.

마음이 아팠다. 미안했다. 거짓말을 할 수도 있지 않았을까? 왜 이제 예쁘고 귀여운 연기를 할 수 없을 만큼 피곤해졌을까? 할아버지가 첫마디로 건넨 '아빠 병원에 갔다 왔냐'고 묻던 그 말을 들었을 때 치밀던 화를 부정할 수가 없다. 아빠를 향한 연민을 꾸역꾸역 삼키고 있는 사람으로서 나는 할아버지에게 원망을 어떤 방식으로든 숨기지 못할 것 같다. 그렇지만 할아버지에게서 느낀 일말의 죄책감은 곧 주이상

스적 쾌감으로 바뀌었는데 바로 1월 5일경 병원을 방문했을 당시 엄마로부터 전해 들은, 할아버지와 막내동생 사이에 있었던 한 사건 때문이다.

할아버지는 '서울대에 간 손녀'인 내가 퍽이나 자랑스러웠을 것이고 그 성격에 동네방네 떠들고 다녔을 것이다. 그런데 아이고, 아니나다를까, 그 손녀가 졸업도 못하고 빌빌거리고 돈도 못 버는데다 심지어는 '술집 여자'가 되었다니 이 얼마나 치욕스럽고 수치스러울 것인가? 또 그걸 막냇동생에게 밥을 사 먹이면서 말한 모양이다. '너희 언니는 서울대나 가놓고 술집에서 술을 팔고 어쩌고 저쩌고' 등등. 하지만 막냇동생이 그런 말에 눈 하나 깜짝 하지도 않았으므로 이 이야기는 고스란히 엄마의 귀에 들어온 셈이다.

죄책감을 느꼈던 부분은 할아버지가 어쨌든 내가 술집에서 술을 판다는 사실을 믿고 있다면 약간의 '안쓰러움'을 느끼지 않을까 하는 것이었다. 물론 그는 나를 연민하고 있을 것이다. 동시에 나는 이제 그의 수치의 일부가 되었다. 선명하고 돌이킬 수 없게 그렇게 되었다. 그가 주변 사람들에게 (만약 주변 사람이 있다면) 나를 소개할 때 뭐라고 할까? 그 모욕감을 안고 뭐라고 말할까? 이러한 상상들은 나를 아찔한 미지의 영역으로 데려간다. 입꼬리가 귀에 걸리도록 웃다가 마지막에는 자지러지게 웃을 수밖에 없는 그런 상상. 다음에 전화가 오면 완전 바닥까지, 아니지, 아주 배를 까뒤집고 내장까지 훌렁훌렁 다 보여줘야지, 그런 다짐을 하게 하는 상상.

하지만 그는 늙었고, 아프고, 또 죽을 것이고, 나는 그를 사랑하고, 그래서 어쩔 수 없이 한 번의 거짓말을 할 것이다. 그 거짓말을 멈출 수 없을 것이다. 그것을 잘 안다.

사랑한다는 문자를 보냈다

20161231

알바를 했다. 알바를 하면서 열두시가 지났고, 2017년이 왔다. 사랑하는 사람들에게 사랑한다는 문자를 보냈다. 언니는 올 한 해 존재하느라 수고했다고 말했다. 그게 나를 울렸다. 강해져야겠다고 생각했다.

2017

그렇게 하면 안 되는데 무성의했던 순간들

20170102

계획은 두시에 병원에 들렀다가 푹 자고 일곱시 송년회에 가는 것이었는데 세시쯤 급하게 호출이 와서 미팅을 갔다. (사실 이 약속을 까먹은 거였다.) 생각보다 이야기가 길어져 여덟시가 되어 파했고, 관악으로 건너오니 아홉시였다. 사보테일러라는 낙성대에 있는 술집 전체를 (무려 공짜로) 대관한 이 송년회의 주관은 H인데, 이곳이 큐이즈 낙성대 분점 같은 것이 된 지 꽤 오래라 유별난 상황은 아니었다. T를 간만에 볼 수 있었는데 반가운 티를 내지 못했다. Q도 볼 수 있었다.

그런데 너무나 피곤했고, (미팅에서 지나치게 기력을 소진해버린 탓에) 배가 고파서 친구들의 안색을 살필 기력 없이 술만 들이마셨다. (복기해보면서 내가 다시 한번 이기적이고 배려심 없는, 아빠를 닮은 기질을 타고났음을 깨닫는다. 엄마는 항상 내가 아빠를 닮았다고 말하곤 했다. 그건 사실이다. 최소한 사실임이 점점 드러나고 있다. 그걸 잊어서는 안 된다.) 막차가 끊기기 직전이라 집에 간다는 Q를 붙잡거나 챙길 수도 있었는데 그러지 않았다. T가 집에 간다고 했을 때도 마찬가지다.

내가 어떻게 인사했는지 기억한다. '그렇게 하면 안 되는데 무성의했던 순간들', 주워담을 수 없는 이러한 순간들이 괴롭게 느껴지는 이유는 다른 이들을 슬프게 했거나 외롭게 했을까봐가 아니다. 그로써 드러난 나의 결점들 때문이다. 이런 부분에서 인간성이 드러난다고 느낀다. 잔인하고 이기적이고 배려심이 결여된 민낯을 마주 대하기가 치욕스럽다. 가능하다면 기억하고 싶지 않다. 쓰고 싶지도 않다. 그런데도 '알게 하려는' 이유는 내가 너무 잘 잊는 사람이기도 하기 때문이다. 어쨌든 이날은 일억오천 년 만에 노래방에 갔다. 세 시간을 놀았다.

엄마에게 연민과 죄책감을 느낀다

20170105

병원에 갔다. 내가 모은 헌혈증을 주기 위해서다. 그간 등기와 편지로 온 헌혈증과 친구들이 내게 준 헌혈증, 동생이 모은 것과 엄마가 모은 것들을 합치니 오백 장 가까이 되었다. 내가 다가가니 아빠는 갑자기 눈을 부릅떴는데 그 순간 그가 벌떡 일어나서 내 목을 조를지도 모른다고 생각했다. 엄마는 그것이 '누군가를 알아봤다는 표현'이라고 했다. 엄마와 몇 시간 정도 대화를 나눴다. 새로 한 문신을 보여줬다. 병원 풍경과 아빠, 엄마의 얼굴을 떠올리면 몸이 무거워져 글자를 제대로 칠 수가 없다. 엄마에게 연민과 죄책감을 느낀다. (병원에서 나는 막냇동생에 대해 쓰고 싶었다. 그런데 막상 일기를 쓸 때가 되니 무슨 말을 해야 할지 모르겠다. 내가 무슨 말을 할 자격이 있을까? 무슨 말이 도움이 될까? 무슨 말을 덧붙일까?)

거의 설날이 가까워져 이 일기를 쓴다. 병원에 가야 할 때가 왔지만 발걸음이 떨어지지 않는다. 정말 두려운 것은 엄마와 인사를 하고 병원 문을 나설 때다. 그때 무너지는 것을 참을 수가 없다. 어떻게 견디면 좋을지 방법을 찾지 못했다.

나의 악몽에는 언제나 가족들이 나온다

20170127

하루종일 오늘 꾼 꿈에 사로잡혀 지냈다. 오늘 꿈을 두 번 꾸었다. 나의 악몽에는 언제나 가족들이 나온다. 배경은 어릴 적 살던 집인데 이곳은 허물어져 흔적도 남지 않았으므로 상징적인 폭력과 노스탤지어의 배경으로만 소환되는 셈이다. 내가 마지막으로 물리적으로 존재하는 이 장소를 방문했을 때는 고등학생 무렵이었던 것 같은데 어쨌든 제 발로 여기를 찾아갔던 기억은 이미 자체 검열된 지 오래다. 눈물과 신체적인 떨림이 있었다. 나머지는 모르겠다. 기억에 없다. 어쨌든 꿈에서는 모든 것이 생생하다.

첫번째 꿈. 나는 어떤 여자애와 할아버지의 방에서 섹스를 하고 있다. 나는 그애를 알아보는데 꿈에서는 원나잇이라고 생각한다. 뭐가 먼저고 뭐가 뒤인지 모르겠다. 뒤죽박죽이지만 아무래도 좋은 것이 오르가즘에 도달하기 직전이기 때문이다. 그런데 문이 벌컥 열린다. 할아버지가 들어왔다. 나는 정말 아무래도 상관이 없어서 그애에게 계속하라고 재촉한다. 할아버지는 처음에 너무 놀라 문을 닫지만 자신의 방에서 자기 손녀가 하고 있는 짓거리를 용납할 수가 없으며 그래서는 안 된다는 것을 수 초 만에 인지한다. 불같이 화를 낸다. 나는 여전히 내 오르가즘이 제일 중요하기 때문에 할아버지를 무시한다. 할아버지는 너무 화가 난 나머지 주먹으로 전등을 깬다. 내 얼굴 위로 유리가 쏟아지고 뜨듯한 온기가 느껴진다. 피인지 아니면 전구에 남아 있던 열기인지 모르겠다. 신경쓰기 싫어서 일단 이불을 뒤집어쓴다. 아빠가 갑자기 들이닥치는 소리가 들린다. 상황이 어떻게 돌아가는지 모르겠다. 아빠가 나를 보고 미련하고 바보 같다고 욕을 하는 소리가 이불 너머로 들린다. 얼굴에 열기가 점점 번진다. 아빠가 도망을 치라고 하는 것 같다. 얼굴이 점점 더 뜨거워진다. 이불 바깥으로 나가기가 무섭다.

첫번째 꿈에서 깨어난 부분이 여기다. 깨고 나서 생각해보니 전기장판이 뜨거웠던 것 같다.

두번째 꿈도 마찬가지로 같은 배경이다. 하지만 상대가 바뀌었다. 엄마를 피해서 아빠와 섹스를 해야 하는데 왜 그렇게 되었는지는 기억이 나질 않는다. 대신 선명하게 기억나는 장면이 하나 있다. 섹스 후 화장실에서 아빠와 같이 샤워를 하는데 질 내에 뭔가 이물감이 들어서 찝찝한 나머지 손가락으로 확인을 했다. 그런데 너무나 놀랍게도 거기에 아빠의 고추가 들어 있다. 너무나 놀라서 이걸 어떻게 하냐고, 설마 섹스중에 내가 아빠의 고추를 끊어 먹은 것 아니냐고 당황하고 미안해서 물어보니 다행스럽게도 아빠의 고추는 거기 그 자리에 보존되어 있었다. 나의 질 내에 있었던 정체 모를 고추 비슷한 그 역겨운 덩어리는 그저 말 그대로 '정체 모를 고추 비슷한 역겨운 덩어리'였던 것이다. 그걸 변기에 버렸고, 물을 내렸다. 꿈에서 깨고 나서도 그게 내 안에 있었을 때의 무게감과 촉감을 잊어버릴 수 없었다. 하루종일 고추를 달고 있는 기분이다. 나는 아빠의 고추가 어떻게 내 안에서 움직였는지를 생각한다. 그리고 그걸 어떻게 내가 원했는지를 생각한다.

아빠의 시신과 단둘이 누워 있던 두 시간

20170313

아빠의 노트북으로 글을 쓰고 있다.

나는 지금 일 년 후 집주인이 이 집의 상태를 문제 삼으면서 혹시나 보증금을 돌려주지 않으면 어떡하나 하는 현실적인 문제를 고민하고 있다. 정말로 걱정되는 것은 아니다. 일 년 뒤의 문제는 일 년 뒤에 생각하면 된다. 그러면 정말로 걱정하고 있는 것은 무엇이지?

아빠의 유골함을 들어보고 싶다고 생각했다. 삼촌은 화장터에 들어가는 내내 연신 눈물을 찔끔찔끔 흘려댔다. 유골함은 사람 머리와 비슷한 크기다. 난 그것의 무게도 사람의 머리와 비슷한지 궁금했다. 내게 그럴 기회는 끝까지 주어지지 않았다. 난 아무것도 요청하지 않았다.

언어는 살갗과 같다고, 정확한 문장은 기억나지 않지만 롤랑 바르트가 그렇게 말했던 것 같다. 아마도 내가 맥락과 전혀 다르게 전유하고 있을 것임을 안다. 내뱉으면 내뱉을수록 돋아나는 살들. 만지고 더듬으면서 확인하는 사실들. 그런 식으로 얼마나 자주 오돌토돌하게 돋아난 파충류의 피부를 가진 나를 더듬어야만 했는지.

결코 마주하고 싶지 않은 상황 속에서 허부적거리는 악몽을 한창 꾸고 있을 무렵 엄마에게서 전화가 왔고 나는 꿈에서 깨어났다. 나를 미워하는 사람들 사이에서 나는 궁지에 몰려 있었고, 나를 사랑하는 몇몇 사람들에게 기어가는 그런 꿈이었다. 추잡하고 끈적한 인상이 남아 있다. 엄마는 내게 왜 우울하냐고 물었다. 말로 하면 사실이 되잖아. (새벽 내내 잠시도 웃지 못했다. 손목을 세로로 긋는 상상을 수백 번 했다. 차로로 뛰어들거나 높은 건물에서 뛰어내리는 것을 상상했다. 어떤 기능도 수행할 수 없다고 생각했다. 구실할 수 없는 인간이라고 생각했다. 미성숙하고 유치한 인간이 상상할 수 있는 파괴적인 모든 일.) 잠시간의 추궁 끝에 사실을 털어놓았다. 아빠가 죽은 것이 내게 영향을 행사하고 있다는 사실을 받아들이는 일이 힘들다고. 내가 이런 인간이고 모든 상황을 초래했음에도 불구하고 누군가를 원망하고 있기 때문에 두렵다고. 또 내가 모든 것을 부술까봐 무섭다고. 그러자 모든 여자의 대표인 그녀가 내게 무슨 말을 했나? 그녀는 기도중에 울고 있는 내 영상을 봤다고 했다. 또한 하나님이 말씀하시길, 내게 성경 한 권을 사줘야 한다고 했다. 그 이후의 대화는 기억이 전혀 나질 않는다. 엄마는 울면서 기도에 대해 말했다.

아빠의 죽음 앞에서 울어주는 그의 친구 한 명이 없었다는 사실이 내게 전혀 연민을 유발하지 않는다. 그건 오히려 내

운명과 그의 운명을 겹쳐 보이게 했다. 장례식이 끝나고 나는 생전 처음 돈을 주고 사주를 보러 갔다. (태어난 시를 몰랐기 때문에 그건 실패로 돌아갔다.)

그가 자신의 장기를 기증하려는 의사를 밝혔지만 모든 장기가 믿을 수 없을 정도로 망가져 있었기 때문에 즉시 의사로부터 거절당했다는 일화가 있다. 난 그 이야기를 듣고 참을 수가 없어 폭소를 터뜨렸다.

만약 그 사람됨이라고 할 수 있는 동일성이 그의 신체에 부착되어 있던 것이라면, 그 신체가 사라지고 난 뒤에 우리는 그 사람을 어떻게 말하고 기억해야 할까? 나는 장례를 치르는 내내 멍한 상태로 영혼에 대해서만 생각했다. 고통은 인간에게서 가능성을 박탈한다. 존재로부터 추방시킨다. 그러한 육신도 인간으로 존재한다고 말할 수 있을까? 이렇게 모욕을 가하는 동안 대항할 수도 없는 그 사람의 존재를 이제 어떻게 말해야만 할까? 난 아빠와의 기억, 아빠의 기억에 대해 더이상 아무런 말도 할 수 없다고 느낀다. 혹은 쓸 수 없다고 느낀다. 일시적으로? 어쨌든 이 죽음, 타자 앞에서 말문이 막힌다. 이 사람에 대해 영원히 알 수 없다고, 죽음이라는 무지막지한 폭력 앞에서 마지못해 인정한다.

그러나 어떻게 아빠를 용서하지요? 어떻게 그렇게나 쉽게 빨리 이 모든 일을 남겨두고 죽은 사람을 용서하지요? 아빠의 시신과 단둘이 누워 있던 두 시간 동안 얼마나 입에 담지도 못할 상상을 했는지 하나님 아버지는 아시나요? 아시면서 성경을 사주라고 하셨나요?

그는 충분히 죽지 않았습니다

20170324

돈이 많았다면 하지 않아도 될 걱정만을 하고 있다.

그렇다고 요즘 나를 지배하는 이 우울, 무기력, 자살에 대한 강한 갈망, 이걸 애도라고 할 수 있나? 이게 뭐지? 등등이 모두 돈과 관련된 것은 아니지만… 덜 비참하게는 만들었을 수도… 돈이 많았다면 휴학을 했을 것이다. 졸업을 대리시켰을 것이다. 자살도 대리시켰을 것이다.

여기서 더 위험해지지 않기 위해 공격성을 최대한 '건강한' 장소나 행위로 '승화'하려고 하는데, 이런 생각 자체가 병적이라고 생각한다. 여기서 벗어날 수 있기나 할까? 타이핑을 할 수 있게 되기까지 이 주가 걸렸고, 아직도 이모티콘을 쓰지 못하고 있고(영문을 모르겠다), 모든 행정 업무나 스케줄 관리에 있어서도 느슨하고 무기력하고 무책임한 상태다. 이십사 일 정도면 충분히 애도한 것 같으니 이제 그만 애도를 하고 싶다. 뭘 애도하는지도 모르겠다. 아빠를 애도한다는 것이 뭔 의미지? 아빠를 왜 애도하지? 어차피 평생 애도를 했고 내일도 애도할 예정인데 이십사 일만 애도한 것도 이상하다. 좀 적당히 애도를 하고 일상을 살아야 하는데. (배운 여자들에게 경고. 아빠를 이미 죽였다고 생각할 때조차 그는 충분히 죽지 않았습니다.)

아빠는 날 위해서 모든 걸 했다고 말했다

20170328

악몽을 많이 꾼다. 이걸 악몽이라고 할 수 있을까? 아빠가 너무 많이 그리고 자주 나온다. 아빠를 발로 찼다. 아빠의 배를 발로 찼다. 아빠는 항상 건강한 모습으로 꿈에 등장한다. 아빠는 날 위해서 모든 걸 했다고 말했다. 그게 꿈인지 실제로 있었던 일인지 잘 모르겠다.

우리가 잠들었을 때 일어난 일

20170403

꿈은 비물질적일 뿐만 아니라 반물질적인 성격도 가지고 있어서 어딘가에 기록이라도 할라 치면 그 의도를 눈치채곤 비웃듯이 녹아서 사라진다. 여기 적히느니 차라리 자살이라도 해버리겠다는 태도다. 만약 꿈이 스스로 뭔가를 결정하고 있다면 말이다. 꿈이 그럴 수 없다는 것은 알고 있지만 때로는 분하고 이가 갈린다. 이런 끔찍한 일을 자고 있는 동안에 당했는데 그 내용을 기억조차 할 수 없다는 사실에 대해서 말이다. 남아 있는 것은 그저 '당했다'는 감각뿐이다. 꿈을 통제할 수 없다는 사실 때문에 많은 시간을 충격받은 채로 지냈는데 그 사실을 받아들이고 인정했다고 해도 여전히 짜증은 난다. 성가시다. 나는 꿈을 꾸라고 내게 말한 적이 없다.

우리가 깨어 있을 때 일어나는 일들에 대해 우리는 책임질 수 있다. 그러나 밤에 일어난 일, 우리가 잠들었을 때 일어난 일에 대해 우리는 그저 수치스러워하며 얼굴을 감싸쥔 채 깨어나야만 한다. 십계명에서는 '남의 아내를 원하지 말라'고 한다. 하지만 어떻게 원한 것만으로 죄가 될까? 저지르지도 않은 죄에 대해 우리는 속죄해야 할까? 이야기가 너무 멀리 왔다. 중요한 것은 어떤 꿈은 정말로 인정할 수 없다는 것이다. 물론 인정하건 말건 꿈은 내게 벌어지는 일이다. 그러므로 나는 꿈의 기록을 필요로 하는데, (물론 지금처럼 잘되지는 않는다. 꿈이 반항하기 때문이다.) 그 이유는 꿈이 번역을 요청하고 있(다고 생각하)기 때문이다. 하지만 내가 정말로 모든 꿈의 완전한 기록을 원할까? 그런 장치가 있다고 한다면 그걸 사용하게 될까? 실제로 그런 장치가 있다고 한다면 처음에는 혐오스럽고 이후에는 실망스럽다가 연민하게 될 것이다. 아마도 많은 현대의 매체들이 그러한 장치를 꿈꿨으리라고 생각되기 때문이다.

말은 날 더럽게 만든다

20170411

어딘가에서 말을 할 때마다 크나큰 고통을 느낀다. 가능하면 말하고 싶지 않고 정물처럼 처박혀 있고 싶다. 왜냐하면 정말로 하고 싶은 말은 경멸, 조롱, 비난, 또는 아주아주 상관이 없는 말, 오직 나에게만 중요한 말이기 때문에. 그리고 그 말을 중요하게 들어줄 사람, 그런 말에 반응해줄 사람을 만나기란 무한히 어려움을 알기 때문에. (누가 나를 인간으로 봐줄 것인지? 충동을 참기가 어렵다. 어떤 입술들에 키스하고 싶다는 충동을. 그들이 나를 때리거나 욕하거나 밀치거나 저주할까? 아니면 사랑할까?)

왜 이렇게 말하기의 고통에 대해 쓰고 있느냐면 곧 미술대학 졸업을 위해 셀프 프레젠테이션을 해야만 하기 때문이다. 졸업 요건 중 하나인 영어 수업에서 자꾸만 말하기를 시키기 때문이다. (드디어 이것에 대해 쓰는군!) 난 정말 이 모든 관행들로 괴롭다.

미술대학을 복수전공으로 선택한 것에 대해서는 2013년으로 돌아가서 뜯어말리고 싶은 심정인데(그것이 무려 사 년 전

일이라니 믿을 수 없다), 그럼에도 지금 와서 포기를 하지 않는다는 것이 나의 드문 미덕 중 하나다. (이것이 '예술가'가 되지 못하는 이유라고 생각한다. 나는 어중간하게 성실하고 어중간하게 재능 있다.) 어쨌든 이 미친 짓을 하기 위해 계속해서 내 작업과 나를 말해야 한다. 나에 대해 아무런 말을 할 수 없어서 오로지 퍼포먼스만 하고 있다는 것을 어떻게 말로 설명한단 말인지? 글과 방송, 작업이나 기타 등등 인생 전체가 구라이고 퍼포먼스라는 사실을 어떻게 말로 설명을 한단 말인지? 나는 퍼포먼스이고 껍데기라는 사실을 어떻게 말로 전달해야 하지? 극도로 예민한 껍데기 말고는 아무것도 남은 것이 없는데요. 말은 날 더럽게 만든다. 난 말이 끔찍하다는 것을 알고 있으므로 말로 날 전달하는 것이 두렵지만 그것이 '작업의 일부'가 된 어떤 맥락들로 머리를 처박고 죽어버리고 싶은 심정이다. 하지만 졸업을 해야 하고 계속해서 머리를 처박고 있을 수는 없다.

살아 있으면 그럴 수 있을 것이다

20170417

졸업을 못할 것 같다.

왜 이렇게 생각을 하냐면, 사실 이유는 없다. 아마도 내가 걱정이 지나친 사람이어서일 수도 있고, 어쩌면 인생에서 이미 너무 많은 실패를 경험해서일 수도 있고, 아니면 미술대학이 나를 지나치게 위축시켜서일 수도 있다. 이렇든 저렇든 실패하리라는 예감이 든다. 살면서 이렇게 실패하리라는 강한 예감이 덮친 적이 있었나? 많다. 존나 많다. 이겨내지 못할 것 같아서 지레 포기하고 해탈한 적이 이미 많다… 이런 식으로 생각하면 편해질까? 그렇지는 않다. 왜냐하면 실패는 새롭기 때문이다. 실패는 매번 놀랍도록 새롭기 때문이다. 사람 정신을 망가뜨리는 종류의 초현실적인 경험은 아니지만, 어쨌든 각각의 실패에는 고유한 충격이 항상 있다.

지금은 정해진 실패를 목전에 두고 정신과 육체를 졸전에 쏟아붓고 있다. 어제는 생리까지 시작했다. 생리가 무슨 대단한 문제일까라고 생각되지만 막상 생리 기간이 되면 몸이 말을 듣지 않는다. 약을 먹으면 해결되겠지만 나는 술을 언제든 마실 수 있어야 하기 때문에 (대단히 중요한 문제임) 약을 먹을 수 없다. 그래서 생리통을 아무데나 유기한다. 그 결과 아무때 아무 곳에서 생리통이 발생한다. 수요일까지 교수님이 뭔가를 해놓으라고 말했는데, 이것을 해놓지 못하면 실망을 살 것이고 심사에도 통과하지 못할 것이다. 오늘은 인터뷰 글을 하나 마무리해야 하고, 내일은 완성해가야 하는 교양 수업 시험지가 있다. 오늘까지는 내야 하는 글이 있었는데 불가능할 것 같아 마감을 늦춰달라고 간청하는 메일을 보냈다. 22일까지 외부 전시 자기소개문을 보내야 하고, 그 전시에서 뭘 할지 정해야 하는데 안타깝게도 정신이 나가버렸다. 이 글도 언젠가 웃으면서 봐야 하는데 살아 있으면 그럴 수 있을 것이다. 졸전 심사가 통과되든 아니든.

저는 찍었고, 그래서 존재했습니다

20170502

〈장례식〉은 보리스 레만의 (아마도) 마지막 영화라고 한다. 영화가 끝난 후 감독인 보리스 레만이 등장했다. 백발의 그는 조그맣고 마른 설치류 같아서 당장이라도 몸을 숨길 만한 장소를 마련해줘야만 할 것 같았다. 자리에 앉은 지 얼마 되지 않아 그는 (통역사를 통해서) 이렇게 말했다. "이상한 일이네요. 여러분에게 처음 소개되는 영화가 제 마지막 영화라니." 거짓말 같다고 생각했다. 영화를 찍을 기력이 있는 한 말 그대로 죽을 때까지 영화를 찍을 사람같이 보였기 때문이다. 그는 자신의 '대하장편영화'인 〈바벨〉의 한 씬을 틀어주고 싶다고 요청했다. 통상 GV에서 '강제로' 영화를 다시 관람해야만 하는 상황은 처음이라 웃음이 나왔다. "〈바벨〉을 모두 보기 위해서는 며칠이 걸릴 겁니다." 영화는 총 삼백팔십 분이다. 그가 우리에게 보여주기를 원한 장면은 영화의 첫 씬으로 워털루 사자의 언덕에서 촬영된 것이다. 91년도의 보리스 레만이 화면의 중앙 비스듬한 곳에서 카메라를 쳐다보고 있다. 그는 언덕에서 불어오는 바람을 정통으로 맞으면서 감색의 빽빽한 머리카락을 휘날리게 둔다. 그의 뒤로 몇 안 되는 관광객들이 이 광경을 훔쳐본다. 비교적 젊은 보리스 레만이 화면을 보고 말한다. "지금은 촬영중입니다. 〈바벨〉을 촬영중이죠…" 시나리오가 없어서 그는 나오는 대로 말을 한다. 자기가 무슨 말을 하고 있는지도 모르는 채로. 심지어 그 사실을 다시 말하기까지 한다. 촬영이 제대로 되고 있는지 모르겠다거나 스텝들과 일하는 것은 힘들다는 등 쓰잘데기없는 소리를 그저 지껄인다.

그는 속수무책으로 찍히고 있다. 찍힐 때 그는 무지하다. 오로지 무지해지기 위해 찍고 찍힌다. 그는 자기 영화에 대해서 아는 것이 하나도 없어 보인다. "영화를 찍는 것은 마치 물에 빠지는 것과 같습니다." 물에 빠지기 전까지 나는 물을 알 것 같다. 물에 손을 담그는 것 정도로 나는 물을 알 것 같다고 느낀다. 이 정도로 차갑다면, 이 정도로 깊다면, 막상 물에 빠지면, 나는 측량할 수 없는 심원함으로 압도된다. 이 물질, 내가 처음으로 알게 된 물이라는 물질은 내가 전혀 몰랐던 낯선 것이다. 나는 물을 처음 안다고 느낀다. 이렇게 어떤 종류의 일은 시작되고 난 후에 우리의 통제를 완전히 벗어나는 것 같다. (차라리 물질이 될 수는 없을까? 우리는 그렇게 되어야 하는 것 아닐까?) 아마도 그의 작업 방식에 문제가 있는 것일지도 모른다. 그는 오백 편 이상의 영화를 찍었지만 단 한 번도 시나리오나 스크립트를 준비하지 않았다. 뿐만 아니라 보리스 레만은 대부분의 영화를 감독하고 동시에 배우로서 출연한다. 이런 특징으로 그의 영화는 (그의 말에 따르면) '허구면서 동시에 사실인' 면을 보인다. 그는 충동적으로 자기 이야기를 했다가 거짓말을 하기도 한다. 〈장례식〉에서는 그의 친구들로 보이는 인물들이 맥락 없이 등장해 춤을 추고 노래를 하는 장면이 계속해서 삽입된다. 이런 장면들로 무슨 메시지를 우리에게 전하고 싶어하는 것 같지도 않다.

〈장례식〉 말미에서 그는 '저는 찍었고, 그래서 존재했습니다'라는 대사 혹은 고백을 한다. 그가 정신병원에 입원했었다는 이력이 '영화 만들기'에 대한 강박에 가까운 부연으로 따라붙는다. 보리스 레만의 생애사로 그의 작업은 정신병자의 강박적 자기 기록으로 납작해진다. (그의 작업을 다 볼 필요가 뭐가 있단 말일까?) 그러나 실제로 영화를 오백 편 만드는 것과 정신병자가 중얼거리는 것 사이에는 부인할 수 없는 간극이 존재한다. 〈장례식〉에서 반복적으로 사라지는 보리스 레만은 마치 의미화되려는 충동과 싸우려는 것 같다. 그는 영화를 통해서 가장 빠르게 의미로부터 탈출한다. 물에 빠진 채로, 하지만 허우적거리지는 않으면서. 예컨대 〈장례식〉에서 그가 제시하는 뜬금없는 위로들(아코디언과 중국무술 등)은 어이가 없고 당황스러워서 헛웃음이 나온다. 이게 그의 친구들이 '그냥 등장'한 것이 아니라면 놀랄 정도다. 이걸 대체 왜 봐야 할까? 보리스 레만이 중얼거리고, 그의 친구들이 악기를 연주하는 장면 따위를…

본인 말에 따르면 그는 평생을 이런 무의미한 영화를 무려 오백 편이나 찍으면서 인생을 낭비했다고 한다. 쓸데없고 무의미한 장면들을 관객에게 억지로 보게 하는 영화제의 권능을 방치하면서, 보리스 레만은 '디지털 매체와 영화 제작의 조건'에 대한 프로그래머의 질문에 멍청하게 대답한다. "그런 것은 잘 모르겠습니다… 저는 좀더 우주적인 관점에서 영화를 만들고 싶었어요." 누군가는 단지 영화 속에서 사라지기 위해, 영화 속에서 무의미해지기 위해 영화를 찍는다. 영화라는 물질 속에서 나는 무의미해질 자격을 얻는다. 여전히 이러한 것들이 나를 감동시킨다.

언니와 섹스를 이전처럼 할 수 있을까?

20170504

어제 나와 언니는 이상한 밤을 겪었다. 우선 지금부터 이 이야기가 모두 픽션이라고 고지해야 할까? 이런 이야기를 쓰면 잡혀가는 것인지 아닌지 궁금하고 또 무섭기 때문이다. 나는 거짓말을 잘하는 사람이니까 이것이 전부 거짓말이라고 해두자. 이런저런 이유로 나는 최근 돈이 없다고 느끼고 있었고 전주에 갔다오고 나서는 이 사실에 대해 뭔가 대책을 세워야겠다고 생각했다. 아르바이트를 해봤자 일수를 더 늘릴 수는 없고, 글 쓰는 것은… (이것으로 무슨 돈을 번단 말일까? 허튼 소리다.) 아르바이트를 하나 더 할까? 대체 무슨 아르바이트를 더 한단 말인지. 돈이야 매일 없는 것이지만 공과금이 한꺼번에 빠져나가고, 휴대폰 요금 독촉이 오고, 교통비도 내야 하는 상황이 닥치자 마음이 급해졌다. '조건이라도 할까?' 이 생각이 떠오른 것은 순전히 언니의 공이 큰데 과거 언니가 조건으로 급한 돈을 메꾼 적이 있다는 사실을 알고 있기 때문이다. 언니에게 '나 조건이라도 할까봐' 하고 메시지를 보내자 언니는 몇 마디를 나눈 후 '내가 할 테니 자긴 하지 마'라는 이상한 말을 보내왔다. 원나잇이나 조건이나 별 차이가 없을 것 같다는 막연한 생각을 하면서 일회적 만남을 구하는 어플을 깔았다. 여기에 굳이 묘사하기도 피곤한 감정노동(이라고 해봐야 구구절절한 자기소개와 조건에 대한 가격 제시와 목적 없는 문자들에 일일이 답장하기 등등)을 며칠 거친 후 도저히 못하겠다고 생각될 때마다 언니에게 징징거렸다. 경험자인 언니는 조건 하면서 있었던 몇 가지 일화들을 이야기해주며 나를 격려해주었다. (사실 이때부터 급진적인 레즈비언 커플을 소재로 한 희극적 장면이 떠오르기 시작했다.) 이런 새끼도 있었고 저런 새끼도 있었으며, 어쨌든 고추 빨아서 돈 벌기는 힘들다는 이야기였다. 동시에 언니는 그들(남성들)의 불안함과 취약함과 나약함 등등에 대한 이야기도 해줬다. 언니가 그간 나와 만나면서 이 이야기를 못해서 얼마나 답답하고 외로웠을지 새삼 상상되었다. 이제라도 내가 조건을 하게 되어 언니와 경험을 나눌 수 있어 기쁘고 다행이라는 생각이 스쳤다.

그러던 중 한 남자가 통화를 요구했고, 그와 또 며칠 연락 후 약속이 잡혔다. 그는 그의 동네로 내가 오길 원했다. 그건 고된 여정이었는데 그의 동네가 멀기도 할 뿐더러 환승이 잦았기 때문이다. 어쨌든 이 모든 것을 경험비용 내지는 인스탄트 카르마(무엇에 대한?)로 여기며 최대한 마음을 안정적으로 유지하려 노력했다. 그의 동네에 도착해 맨 처음 한 일은 담배를 사는 것이었다. 담배를 사는 일은 순탄하지 않았다. 편의점 직원분은 내 주민등록증의 출생연도와 사진을 의심스러운 눈길로 쳐다보며 내게 '나이를 똑바로 대보라'고 요구했다. 나는 농담이 아니라 정말 나이가 기억나지 않아서 말을 더듬으며 '아… 이십… 이십칠요?'라고 했다. 그분은 '누가 자기 나이도 기억을 못하냐'며 담배를 팔 수 없다고 했다. 결국 살 수 없었다. 편의점에서 나온 후 나는 약속된 장소에서 조건남과 마주쳤다. 막상 얼굴을 보자 당황하고 걱정되기 시작했다. 그는 사십대에 마르고 빨갛게 살이 탄 사람이었다. '내가 이 사람의 고추를 빨아야 하다니.' 적극적으로 거부하고 싶은 유형의 사람이었다. 그것은 상대방도 마찬가지였던 것 같다. 그는 나를 보자마자 얼굴이 굳었고 나는 그 표정을 순간적으로 읽어냈고 (다행스럽게도) '파토낼까요?' 하고 물었다. 그는 내가 여성스럽지 않고 키가 너무 작으며 문신이 있어서 자기 스타일이 아니라고 말했다. 이 과정에서 꽤 진지한 '취향'에 대한 대화가 오갔고 나는 그것이 불쾌하지 않았다. 오히려 그가 솔직하게 말해준 것에 감사함을 느꼈다.

어쨌든 첫번째 만남이 망하고 언니에게 전화를 걸었다. 나는 우리 동네로 돌아가 언니를 만났다. 속이 메슥거리고 현기증이 날 것 같았다. 거절당한 후유증인가? 아니면 가부장제 때문인가? 아니면 내가 여자라서? 나는 그를 만나고 난

직후 계속 어떤 역겨움을 느꼈는데 차마 언니에게 말할 수는 없었다. 언니와 함께 비참해지는 것이 두려워서였다. (그렇게 되지 않았을 수도 있다.) 언니는 조건에 대한 팁을 상세하게 가르쳐주었다. 나도 다음부터 그리 해야겠다고 생각하며 어플 여러 개를 다시 깔았다. 그사이에 언니는 한 명의 상대를 구했다. 그와 몇 시간 후 만나기로 했다고 했다. 왠지 같은 동네에서 같은 시간에 나도 남자랑 조건중이면 웃길 것 같다는 생각을 했다. 그리고 그 돈으로 우리는 맛있는 것을 먹는 거지… (여전히 희극적인 장면들이 떠오른다.) 그러한 소망 속에서 열심히 어플을 했고 그 결과 나 역시 상대를 구할 수 있었다. 언니는 근처 역으로 떠나는 내게 '잘 다녀와! 몸 조심하고!'라고 말했다. 나는 조금 눈물이 날 것 같다고 생각했다. (우린 성을 매매하는 것이 다른 뭔가를 매매하는 것과 같은 무게를 가진 세상을 원한다고 생각한다. 그렇게 되어야 한다고 믿는다. 그럼에도 언니는 내가 조건을 한다고 했던 날 울먹이는 것 같았다. 왜? 그건 나도 마찬가지였다. 그것이 전혀 비참한 일이 되지 않아야 한다고 생각함에도 실상 우리 삶이 가장 한 귀퉁이로 내몰렸다고 생각할 때 선택할 수 있는 방법이 고작 그러한 것이라는 사실에 비참해지지 않기란 대단히 어려우므로. 왜? 원하지 않아도 내가 여자로서 소용되고 있다는 사실 때문에, 그리고 내가 여자들 모두를 이용하고 있다는 사실 때문에. 왜? 지금 내 이야기를 내 입을 통해서 하고 있다. 다름 아닌 그 사실로 비참해진다.)

밤이 끝나고 아침이 왔다. 언니와 나는 각각 다른 역에서 다른 남자와 함께 깼다. 우린 아침을 함께 먹었다. 우리 둘 다 교환의 증거인 현금을 꺼냈다. 계속 이 일을 하게 될까? 누구도 원망하지 않으면서 이 일을 계속할 그릇이 될까? 그럴 능력이 있을까? 내가 언제쯤 웃을 수 없게 될까? 언니는 사랑스럽다. 언니와 섹스를 이전처럼 할 수 있을까? 어느 순간부터 내가 언니에게 오르가슴을 줄 수 없었던 이유를 이제 완전히 알 것 같다. (반대의 경우가 가능할까? 상상해보니까 전혀 아니다. 언니는 앞으로도 내게 영원히 오르가슴을 주겠지. 어이가 없게도.) 언니를 남자들에게 뺏기지 않기 위해서 무엇을 할 수 있을까? 이런 경우에 정말로 일시적인 육체의 점유가 이루어진다. 심지어 언니가 자발적이라고 하더라도 불안정한 생계의 조건으로 언니는 자발적이기만 한 것은 아니다. 자발적이지 않은, 주어진, 강제적인 언어로, 우리는 기꺼이 즐겁게 말해야 할 것이다. 그런데 끝까지 그럴 수 있을까? (아, 제가 이 수탈자, 침략자, 점령자로서의 남자들을 부디 원망하지 않게 해주세요. 저는 사랑이 많은 사람이고 싶어요.)

왜 이런 좆같은 작업을 하시나요?

20170515

누군가로부터 인생 그렇게 살지 말라는 충고를 들었다. 좀 더 길게 써보자면 내가 너무 방어적이고 수동공격적이라 존재 자체가 민폐라는 이야기였다. 좀더 성숙하지 않으면 인생에서 성장은 없을 거라고 했다. 지금 이 글을 쓰고 있으니 들었던 말이 구체적으로 떠오르는데, 내 표정이나 태도나 작업에서 내가 삶을 얼마나 부정적으로 생각하는지가 보인다고도 했던 것 같다. (이 순간을 녹음하지 못해 아쉽다.) 나는 용기내어 말씀해주셔서 감사하다고 했다. 비꼬는 것처럼 들렸을지는 모르지만 달리 할말이 없었다. 내가 비협조적으로 굴어서 수업 분위기를 망치고 있는 것은 사실이기 때문이다.

아니 왜 협조적으로 굴어야 할까? 내가 선택하지 않을 성취감이나 즐거움을 위해 가짜 협조를 해줄 필요는 없다. 이런 사람들이 사회생활을 할 수 없는 것처럼 보인다면 반은 맞고 반은 틀리다. 내가 선택한 불평등한 우정에 나는 말없이 복종한다. 그렇지 않을 경우에는 실수로라도 그나 그녀가 안심할 만한 단서를 흘리지 않기 위해서, 즉 내가 당신과의 관계에서 기쁨을 느끼고 있다고 오해하지 않도록 하려 노력한다. 책임져야 할 일을 만들고 싶지 않기 때문이다. 이런 나의 '미성숙함' '철없음'이 누군가의 심기를 거스르고 심지어 인생을 그렇게 살지 말라는 충고까지 하게 할 지경이므로 나는 때로 비참해진다. 진짜로 망했나? 진짜로 좆이 돼버린 것인가? 이런 말들에 왜 새삼스럽게 충격을 받는 것인가? 존재를 남들에게 설득하는 것을 이제 그만둬도 되지 않을까?

이 수업은 선생님을 포함해 총 여섯 명이 참석한다. 난 이 수업의 강사가 싫어서 정신이 나가버릴 것 같은데 딱히 논리적인 이유를 찾기란 어렵다. 그냥 싫다. 처음 본 그 순간부터 싫었다. 우선 이 사람 말이 너무 많다. (마치 내가 수업하는 광경을 재상연하고 있는 듯하다. 자기혐오인가?) 나는 미술대학에서 교수나 강사가 끊임없이 지껄일 때마다 뇌세포가 죽어버리는 기분이 든다. 실제로 죽어가고 있을 것이다.

미술대학에서 내가 뭘 배웠는지? 뭘 배웠냐면, 넘쳐나는 예술 전공자들을 감당하기 위해 이 모든 쓸모없는 제도가 유지되고 있다는 것이다. 최초에는 아니었을지 몰라도 뭔가를 보고 이야기하는 모든 관행들(크리틱이라고 불리는)은 정말 이런 방식이 아니어도 된다. 이런 방식이란 최소 사 년 내내 같은 애들의 얼굴을 보면서 사적인 감정과 작업에 대한 평가를 섞어버리는 과정을 말한다. 그 안에서 나름의 공동체나 유대감이 있을 수 있겠지만 그게 이후 본인 작업의 논리를 책임져주진 않는다. 왜 이런 이야기를 구구절절하게 하고 있을까? 빨리 졸업하고 싶은 모양이다. 난 미술대학의 커리큘럼과 평가 제도를 전혀 신뢰하지 않는다. 오히려 적극적으로 이들의 철폐를 요청하고만 싶다. 누군가가 작업에 대해 지껄일 때 그것이 가장 극단적이고 급진적인 정치적 관점/이론을 토대로 하고 있다고 해도, 심지어 그런 행위가 세계의 평화와 균형에 필요한 일이라고 할지라도 결국에는 개인의 취향의 문제다. 누구 취향이 평가받을 만한 것으로 여겨지는지, 어떤 취향과 제도가 권력을 생산하고 유지하는지 고민하는 것은 지극히 사회학/미학의 전통에 기반하고 있다. 그러나 시각예술 또한 형식적이고 언어적인 측면이 존재하므로 크리틱 시간에 '왜 이런 좆같은 작업을 하시나요?'라고 묻는 것은 오로지 취향 문제만은 아니다. 정말 좆같은 작업들이 존재한다(어떻게 해도 못 쓴 글, 추한 인간이 존재할 수밖에 없듯이). 그러나 궁극적으로 미술대학은 제도로서의 권위를 유지하기 위해 평가가 곧 취향에 대한 문제임을 적극적으로 은폐해야만 한다.

이 모든 게 무의미하다는 생각을 지울 수 없다. 결국 우리가 각자 취향에 대해 이야기하고 있을 뿐이라면 서로 다르다고 인정하는 일 말고 무슨 합의점이 존재할 수 있는지? 하나의 작업이 곧 작가의 존재(태도)가 극단적으로 밀어붙인 물질이라면 누가 뭐라고 하든 무슨 소용일까? 작가는 좋을 대로 한다. 그래야만 한다. 그게 반드시 근대적인 천재론과 연결되는 것은 아니다. 관객과의 관계가 중요하지 않다는 이야기도 아니고 비평이 필요 없다는 이야기는 더더욱 아니다. 말하고 싶은 건, 미술대학이 구라를 치고 있다는 것이다. 이 친목 모임에 합석하지 않으면 아무것도 못 될 것처럼 겁을 준다는 이야기다.

이렇게 생각하고 있는데 어떻게 수업에 '정상적으로 협조' 할 수 있을까? 애초에 글러먹었다. (진정 글러먹었다고 생각했던들 이렇게 말을 쏟아낼까? 진짜 꼬였다고 생각하니 무섭고 슬퍼서 그런다. 방어적으로 굴고 있다… 또…)

나를 정당화할 수 있을까?

20170524

아무것도 할 수 없다. 써야 할 메일이 쌓여 있다. 화요일 테이크톰 시험 제출을 목요일로 미뤘다. 수요일 과제 발표도 할 수 없어서 장염이라고 했다. 지난주 금요일 수업도 못 갔다. 배가 아프고 머리가 무겁다. 생리를 안 하고 있어서 임신을 했을까, 하는 공포에 사로잡혀 있다.

꿈에는 아빠가 너무 자주 나온다. 엄마에게 들킬까 말까 심장이 벌렁거리면서도 아빠의 유혹을 뿌리치지 않는다. 아빠, 아니면 삼촌, 아니면 할아버지와 섹스를 한다. 구토감을 느끼면서 꿈에서 깨면 팬티가 젖어 있다. 부인할 수 없는 증거다. 나의 쾌락에 대한… 나는 아빠를 수십 번 원했다. 죄책감을 느낄까? 불쾌함을 느껴야 하나? 이런 꿈을 꾸고 나면 하루종일, 그리고 다음날까지도 무력감과 우울함에 시달린다.

나를 정당화할 수 있을까? 모든 것이 지나치게 생생하다. 그게 내가 아니었다고 말할 수 있는 떳떳함이 무엇인지 나는 모른다.

언니가 자취방을 구한 지 한 달이 지났다. 언니의 집에서 자주 잠을 잔다. (우린) 분리불안장애를 겪고 있다. 언니가 없으면 즉시 절망감을 느낀다. 언니가 아무것도 해줄 수 없음에도 불구하고. 충만한 행복감과 안정감을 모두 투여하고 나면 그다음에는 어떻게 될까?

지나치게 불안해지지 않으려고 사라짐에 대해 자주 이야기한다. 그건 우리가 균형을 잡아온 방식이다. 오랫동안 사귄 연인과 헤어진 사람의 이야기를 들었다. 애써 그 사람들과 동일시하지 않으려 노력한다. 하지만 우리가 뭐가 그렇게 특별하단 말일까? 사랑에 빠진 동안은 누구나 자기 자신의 사랑만이 독특하다고 믿는다. 심지어는 위대하다고 생각한다. 내가 어리석다는 것을 때로 믿을 수 없다.

오늘은 열다섯 시간이 넘게 잠만 잤다. 구겨진 채로, 희미한 꿈만 꾸면서. 점점 사라지고 있다고 생각했다. 내가 어디에 멈춰 있는지 가늠할 수 없다.

내가 만약 어떤 식으로든 개선될 수 없는 유형의 인간이면 어떡하지? 그걸 받아들인 다음에는 뭐가 남을까? 내 삶의 속도를 빠르게 감든 느리게 감든 내가 서 있는 장소는 아마 똑같을 것이다. 단지 존재를 설득시키기 위해 움직이고 말하는 것이라면, 그건 너무 무가치하다. 말문이 막힌다. 할 수 있는 말이 별로 없다.

좀더 모서리로

20170614

오늘은 편집을 하지 말라는 신의 계시인지 뭔지 SD카드를 집에 두고 왔다. 계획이 어긋날 때마다 마음이 차분해진다. 분노 반 체념 반이다. 스스로를 잘 다스리고 있는 건지 그럴 역량이나 있는 건지 궁금하다. 균형을 조절하는 것이 쉽지 않다. 그렇다고 완전히 실패했다고 주저앉아서 징징거리고 싶지도 않다. 스스로에 대한 기대치가 너무 커서 쉽게 우울해진다는 것을 인정하기 싫다. 그러면 뭐 어떡하라고?

후회할 문장만 자꾸 만들고 있다. 뭔가를 쓰고 싶어서 마음이 넘치고 찰랑거리는 순간을 참아야 한다. 백지 앞에서 마음은 주인의 무능력함에 대한 증거가 된다. 한 글자도 제자리에 있지 않다. 상투적인 문장들이 의미 없이 남발된다. 그런 식으로 나의 생명이 조금 연장된 것처럼 보인다. 나는 능숙하게 주인인 척 행세하지만 단 한 번도 이기지 못한다. 완전히 장악하고 사로잡는 대신 여기저기 갈겨댄다. 그러고 나면 혐오감이 든다.

정신을 가장 작은 단위로 쪼개고 싶다. 말들의 부피감에 둘러싸여 한 걸음 떼기가 어렵다. 좀더 모서리로 가고 싶다. 아주 작게 쪼그라든 채로 굳어버리고 싶다.

요즘 말이랑 울음이 경쟁하듯이 쏟아져나온다

20170710

저녁에 언니가 왔다. 맛있는 것을 나누어 먹었다. 언니는 자다 깨어 배가 아프다고 했다. 내일 산부인과를 가야 한다. 내가 그녀의 보호자라고 말할 수 있을까? 그녀의 진료실 안쪽까지 들어갈 수 있을까? 그녀가 그것을 허락해줄까? 여기서 "그녀"란? 어느 쪽이든. 며칠 전에는 어떤 그녀 앞에서 울었다. 난 가끔 내가 울면서 했던 어떤 말들이 잊혀지지 않아서 수치스럽고 말 그대로 토가 나오려고 하는데 예를 들면 이런 말들이다. "고통…" 혹은 "끔찍…" 둘 중 하나였겠지. 그러나 생각해보니 나중에 이 글을 읽게 되면 나는 내가 그러한 단어를 내뱉었다는 사실도 잊고 또한 '그녀'가 누구였는지도 잊을 거라는 생각마저 든다.

나이가 들면서(죄송합니다) 몸에 일어나는 변화들. 요즘 말이랑 울음이 동시에 경쟁하듯이 쏟아져나온다. 다행스러운 점이 있다면 눈물은 고개를 직각 이상을 유지하는 이상 흘러내리지 않는다는 거다.

말하지 않으면 모를까?

20170822

근데 알리기 위해 말해야 할까?

알리다니 무엇을? 입을 여는 순간 분리된다. 말하려던 것과는 전혀 다른 말들이 입 밖으로 굴러떨어진다. 그걸 보고 있다.

사람들을 만나면… (혼잣말을 하고 있다.)

어쨌든 이런 식으로 사는 것이 부끄럽고 안타깝다. 결국에는 할 수 있는 말이 별로 없다.

이 우울이 뭘 말하고 싶어하는지 모르겠다.

아빠 이제 오지 마세요, 라고 말해보라고 했다

20170927

오늘은 담배를 갑작스럽게 줄줄이 피워서 속이 쓰리고 토할 것 같다. 배가 고파서 그런지 아니면 담배 때문인지 알 수 없어서 뭐가 문제인지 확인하려 저녁도 챙겨 먹었고 소시지도 사왔는데 오는 길에 또 담배를 피웠고, 결국 내가 문제를 해결할 의지가 없음이 자명해졌다. 결과적으로 계속 토할 것 같은 상태를 이십사 시간 유지중이다.

아빠가 꿈에 너무 자주 나온다고 엄마한테 말했더니 아빠 이제 오지 마세요, 라고 말해보라고 했다. 그걸 말할 수 있었다면 제가 더이상 꿈을 꾸지 않겠죠.

여기는 김해

20171018

마지막 일기 9월 27일. 오늘은 10월 18일. 내일은 10월 19일. 목요일. 나는 금요일 오후 KTX로 서울에 올라간다. 여기는 김해. 엄마의 집.

내가 지금 어디에 놓여 있는지 정확하게 쓰려고 노력해 보자.

김해에서 일주일째 정말로 아무것도 하지 않고 있다. 글을 쓰고 싶고 읽고 싶은 열망은 없어진 지 오래되었다. 언제 그것을 원했는지 기억도 나지 않는다. 문장을 최대한 짧게 써야 한다는 강박이 생겼다. 짧고 쉬운 문장. 그렇게 표현되는 게 불가능한 말이라면 쓰든 안 쓰든 똑같을 것이다. 망설이는 척하면서 그럴싸한 말을 늘어놓는 것이 지겨워졌다. 그러니 할말이 없다. 쓸 수 있는 말이 없다. 왜 이렇게 되었을까? 밑천이 닳았기 때문이다. 혹은 원래 밑천이라고 할 게 없었거나. 이 사실에 불안하지도 초조하지도 않다. 아주아주 오랫동안 무료하고 지루하고 싶다.

나는 지금 자전주기가 아주 긴 행성에 유배된 것 같다. 하루를 일주일로 늘려놓은 곳에서 오랫동안 잠을 자는 기분이다. 나는 백 시간 정도 잤을까? 오십 시간일 수도 있다. 여기서는 그런 것이 아무런 문제가 되지 않는다. 잠에서 깨어나도 현실적인 일이라고 할 만한 것은 무엇도 일어나지 않기 때문이다. 영화를 보거나 드라마를 보거나 위키피디아를 보거나 메신저로 친구들과 대화를 한다. 오후가 되면 엄마와 막냇동생이 집으로 돌아온다. 멍청하고 둔한 상태로 웅크리고 있으면 저녁 먹을 시간이 된다. 우울하지는 않다. 지금의 자신이 쓸모없고 매력 없다는 생각을 자주 한다. 깊게 하지는 않는다. 파고들어 생각할 기력은 없기 때문이다.

엄마 집에 온 이후로는 아빠 꿈을 전혀 꾸지 않게 되었다. 나는 요 몇 달간 아빠 귀신에 붙들린 것처럼 아빠 꿈을 많이 꾸었다. 아빠는 꿈속에서 평범한 아빠였다. 그래서 나는 혹시 그가 좋은 사람이었던 것은 아닐까 하고 의심했다. 나만 알고 있을지도 모르는 그 사람의 외로움, 두려움에 대해 생각했다. 애도해야 할 순간에 그렇게 하지 못했기 때문에 지금 벌을 받는 것이라고도 생각했다. 동시에 그 사람의 죽음이 나에게 이 정도의 영향력을 행사할 수 있다는 사실을 인정하기 어려웠다. 나는 정말로 뭐가 문제인지 확인하기 위해 김해로 내려왔다. 그 사람이 문제인지 내가 문제인지 알 수가 없어서 엄마를 만나야 했다. 그 사람은 흔히 찾아볼 수 있는 혐오스러운 아버지고 남편이다. 그는 우리에게 남겨줄 것이 빛밖에 없었던 사람이다. 그 사람을 잊어버려야 할 이유는 너무 많은데 왜 나는 그 사람을 잃어버렸다고 생각할까? 내가 어떤 기회도 갖지 못했다고 생각하지 않는다. 나는 할 수 있는 만큼 했을 것이다.

여태까지 내가 뭘 해왔을까? 뭔가를 하고 있다고 착각하는 것 외에는 아무것도 안 했다. 또 뭘 써왔을까? 아무것도 알지 못하면서 아는 척하는 글 외에는 아무것도 안 썼다. 허겁지겁 뭔가를 참조하지 않고는 혼자서 생각할 수가 없다. 내가 하는 일을 내가 믿지 않았기 때문이다. 말과 말 사이에서 휘청거리고 떨고 있는 모습을 감추기 위해 눈을 감고 마침표를 찍었다. 책임질 수 없는 말을 너무 많이 했다고 생각한다. 뭘 어떻게 해야 할까? 보고 싶은 사람들이 있지만 할 수 있는 말이 없어 만날 수 없다. 하고 싶은 말도 하고 싶은 일도 없다. 지루하다. 뭘 기다리고 있는지 모르겠다. 아주 신나는 일이 생기면 좋겠지만, 안 와도 상관없다. 겨울이 되면 알아서 망가지겠지.

겨울에 대한 어떤 장면들

20171021

겨울이 오면 혀끝에서 쇠맛이 난다. 코끝에는 쿰쿰한 살냄새가 스친다. 두껍고 부드러운 섬유들 사이에서 피어오르는 기분 좋은 먼지 냄새도 난다.

이 무렵만 되면 몇 가지 장면들이 떠오른다. 2009년 만나기 시작한 나와 언니는 담배를 피우다 말고 술을 마시다 말고 말을 하다가 말고 키스를 했다. 언니에게 키스를 하면 겨울 냄새가 났다. 머리카락에서도 옷에서도 목덜미에서도 겨울 냄새가 났다. 그때는 그게 겨울 냄새라는 걸 몰랐는데, 매해 공기가 차가워질 무렵 담배를 피울 때마다 이상한 기시감과 향수에 마음이 울렁거렸다. 그제야 그게 언니 때문인 걸 알았다.

중학교 시절이 생각난다. 막 감은 머리를 말릴 새도 없이 등굣길에 나서면 머리카락 전체가 얼어붙은 고드름처럼 뚝뚝 부러질 것만 같았다. 꽁꽁 언 차에 시동이 걸리지 않으면 아빠는 뜨거운 물을 한 다라이 끓여다 성에가 낀 유리창마다 뿌리곤 했다. 조수석 시트는 언제나 차가웠다. 주말 밤이면 거실에서 영화나 드라마를 밤늦게까지 보고 늦잠을 자기도 했다. 그러다 아침이 되면 엄마는 베란다 문을 열고 환기를 시작했다. 얼음장 같은 공기가 뜨끈한 뺨 위로 사정없이 들이닥쳤다.

또다른 겨울에 대한 어떤 장면은 어느 건물 옥상에서 시작한다. 한 건물은 내가 입시하던 학원의 원장이 임시 숙소로 마련해준 곳이고 또다른 건물은 대학에 입학한 후 자취하던 고시원이다. 둘 중 어느 건물인지 확실하지는 않다. 아무튼 그날은 뛰어내리려고 했지만 용기가 없어서 오랫동안 아래를 내려다보기만 했다. 이걸 아주 오랫동안 보게 되겠구나, 그런 생각을 했던 것 같다. 그 외에는 기억이 안 난다. 엄청나게 추웠다.

또 어떤 겨울은 화상과외 아르바이트를 할 때였는데 과외가 끝나면 항상 널부러지듯 바닥에 앉아 토할 때까지 와인을 마셨다. 이때도 엄청나게 추웠다.

마지막으로 작년 겨울이 생각난다. 병원 대기실에서 밤새 글을 썼다. 병원 안은 생각보다, 아니 필요 이상으로 따듯해서 반팔을 입고 다녀도 될 정도였다. 하루종일 앙상한 가죽들을 많이 봤다. 또 병원 특유의 적응할 수 없는 불길한 살냄새를 많이 맡았다. 지금은 한국에 없는 한 친구가 주말마다 같이 술을 마셔주었다. 처음 보는 누군가의 아늑한 집에서도 마시고, 친구의 집에서도 마시고, 술집에서도 마시고 모텔에서도 마셨다. 한없이 멍청하고 의미 없는 대화만 주고 받았다. 고맙다는 말은 한 적이 없었다.

연민도 동정도 피로도 유머도 없었다

20171031

병원에서 시작한다. 오전 열시에 기상해서 열한시에 도착했는데 만석이다. 바뀐 병원은 인기가 좋다. 심지어 예약제도 아니라 뭐 도착하면 거의 무한 대기다. 병원엔 책이 많아 집히는 대로 아무 책이나 읽는다. 지난주에는 러시아 혁명사와 고야에 대해 읽었고 이날은 책의 역사와 렘브란트에 대해 읽었다. 짧은 분량의 삽화가 많은 그런 종류의 책이라 앉은 자리에서 삼십 분이면 다 읽을 수 있다. 집중해서 읽는다면 여러 번이고 읽을 수 있겠지만 이 병원에서 집중한다는 건 불가능하다. 정신병원이잖아. 게다가 원장실 문이 열려 있어서 조금만 귀를 기울이면 환자랑 나누는 대화가 다 들린다고. 아무튼 거의 한 시간 반을 기다리면 차례가 온다. 원장실에서 원장이 자기 이름을 대기실까지 다 들리게 부르면 그게 자기 차례라는 의미다. 어떤 환자는 그 부름에 크게 응답하기도 하고 또 어떤 환자(나 같은)는 딱히 대답하지 않고 원장실까지 곧장 걸어가기도 한다. 때때로 내가 대답하지 않는 게 조금 무례하게 생각되기도 하지만 내 목소리를 다른 대기

중인 환자들에게 그 정도로 크게 들려줄 필요는 없다고 생각된다. 민감한 정신병 환자들에게 내 목소리가 혹시나 '여러분 이제 제 차례가 왔고 여러분은 여기 남아서 평생 기다리시길 바랍니다!' 하고 떠벌리는 것같이 느껴지면 어떡하나? 아니, 이 부분은 확실히 정신병적인 망상인 것 같다. 아무튼 나는 대답하지 않고 원장실에 가서 앉았는데 원장을 보자마자 대뜸 '일을 너무 많이 벌입니다'라고 말했다. 인사도 하지 않고 그렇게 말했다. 왜냐하면 약을 바꾸고 나서 며칠간 정말로 너무 많은 일을 한꺼번에 벌였기 때문이다. 본래 지닌 조울적인 기질을 고려하지 못한 채 투약된 우울증 약물들이 지나치게 들뜨게 만들었다. 이러한 사실들을 원장에게 말했더니 그는 조울 기간과 계절성 기질에 대해 이것저것 신중하게 물었으며 이를 무척 심각하게 고려해주는 듯한 태도를 취해주었다. 나는 그 점이 마음에 들었다. 왜냐하면 여태까지 누구도 그렇게 해준 적 없었기 때문이다(이것을 깨닫고 나 역시 놀랐다). 그런데 동시에는 그가 나 같은 환자를 수없이 봐왔으리라는 생각도 들었다. 그런데도 그는 정말이지 직업적으로 무결해 보였다. 그는 거의 주문 제작된 로봇처럼 똑같은 온도를 유지하며 내 이야기를 듣고만 있었다. 연민도 동정도 피로도 유머도 없었다. 나는 아주 경탄스러웠다. 일정한 속도와 리듬과 온도로 눈앞의 대상을 처리하면서 나라는 개인은 완전히 비인격적인 증상의 이름으로만 다뤄지고 있었다. 나는 그게 너무 마음에 들었다. 나에 대해 아무것도 묻지 않는다는 점. 나에게 일어나는 사실들만을 궁금해한다는 점. 내게 정말로 사실이 일어나고 있다는 것을 이 사람만은 믿어준다는 점. 그래서 그는 지휘자나 관제사 같은 태도로 눈앞의 망가지고 부서진 인간들을 (마치 부품처럼) 처리하면서도 눈 하나 깜짝하지 않고 알맞은 처방전을 내놓을 수 있는 것이다. 고장이 난 것이 사실이기 때문이다. 고장이 난 것이 거짓말이 아니기 때문이다. 여기서 일어나고 있는 일은 심리상담이나 법정사기극이 아니라 정말로 물질적인 차원의 일이기 때문이다.

나만이 아빠를 기억한다

20171103

나 빼고 다들 아는 사실이었겠지만 도스토옙스키가 열여덟 살 무렵 부친이 부리던 농노들에게 살해당했다고 한다. 그런데 내심 그도 아버지가 살해당하길 바라고 있었다고 한다. 근데 진짜로 부친이 죽다니 얼마나 소원 성취 같고 후회스럽고 그렇겠나? 그래서 후일 그의 인생에서 죄책감과 종교, 구원은 큰 모티프가 된다고 한다. 그리고 그는 평생 뇌전증으로 고생하는데 (누구 장례식만 가면 그랬다고 함) 첫 발작은 부친 장례식장에서였다고도 한다. 굳이 해석해주지 않아도 너무나 편리한 프로이트적 꿈 해몽에 걸맞은 실화들인데 아니나다를까, 나중에 프로이트는 이걸로 글을 썼다.

황당했던 것이, 나는 프로이트의 이 글도 알고 있었고(읽어본 적은 없지만) 도스토옙스키가 뇌전증이 있다는 것도 알고는 있었고 작품의 모티프에서 죄와 구원이 중요한 모티프라는 것은 항상 알고 있었지만, 이것들을 종합해 사고할 줄은 몰랐다. 만약 알았다면 도스토옙스키에 대해 설명해달라는 낯선 이들의 질문에 "그 왜 실제로 지은 죄는 없는데 죄

지은 거 같은 기분 들 때 있지 않습니까 그 왜… 그 왜 그런 거… 그래서 그럴 때 진짜로 죄를 저질러버리고 싶은 막 그런 충동에 막 주머니에 손을 항상 넣고 다니고 막 막 식은땀 존나 흘려서 막 사람들이 자기 다 쳐다보는 것 같고 왜 막 그런 기분 있잖습니까 왜…"같이 대답하지 않아도 되었을 것을, 정말로 어리석었다는 생각이 든다.

또하나 깨닫게 된 것은 아빠가 죽은 것이 정말로 나에게 영향력을 행사하고 있음을 인정해야 한다는 것이다. 도스토옙스키는 평생을 뇌전증으로 고생했고 죽어서도 연표에 '아빠가 사망함'이나 '아빠로 인해 괴로워함'이나 '간질 발작을 일으킴' 같은 게 매번 기록되는 수모를 겪고 있다. 그리고 도스토옙스키네 부친, 그 사람은 심지어 아주 난폭한 거 외에는 아무것도 아닌 사람이었다. 나의 부친 역시 끔찍하고 우울한 사람 외에 아무것도 아닌데 나에게 이렇게 지배권을 행사하고 있다. (아빠가 사망하고 나서 거의 매일 꿈에 나오고 있기 때문에 꿈에 나오지 않은 날은 어째서 나오지 않았을까, 하고 고민하는 정도는 괜찮은 수준의 피로감이라고 생각한다. 그런데 요즘 신체적으로 증상이 전이되는 것 같아 불안한데 도스토옙스키의 뇌전증이 그의 부친 때문이었다는 사실을 어제 알아버려서 더욱 불안해진다. 왜 내 몸을 스스로 통제할 수도 없고 심지어 약물로도 통제할 수 없는 것일까? 아빠가 그렇게 대단한 존재란 말일까? 눈을 감으면 자꾸만 생각난다. 아무도 아빠를 기억하지 않는다. 엄마도 아빠를 기억하지 않는다. 나만이 아빠를 기억한다. 그것도 꿈속에서. 아빠에 대해 그만 쓰고 싶다. 하지만 애초에 아빠를 '건강하게' 기억하는 방법 같은 것은 없을 거라고 생각한다. 선택지가 없었다. 고소했어야 했을까? 하지만 죽었다. 죽은 아빠를 용서하고 싶다. 내가 하도 죽으라고 해서 죽었다고 생각하는 것을 그만두고 싶다. 어떤 이미지에 엄청나게 집착하고 있어서 무서워진다.)

계속 이렇게 살 수 있어?

20171104

새벽 네시쯤 좋아하는 친구에게 전화가 갑자기 왔다. 일하는 중이었는데 울 것 같은 목소리라 밖에 나가서 전화를 받았다. 왜 우냐고 물어보니 E는 집에서 계속 바퀴벌레가 나온다고 한다. 그런데 지금은 집이 아니라고 한다. 하지만 바퀴벌레가 나오는 집으로 돌아가야 한다고 한다. 커리어에서 중요한 일을 앞두고 있는 E는 긴장하고 두렵고 무서운 상태일 것이다. 무엇보다 너무너무 잘해내고 싶을 것이다. E는 엉엉 울었다. 너는 대단한 것을 해낼 것이고, 이 시기가 끝나면 정말 이걸 내가 어떻게 해냈지 싶은 그런 때가 올 것이고, 그러니까 살아야 한다고 말해줬다. 그리고 너는 내가 자랑스러워하는 너무 유명한 친구가 되어서 나중에 나랑 만나기도 힘들어질 것이라고도. 내가 울고 있을 때 누군가가 해줬던 말들. E를 바퀴벌레가 있는 집으로 돌려보내는 통화를 끝내면서 나는 그녀의 그 절박함 때문에 혼자서 조금 울었다. 계속 이렇게 살 수 있어? 이렇게 물었는데 나도 잘 모르겠어서 진짜로 나도 잘 모르겠어서. 이렇게 우울해지는 건지, 아니면 올해가 진짜로 마지막인 건지, 아니면 내년? 아니면 그다음 해? 아, 망하고 싶지 않다. 정말로 망하고 싶지 않다. 잘하고 싶다. 최고로 잘하고 싶다. 최고로 멋진 일을 벌이고 최고로 멋지게 실패하고 싶다.

그래서 내가 너랑 대화를 안 하는 거라 대답해줬다

20171110

일하는 날이다. 일하기 전에 병원도 가고 다른 일도 했다. 선생님이 약의 성분을 엄청나게 바꿔서 불안했다. 다음주에는 피검사를 하자고 했는데 그것이 불안해 악몽도 꾸었다. 일하러 가기 전에는 언니랑 양꼬치를 먹었다. 언니가 나를 앞에 두고 다른 사람과 연락하는 것 같아서 불안하고 외로워 울음을 터트렸다. 사실 언니 잘못은 아니고 그냥 최근의 정서 불안정이 그 지점에서 응축되어 폭발한 것이다. 당시에는 그것을 잘 표현할 수 없어서 그냥 울었다. 나중에는 침착해져서 간만에 연락 온 대학 동기 Y 이야기를 하면서 수다를 떨었다. (Y는 나랑 언니가 아직도 만난다니까 '지겹지 않냐'고 했다. 그리고 우린 오픈 릴레이션십이라고 하니 '그런 거 하지 말라'고도 했다. 어쨌든 그래서 내가 너랑 대화를 안 하는 거라고 대답해줬다. 아마도 처음이자 마지막 진심으로 Y를 대한 것 같다는 생각이 들었다.)

결심한 건 두 개였다

20171111

세상에 사람이 너무 많아서 엄청나게 큰 빗자루로 쓱싹 하고 쓸어버릴 수 있으면 좋으련만 하고 생각했다. (아주 잠시 생각한 것입니다.)

세계와 빠르게 분리감을 느끼고 있다. 가장 사랑하는 사람에게서도.

어제 결심한 건 두 개였다. 하나는 했다. 병원에 가서 아빠가 죽었다고 말할 것. 뭐가 요즘 제일 힘드냐길래 아빠 생각 안 하기요, 라고 대답했다.

누군가에게 사과를 해야만 한다. 이 또한 자신이 없다. 하지만 늦어지면 늦어질수록 힘들 것이다.

뇌의 아주 깊숙한 부분까지 짜릿한 것을 하고 싶다. 난 그게 뭔지 알고 있다.

짠지돌 정도의 무게인데…

20171114

아침에 한 번 깼다가 다시 잠들어서 결국 오후 두시쯤 일어났다. 푹 잠들었다고 생각했는데 일어나니까 몸이 엄청나게 무거워서 놀랐다.

어제 미처 못한 일을 해야 한다고 생각하면서 카페로 나왔다. 바닐라 라테를 마셨다. 두 시간 정도 번역을 하고 있었는데 지겨워서 미칠 것 같았다.

추천받은 〈사이에서〉라는 다큐멘터리와 〈여행자〉라는 김새론이 나오는 영화를 다운받았다. 그러다가 갑자기 영화관이 가고 싶어졌다. 〈해피 데스데이〉와 〈미옥〉 중에 선택해야 했는데 도저히 고를 수가 없어서 일단 출발부터 하자고 생각했다. 날씨가 좋지는 않았지만 걷고 싶어서 신림까지 걸었다. 적당히 더워졌다.

영화관 가는 길에는 각종 유혹적인 상점들이 도사리고 있다. 예를 들면 만화책 전문 서점이나 알라딘 중고 서점 등이 그렇다. 사고 싶은 만화책은 딱히 없었기 때문에 알라딘 중고 서점에 들어갔다. 알라딘 입구에 설치된 유명 작가들의 얼굴은 볼 때마다 우습다. 대부분이 백인 남성인데 이것을 한국인들이 설치했다는 사실에 어처구니없는 웃음이 나온다. 이것을 교정하기 위해서는 삼십 년이 더 필요한 것일까? 혹은 내가 알라딘에 전화를 하는 방법이 있다. (지금 생각한 거지만, 좋은 생각 같다!) 그리고 나는 또 Y가 추천해준 『슬픈 짐승』이 있는지 없는지 이번으로 꼭 세번째 검색을 해본 다음 결과에 실망해 아무 책이나 보려고 두리번거렸다. 몇 명의 백인 남자 책을 들었다가 놨다를 반복한 결과 결국 또다른 백인 남자의 엄청나게 두꺼운 소설을 샀다. 이것으로 무엇을 할 수 있을까? 짠지돌 정도의 무게인데… 읽기 위해 만들어진 것은 아닌 것 같다. 알라딘에 와서 육천 원이라는 저렴한 가격에 책을 사다보면, 이건 책이 아니라 그냥 유용한 물건(잠재적으로)이라고 생각하게 된다. 지금은 읽고 싶지 않아서 더욱 그렇게 느껴진다.

그러고는 신림에 있는 다른 서점에 갔다. (어떤 친구는 신림에도 서점이 있냐며 놀랐다/놀렸다. 신림에는 심지어 서점이 두 군데나 있다.) 나는 해야 할 일을 즉각 깨달았다. 몇 분 동안 망설이다가 텝스 기출 문제집을 샀다. 마치 보이지 않는 스트레스를 뿜어대는 것 같은 그 물체는 내 손에 들어오자마자 하루치의 기력을 다 소진하게 만들었다. 그 책을 바라만 보고 있어도 노쇠하는 기분이었다. 영화를 보고 싶지 않아 집으로 돌아왔다.

살아남기란 쉬운 일이 아닐 것 같다

20171116

이날은 많은 것을 했다. 그래서 빨리 지치고 말았다. 우선 아침 일찍 아감벤 심포지움에 갔다. 성대까지는 한 시간 반 정도 걸리는데 그사이에 기력이 다 빨렸다. 게다가 심포지움이 있는 수선관은 성균관대 거의 꼭대기에 위치해 있었다. 수선관에 도착하니 벌써 집에 가고 싶어졌다. 발제 자료집을 받고 한 시간 정도 앉아 있다가 일을 하러 가야 했다. 그런데 생각보다 더 빨리 나왔다. 남자 발제자들이 서로 농담하며 웃고 있는 모습이 좋아 보이지 않았기 때문이다. 그리 긴장되지 않은 분위기에서 진행되어서 당연하겠지만 참을 수 없이 거북한 마음이 들어 자리를 박차고 나왔다(이래서 앞으로 어떻게 하려고?). 전체 발제자가 남자인 가운데 살아남기란 쉬운 일이 아닐 것 같다.

어쨌든 일 때문에 종각으로 향했다. 종각 토스에서 첨삭과 상담을 했다. 세 시간 뒤에는 무조건 집으로 가야만 했는데 보일러를 고치는 기사님이 오기 때문이다.

보일러를 고치는 데 총 구만구천 원이 들어서 나는 육만

원 가량을 주고 나머지는 주인 아주머니가 냈다. 보일러실이 내 방 근처에 있기 때문에 보일러를 고치기 위해서는 내 방을 쑥대밭으로 만들어야 한다. 이미 스트레스를 많이 받았는데 조금 웃고는 있었지만 이 시점에서는 폭발하기 일보 직전이었다.

이날은 머리도 잘라야 해서 미용실에 갔는데 자주 가던 미용실이 이훈 30000이라는 이상한 프렌차이즈로 바뀌고 직원들도 모두 새 얼굴이었다. 그런데 어차피 별로 신경을 안쓰니까 아무한테나 커트를 해달라고 부탁했다. 지금 이벤트중이라서 염색이 삼만 원이라길래 아무 생각 없이 다시 빨간색으로 염색했다. 두 시간 정도의 고문이 끝나고 거울을 보니 자주색도 아니고 나무색도 아니고 빨간색도 아닌 이상한 구리색이 되어 있었다. 옛날 남자 아이돌 같아서 만족스러웠다.

집에 오는 길에는 양초 두 개와 휴지와 맥주를 사왔다. 그런데 와서 보니 양초에는 아무런 문제가 없었지만 휴지에는 문제가 있었다. 지나치게 싸다 싶었는데 알고 보니 휴지가 아니라 키친타월이었다. 당황했지만 어쩔 수는 없어서 룸메와 키친타월을 쓰되 변기에 버리지만 말기로 약속하고 그것을 변기에 비치했다. 보일러가 고쳐지니 집이 무척 따듯해서 아궁이 같았다. 씻고 노곤해져서 여덟시에 잠이 들었다.

신경과를 삼십 분 동안 걸어서 갔다

20171117

일하는 날이다. 아침 일찍 일어나 병원부터 갔다. 정신과에 가서 각종 부작용(졸림, 오직 졸림)을 말하고 차도를 보이지 않는 우울함에 대해 말했다. 또 지난 한 주간 두 차례 있었던 폭토에 대해 말했다. 피검사를 했다. 다음주 화요일에 다시 오라고 했다. 어쨌든 의사 선생님은 내게 토피라메이트를 처방하는 것이 가장 좋은 방법이라고 생각하는 것 같았다. 하지만 선생님은 내 손끝과 엄지발가락의 마비가 토피라메이트 탓이 아니라는 명백한 증거가 나오기 전까지는 토피라메이트를 처방하지 않을 계획이라고 말했다. 그러니 신경과에 가서 검사를 받아보고 오라는 것이었다. 나는 정신과 진료로 소진될 대로 소진된 상태였지만 그렇다고 선생님 말을 무시하고 다음주에 거짓말로 '예, 아무 이상 없었어요' 하기란 힘든 일이었다. 물론 그것이 노동이 아니므로 엄밀하게 '힘든 일'이라고 말하기는 어렵지만 어쨌든 양심상 그렇다는 이야기다. 그래서 신경과를 삼십 분 동안 걸어서 갔다. 내가 여기 온 경위에 대해 말하고 검사를 했다. 그런데 다행인지 불행인지 아무 이상이 없다는 결과를 받았다. 약물에 의한 마비일 수 있지 않냐고 했더니 그런 약물로는 신경이 손상되지 않으며 암 치료나 결핵 치료를 받아야만 손상이 온다고 했다. 그렇다면 손끝과 엄지발가락에 대한 마비는 완전히 심리적인 문제란 말일까? 오히려 불안해졌다. 다음주에 뭐라고 말할지 뭐라고 말해야 제대로 된 처방을 해줄지 모르겠다. 걱정된다.

쓰지 않으면 잃어버리는 것들

20171123

감기에 걸렸다. 기침을 하느라 머리가 아프다. 내일까지 다 낫지 않으면 망한다. 정말로 나아야 한다. 지금 잠들지 않으면 안 되는 걸 알면서도 일기를 쓴다. 정리할 일이 많다. 쓰지 않으면 잃어버리는 것들도.

서점에 갔다

20171124

책 다섯 권을 샀다. 일을 하러 갔다. 추웠다. 떨며 집에 갔다. 집 근처에서 국밥을 먹었다. 잤다.

문 좀 열어주세요

20171125

Q와 핑크와 라리에 갔다가 집에 왔다. 일은 안 했다. 감기가 심해졌다. 기침을 계속했다. 집에 와서는 배가 고팠는지 야식을 시켰는데 약을 먹고 잠드는 바람에 연락을 전혀 받지 못했다. 일어나보니 ○○족발입니다, 문 좀 열어주세요, 라는 문자가 쌓여 있었다. S와 문자를 계속하고 있다. S는 잘생겼다.

처음 보는 사람과 밥을 먹는다

20171126

일기를 제대로 쓸 수 있을까? 눈이 너무 침침하다. 앞이 제대로 보이지 않는다. 약의 부작용인지…

지금 룸메이트랑 내년에도 같이 살기로 결정했다. 오후에는 처음 보는 사람과 밥을 먹는다. 갔다 와서는 일을 해야 한다. 택배가 오지 않아서 불안하다.

하나씩 떠오른다 그렇지만

20171127

H님의 집에 갔다. 하루를 묵었다. 악몽을 꿨다. 결국 집에 갔다. 버티지 못하고 부산으로 도망갔다.

다시 서울. 증상은 호전되지 않았다. 사진을 인화했다. 누워 있었던 기억은 얼마 없다. 어딘가를 많이 돌아다녔다. C의 오프닝에 갔다. 뭔가를 계약했다. 『코뮤니스트 후기』와 『쓰레기』를 선물 받았다. 영어 학원을 등록했다. 새로운 사람들을 만났다. 말이 없는 사람도, 귀여운 사람도, 나를 싫어하는 사람도 있었다. 알바 가기 전에 K님의 퍼포먼스도 봤다. 많은 일이 있었다. 하나씩 떠오른다. 그렇지만.

기차에서도 카페에서도 침대에서도 글을 썼다. 그것을 올렸다 지우기를 여러 번 했다. 글을 전혀 쓸 수 없(었)다.

아빠는 사라지지 않는다

20171130

이런 일이 있다. 이런 일이 있었다. 아빠에 대한 끊이지 않는 악몽. 아빠는 이불을 덮는 것과 동시에 나를 덮쳤다. 낮에는 아빠에 둘러싸여 있었다. 아빠의 공기에 질식할 것 같았다. 아빠는 나에게 죽은 사람이 아니었다. 아빠는 너무 살아 있었다. '나는 내가 살아 있는 것에 대해 벌을 받는다고 느낀다'. 어쨌든 그만두기 위해서 집으로 내려갔다. 엄마가 그것을 해결해줄지도 모른다고 생각했다. 그 생각은 맞았다. 이주간 넷플릭스와 왓챠에 깨끗하게 세척된 뇌는 아빠를 똑같이 불태웠다. 아주 그 사람은 사라졌다. 그리고 집에 돌아오자 엄지발가락이 움직이지 않았다. 손가락도 움직이지 않았다. 마치 쥐가 난 것처럼 무감각하기도 했다. 그러다가 멀쩡해지기를 반복했다. 처음에는 술을 많이 마셔서 그런가보다 했다. 그러다가 나중에는 바뀐 약이 문제인가 했다. 신경과에서는 정상이라고 했다. 정신과에서 처방해준 비타민도 의미가 없었다. 그러다가 할아버지가 죽었다는 전화를 받는 꿈을 꿨다. 그래서 집에 갔다. 할아버지를 봤다. 이 이상한 의례, 의식이 뭘 의미하게 될지 아직 알 수 없다. 그렇지만 적어도 마비는 사라졌다. 하지만 아빠는 사라지지 않는다. 나는 그걸 안다.

그것과는 별개로

20171204

글을 여전히 쓸 수 없다. 아침에는 병원에 갔다가 학원에 갔다. 멍청한 상태로 수업을 듣다가 나와서 홍대로 갔다. 요즘 연락중인 C가 계속해서 문자를 보냈다. 홍대에서 목도리를 샀다. 집에 돌아와서 일을 했다. 사과를 먹었다. 배가 고파서 E에게 문자를 보냈다. E와 저녁을 먹고 카페에서 글을 쓰려고 했다. 하지만 쓸 수 없었다. 「여왕의 돌 깨기 여행」을 다시 읽었다. 재미있었다. 동생에게 준비중인 저널 홈페이지와 관련해서 상담을 했다. 백만 원이면 만들 수 있을지도. 혹은 더 비쌀지도. 어쨌든 일을 벌여야 한다. 내일은 번역을 하고 글을 써야만 한다. 반드시 그래야만 한다. 그리고 녹음을 해야 한다. 텝스 공부도 해야 한다. 부지런해야 한다. 글을 써야 한다. 아무 말을 하고 싶지 않다. 그것과는 별개로 글을 써야 한다. 이럴 때는 뭔가 먹어치우듯이 읽는 게 도움이 된다. (경험상).

거의 매일이 그렇다

20171205

아침에 일어나 학교로 갔다. P에게서 책을 빌리려고. 정확히는 P의 이름으로 책을 빌리기 위해서다. 학교에서 D와 E와 Y도 만났다. 모두 반가운 얼굴이었다.

책 빌리고 동방에서 잡담하고 준비중인 저널 이야기를 하고 담배 피우고 쓸데없이 히히덕거렸다. 그런 시간들이 한없이 좋다. 그리고 쉽게 지겨워진다. 그렇게 되지 않기 위해 빨리 자리를 떠야만 한다. 집에 돌아와서 일을 했다. 또다른 연락중이던 사람, Y는 내가 자기와 맞지 않는 것 같다고 했다. 연락은 갑자기 끊겼고 자괴감이 들었다. (이건 틀림없이 방송이나 블로그 때문이다. 백 퍼센트 확신한다.) 일을 하던 도중 언니에게서도 마리에게서도 C에게서도 연락이 없자 불안해졌다. C에게 "네가 나에게 더이상 연락을 하지 않을까봐 두려워"라고 문자를 보냈다. 답장은 한참이나 늦게 왔다. "왜 그렇게 생각해?" 마리는 아주 오랜만에 만난 친구의 집에 놀러가 있었다. 언니는 바빴다. 저녁에 언니 일을 도와주기로 했다. 그사이에 번역을 한 페이지(무려 한 페이지다)를 하고 텝스 공부를 했다. 지루했다. 다음주의 약속들을 없애고 바로 잡았다. 언니를 위한 케이크를 샀다. 저녁에 E를 잠깐 볼까 했지만 포기했다. 열한시가 되어서야 언니가 왔고 일을 도와줄 수 있었다. 엄청나게 많은 짐을 날랐다. 눈이 오기 시작했다. 리어카를 끌고 언니와 이 길을 몇 번이나 걸었는지 생각이 나지 않는다. 열 번? 스무 번? 미대를 왕복하고 인문대까지 가서야 일이 끝났다. 눈발은 멈출 생각을 않았다. C에게서 잘 자라는 문자가 와 있었다. 내일 신촌에 가서 언니의 퍼포먼스용 운동복을 알아봐야 한다. 부디 날씨가 좋기를 바란다. 로맨틱한 사건을 기다리고 있다. 거의 매일이 그렇다. (어제는 E와 함께 있었는데 맞은편으로 K와 통화하는 소리가 들렸다. K인 것을 알아채자마자 알 수 없는 엄청난 그리움이 몰려왔다. 문제를 풀고 있었는데 다 틀리고 말았다. E는 내가 그녀와 함께 있다는 사실을 K에게 말하지 않았다. K가 여전히 그립다는 사실을 믿을 수가 없다.)

오늘은 젤리 말고 아무것도 못 먹었다

20171206

나는 관심이 있다. 나를 거슬리게 만드는 것들에. 그것들은 살아 있지도 않고 죽어 있지도 않다. 나의 눈을 믿을 수 없게 만드는 것들이다. 표면이면서 내부이기도 한 것들이다. 아니 표면인가 하면 내부인 것들. 내부인가 하면 표면인 것들. 아름답지 못한 것은 물론이고 추해지는 것에도 실패한 것들. 분해되다가 만 것들. 이미 여러 번 반복된 말을 하고 마는 것들. 뒤집히고 한번 더 뒤집혀서 완전히 알아볼 수 없게 돼버린 것들. 모호하고, 혼란스럽고, 믿을 수 없고, 수다스러운 더미들. 그렇기에 오히려 침묵에 가까운 거짓말들. 이 이상 나를 거슬리게 만들 수 있을까? 그리고 이 이상 나를 매혹할 수 있을까? 나를 끌어당기면서 동시에 밀어내는 그 표정에서 신중하게 계산된 퍼포먼스를 본다. 아주 오랫동안 상연되어 너의 표면에서 분리 불가능해진 바로 그 연기는 순식간에 나의 시각장을 흐릿하게 만들고 네 몸짓 속으로 나를 옴짝달싹 못하게 포박한다. 신비롭다. 이 모든 수다스러운 침묵이. 언제나 이끌리는 이러한 어리석음이.

그애를 그리워하는 이유는 그애를 붙잡을 수 없기 때문인 것 같다. 하지만 안타깝게도 그게 전부는 아니다. 근래에 가슴 아픈 일이 많아서 글을 쓸 수 없다고 생각하면 마음이야 편해진다.

그럴 때는 어디에 글을 쓰면 좋을까? 누군가에게 말을 하면 좋을까? 어디에서?

보고 싶은 사람들이 있지만 더이상은 말할 수 없다. 미안하기 때문이다. (이렇게 써놓고 E에게 '어디야?'라고 텔레 보냄.)

어쨌든 오늘의 일기. 오늘은 학원에 갔다가 언니의 작업을 돕기 위해 포에버21, H&M, 유니클로를 한 바퀴씩 돌았다. 물건을 구하고 집으로 돌아와 일을 했다. 곧 다시 학교로 돌아가 언니를 도울 예정이다. 오늘은 젤리 말고 아무것도 못 먹었다. 아직. 스타벅스 신메뉴인 오렌지 티라테가 좋아서 샷 추가를 해 마셔봤는데, 별로였다. C가 연말에 호텔을 빌려서 놀자고 했다. 부자인 것이 분명하다.

느린 섹스를 하는 꿈

20171208

그 사람과 아주 천천히 느린 섹스를 하는 꿈을 꾸고 깨어났다. 기분이 더러웠다. 내가 뭘 원하는지 정확히 알 수 있었기 때문에.

2018

언니가 만들고 내가 먹었다

20180101

해가 바뀌었다. 연하장을 하루종일 썼다. 다음날에는 정말 우체국에 연하장을 부쳐야 하기 때문이다. 담배를 또 하루종일 말았다. 약속한 대로 언니네 집으로 가서 카레를 만들었다. 물론 내가 만든 건 아니고, 언니가 만들고 내가 먹었다. 요거트가 들어간 인도 카레였는데 엄청나게 맛있어서 놀랐다. 새해 복 많이 받으라는 문자를 돌리고 전화를 했다. 스물아홉이 되었다는 대단한 정취 없이 빈둥거리면서 하루를 보냈다.

조건을 했던 것 같다

20180103

일정이 모두 뒤로 미뤄져서 첨삭이나 하면서 시간을 보냈다. 번역을 해야 하는데 너무 게을러서 빈둥거리기만 했다.

글 쓰는 일은 포기했다. 이날 조건을 했던 것 같다.

일을 하러 가기 전에 조건을 했다

20180105

약속 세 개 중 두 개가 파토났다. 출근을 했다. 피곤했다.

조건을 시도했지만

20180106

이날은 텝스였는데 피곤해서 가지 못했다. 조건을 시도했지만 약속 두 개 다 파토가 났다. 출근했다.

아구찜은 맛있었다

20180107

오후에 서울대입구역의 아구찜 집에서 동생들을 만났다(장소 선택은 순전히 내 고집이다). 사촌은 이십 분 정도 늦었다. 그사이에 동생과 죽은 아빠 이야기를 했다. 내 증상에 대해서도. 동생 역시 비슷한 증상을 겪고 있다고 했다. 히스테릭한 폭소와 간헐적인 침묵이 이어졌다. 사촌이 오자 분위기가 환기되었다. 아구찜은 맛있었다. 사촌은 일본 여행을 갔다왔는데 동생에겐 찻잎을 주고 나에겐 담배 한 보루를 선물로 주었다. 너무 기뻐서 아기처럼 담배를 안고 있었다. 밥은 당연히 돈을 버는 동생이 샀다. 이대로 동생들을 보내긴 썰렁해서 관악구청 쪽 빵집에 가서 빵 몇 개를 사 동생들에게 들려줬다. 집에 돌아오는 길에 문득 K를 본 것 같았다. 인사를 하려고 했지만 참았다(머릿속으로 만약 K에게 먼저 연락이 온다면?에 대한 시뮬레이션 백 번 돌리기). 집에 도착하니 다섯시쯤 되어서 술을 마시고 싶었는데 아무도 마셔줄 사람이 없었다. 바쁘거나 지방에 내려가 있었기 때문이다. 이런 상황을 트위터에 징징거렸더니 근처에 사는 M이 불렀다. M네 집에 가서 (간만에 만난) S와 M의 애인과 인사했다. 술을 마시면서 뒹굴거렸다. 조건 약속이 있어서 아홉시쯤 그 집에서 나왔는데 결국 파토다. 엄청나게 스트레스를 받았다. 치킨을 시키고 청하를 더 마시다가 약을 먹고 잤다.

첫 레즈 조건을 하기 위해서였다

20180108

오후에 우체국에서 미처 못 보낸 연하장을 부치고 저녁에는 KTX를 타고 익산으로 갔다. 첫 레즈 조건을 하기 위해서였다. 돌아오는 길에는 이 일의 지속가능성에 대해 계속 생각했던 것 같다. 실수로 구매자의 브래지어를 가방에 들고 왔다.

두번째 레즈 조건을 했다

20180109

오후에는 조건을 하나 했다. 분명히 섭이라고 했는데 만나 보니 돔이어서 스위치였던 내가 할 수 없이 맞아야만 했다. 맞는 내내 아무 생각이 들지 않았다. 밤늦게는 두번째 레즈 조건을 했다. 약을 먹지 않고 모텔 방에 누워 잠이 들었는데 스펙터클한 꿈들을 연속으로 꿨다. 아침 일찍 구매자를 깨우지 않고 집으로 돌아왔다.

세 번이나 조건 파토가 났다

20180110

초벌 번역 마감이었지만 당연히 마감을 안 했다.

아침부터 세 번이나 조건 파토가 났다. 일곱시부터 차례로 파토가 나서 몸도 마음도 잔뜩 지쳐 있었다. 점심에는 요전에 보일러도 되고 책도 많은 방을 빌려준 M에게 밥을 사기로 되어 있었다. 배가 고프지 않아 M만 먹이고 나는 커피를 마셨다. M과 헤어지고 H를 처음으로 만났다. H는 수줍음을 많이 탔지만 옷을 벗고 나서는 그렇지 않았다. 또 볼 수 있을지 모르겠다. 늦은 밤에는 S와 만났다. 비싼 일식집은 조용하고 부담스러운 분위기여서 불편하기만 했다. 누가 먼저랄 것도 없이 서둘러 일어났다. 우리는 곧 싼 모텔에서 맥주와 와인을 마셨다. 그러다가 노래방을 갔다. 푹 자고 다음날 헤어졌다. 해소되지 않는 잔여감이 있었다.

오후에는 조건을 했다

20180111

저녁에는 언니와 함께 오래된 친구인 M의 생일 파티에 갔다. 자주 보는 얼굴도 있었고 그렇지 않은 얼굴도 있었다. 위스키를 잔뜩 마시고 취해서 (생일 당사자보다 더) 신나서 놀았다. 정신을 차릴 수 없을 무렵이 되자 언니와 택시를 타고 언니 집으로 갔다. 배가 고파서 회와 매운탕을 시켜 먹었다. 푹 잤다.

여러 차례 조건을 했다

20180112

이날은 여러 차례 조건을 했다. 일을 하러 갔다.

조건 때문에 가지 못했다

20180114

이날은 여러 차례 조건을 했다. 저녁엔 신도시에 가기로 했지만 조건 때문에 가지 못했다.

H

20180115

H를 두번째로 본 날이다. H의 몸은 매끄럽고 하얗다. H는 거의 항상 울기 직전의 표정을 하고 있다. 그리고 쉽게 눈물을 뚝뚝 흘린다. H는 야한 소리를 잘 낸다. H는 변태 같다는 말을 좋아한다. H의 혀는 마치 독립된 개체처럼 유연하게 움직인다. 낯을 가리고 수줍음을 많이 타는 H의 어디서 이런 움직임이 나오는지 알 수 없을 정도로. H는 귀엽고 사랑스럽다. 또 볼까? 또 볼 수 있을까? 잘 모르겠다.

섭썰매

20180117

S는 나를 보지 않는 시간 동안 X를 두 번이나 만났는데 그 점이 나를 진심으로 빡치게 한다. X가 해줄 수 있는 것(S에게 뭔가를 사준다거나 S를 하루종일 궁금해한다거나 등등)은 내가 해줄 수 있는 차원의 일이 아니다. 만약 내가 돈이 있거나 시간적 여유, 심정적 여유가 있다고 해도 그럴 수는 없었을 것이다. 그냥 나는 그런 종류의 인간은 못 된다. 나는 S를 내 발밑에 꿇어 앉히고 걷어차서 멍들게 하고 신발을 핥게 하거나 피가 날 때까지 뺨을 때리거나 체벌을 가할 때만 S를 사랑하는 종류의 인간이다. S가 멍이 다 나았다고 텔레그램을 보내왔다. 우리가 (제대로) 만난 지 몇 주가 지났다는 뜻이다. 그 사이 나는 다른 여자애들을 만났고 몇몇과 플레이를 했고 몇몇과는 섹스를 했다. 재미가 있기도 했고 없기도 했다. 나를 완전히 받아주는 것이 S뿐이라는 사실이 화가 난다.

이날은 근처에 사는 W와 케이크를 먹으면서 이야기를 하다가 섭썰매라는 우스갯소리를 했다. 무슨 뜻이냐면 돔이 섭썰매를 끌고는 있지만 정작 썰매를 끄는 섭이 없으면 돔은 움직이지도 못한다는 뜻이다. 변증법적인 우화다. 이런 이야기는 신경을 거슬리게 한다. S에게 끌려다니는 상황을 연상시키기 때문이다.

오후 늦게 마리의 출국을 배웅하기로 했지만 보지 못했다.

D

20180118

이날은 홍대에서 만취해서 D를 불렀다. D를 보는 것은 두 번째다. D는 귀엽고 수줍음을 많이 탄다. D에 대해서는 아직 적을 것이 없다. D는 안정감을 준다. 이날은 D와 함께 잤다. D를 자주 보게 될 것 같다.

내일 꼭 맛있는 걸 먹자

20180119

오전부터 사복경찰에게 잡혀서 경찰서에서 조사를 받았다. 그렇게 좋은 학교를 나오고 성매매는 왜 해? 꼭 그 길만 있는 게 아니잖아, 이게 잘못된 거라는 건 알아요? 요즘 여자애들은 몸을 너무 물건처럼 생각해. 다신 안 한다고 약속해요. 네… 네… 네… 이런 대화를 스무 번 정도 반복하고 세 시간이 지난 뒤 탈진한 상태에서 경찰서를 나왔다. 내 상태를 짐작하고 동생이 연어를 시켜줬다. M이 집으로 와줬다. M과 맥주를 마셨다. 저녁에는 언니와 말다툼이 있었다. 새벽에 언니는 이태원으로 와줬다. 우리는 화해했지만 언니는 지갑을 도둑맞았다. 결국 함께 퇴근했는데 왠지 집으로 돌아가기 싫어서 모텔로 갔다. 모텔 티브이로 요리 프로를 보면서 둘 다 침만 삼켰다. 내일 꼭 맛있는 걸 먹자고 다짐하면서 잤다.

그저 사실을 말하기 위해서 써야 한다

20180122

다이어리에는 '잠깐 D(이태원)'라고 써 있다. 아마 P에 들렀다는 이야기겠지. 어쨌든 써야 한다. 이 기억을 헤집는 것이 내게 무슨 의미가, 아무런 의미가 없다고 하더라도 써야 한다. 그저 사실을 말하기 위해서 써야 한다. D는 귀여운 춤을 추면서 내게 다가왔다가 멀어지기를 반복했다. 나는 D에게 키스하고 싶어서 안달이 났고 연신 담배를 피웠다. D에게 빨리 집에 돌아가라고 채근했다.

하루종일 D와 있었다

20180123

무엇을 했는지 기억은 잘 나지 않지만 따듯했다. D는 길을 헤매기도 했고 뭔가를 보고 크게 기뻐하기도 했고 잘 웃었다.

이 모든 것이 뭘 가리키는 걸까?

20180128

어떻게 그게 가능하냐고? 우린 우리가 일군 모든 것이 불타는 것을 보았다. 그리고 잿더미를 모아 무덤을 만들었다. 무덤 주변에서는 항상 탄내가 나고 나는 그 냄새를 사랑한다. 우리는 매일 무덤 주위를 배회하면서 서로의 안부를 확인하고 양손으로 얼굴을 쓰다듬으면서 눈을 맞춘다. 네가 본 것과 내가 본 것이 얼마나 다른지 알고 싶어서. 이게 내가 이 모든 것들이 곧 끝난다는 사실을 아는 이유다.

"한 남자를 기다리느라 아무것도 할 수 없었다." 이 문장을 다시 보기 위해서, 확인하기 위해서 아니 에르노의 책을 중고로 샀다. 전에 샀던 책은 마리에게 줬는데 마리가 그 책을 어떻게 읽었을지는 모르겠다. 어떤 문장은 완전히 거리를 두면서, 아 나는 이 정도로 미치지 않았어, 하고 무표정하게 읽는다. 그러나 어떤 문장은 마치 내 일기장에서 훔쳐온 것이 분명해 보여 (착각이 아니다) 일기장을 뒤적거리기까지 했다. 누군가를 보고 싶다는, 안고 싶다는, 만지고 싶다는 유치한 열망의 무서운 크기를 생각했다. 나는 요즘 일상생활을 할 수 없다. 예를 들면 누군가의 대화중 불쑥 그 사람의 이름을 발음하지 않으려 노력해야 한다. 책을 읽다가도 문장 사이로 번지듯이 그의 목소리가 들릴 때면 시간이 절단된 것 같다. 그 사람의 티 없이 웃는 얼굴을 생각하면서 몇 시간이고 야한 망상을 할 수도 있다. 전혀 예측하지 못한 장소와 상황에서 그와 비슷한 체구의 사람을 보면 땅속으로 훅 하고 꺼지는 기분이 든다. 그러면 한참 제정신을 차리기가 힘들다. 그 사람이 나를 만지면 나는 금방 흥분해서 말 그대로 돌아버릴 것 같다. 대부분의 상황에서 그럴 수 없지만, 당장 쓰러뜨려서 키스하고 온몸을 애무하고 싶어진다. 그럴 수 없어서 긴장되고 초조해서 담배를 엄청나게 피운다. 이런 상황에 대해 사랑에 빠졌다고 말하고 싶지는 않다. 실제 그렇지는 않기 때문이다. 그저 내가 처한 상황을 묘사했다. 이 모든 것이 뭘 가리키는 걸까? 나는 두렵지 않고, 고통스럽지도 않고, 그렇다고 자신감에 차 있지도 않다. 아주 어린애가 된 기분이다. 보고 싶은 사람이 있는 열세 살짜리 어린애. 그렇지만 일은 해야 한다. 이런 것들이 날 괴롭힌다… 어쨌든 모든 것은 끝난다. 언제가 되었든. 어려운 일은 언제나 폐허를 가꾸는 일이다.

D와 문자를 주고받지 않았다

20180129

녹음을 했다. 정신과를 갔다. 피부과도 갔다. 정신과에서 '거리를 두라'는 조언을 듣고 진짜 거리를 두자는 농담을 주고받았다.

그리고 한동안 D와 문자를 주고받지 않았다.

D에게서 그만 만나자는 연락을 받았다

20180130

일 때문에 미팅을 했다. D에게서 그만 만나자는 연락을 받았다.

D에게 전화를 걸었고 차단이 되지 않았다

20180201

지난 20일부터 31일까지의 다이어리는 온통 D의 이름으로 가득차 있다. D는 30일에 내게 이별을 통보했고 받아들일 수 없었다. 오지 않는 답장을 기다리면서 수십 통의 문자를 보내는 일은 민망하지만 멈출 수 없다. D는 정말 나를 까맣게 잊기로 작정했나? 어떻게 그게 가능할까? 나는 갖가지 미친 가능성을 생각해본다(D에게 여자친구가 생긴다. 긴 생머리의 여자친구가 지겨워진 D가 갑자기 나를 떠올리고 잘 지내냐고 문자를 한다. 혹은 D와 어느 날 이태원에서 마주친다. 그러자 D를 본 내가 D를—어떤 수단을 써서라도—놓아주지 않는다. 혹은 D가 어쩔 수 없는 이유로 P에 들르게 된다. 나는 D를 의도적으로 무시하고 D는 왠지 모를 그리움을 느낀다. 혹은 D가 만취한 상태에서 내게 전화를 한다. 물론 그럴 리는 없겠지만 등등.) D는 완전히 나와 연락을 끊었고 나는 하루종일 D의 일상을 궁금해하면서 D의 마지막 편지를 읽고 또 읽는다. '이제 이 생각을 멈출 수가 없어.' 모든 게 내 잘못이라는 생각이 든다. 그렇지만 동시에 인생이 너무 짧다는 생각도 한다. D가 보고 싶어서 매분 매초 쩔쩔맨다. 하루가 이렇게 길다.

D는 문자를 무시하면서 혹은 차단하면서 괴롭지 않았을까? 일말의 후회도 없었을까? 궁금하지는 않을까?

D는 작정하고 애교 부리듯 느슨하게 몸을 흔들거리며 춤을 추고는 했는데 그 모습이 머릿속에서 떠나지 않아 괴롭다.

고개를 늘어뜨리고 내 눈을 쳐다보면서 키스해달라고(키스를 전혀 할 수 없는 상황인데도) 간청하는 시선이 문득 떠오를 때마다 신체적 통증이 찾아온다.

D를 대체할 만한 것이 도무지 떠오르지 않는다.

D가 내가 D를 좋아했던 만큼 나를 좋아하진 않았을 거란 확신이 시간이 지날수록 더욱 선명해지는 기분이다. 이건 단지 연락이 먼저 끊긴 사람만이 할 수 있는 유치한 복수 차원의 발상이다. 너는 연락을 끊을 수 있었구나. 너는 나만큼 날 좋아하지 않았구나. 나는 그렇지 않으니까 널 더 좋아했던 거야. (사실 견디고 참는 능력을 가진 사람이 더욱 괴로울 수 있다는 걸 잘 알고 있음에도 불구하고 이렇게 적고 싶다. 내 글이니까. 심술이라도 부리지 않으면 정신을 잃을 것 같다. 어제 늦은 밤 아주 예의 없게도 나는 D에게 전화를 걸었고 차단이 되지 않았다는 증거로 길게 전화벨이 울릴 때 거의 울고 싶은 지경이었다. D는 내 문자를 다 보고 있었다. 그리고 답장을 하지 않았다. D는 그럴 수 있는 사람이다.)

D가 엄청나게 보고 싶다. 한 사람이 어떻게 누군가를 이

렇게 갈망하게 될 수가 있을까? 정신착란 상태가 아니고서야 불가능한 것 같다…

D가 처음부터 이 모든 짓을 그만두라고 했다면

20180203

D에게서 온 답장은 허무하고 원망스럽기 그지없었는데 이런 투였다. '내가 답장을 안 하면 니가 그만 문자 할 줄 알았다' '내가 쓴 편지가 내가 하고 싶은 말의 전부다' '아무튼 할 말 없다, 잘살아라' D에게 애초부터 그런 편지를 쓰게 한 데에는 내 존재 자체, 내가 살아가는 방식 자체가 가장 큰 문제가 된 것이므로 여기에 대해 할 수 있는 말이 없다. 무조건 내 잘못이라고 생각한다. D의 삶에 그런 방식으로 개입해서는 안 되었다. 하지만 이제는 아니다. D는 답장을 하지 않음으로써 내가 너무 많은 감정을 투여하게 만들었고 덕분에 나는 D의 상상 속에서는 아름다웠을지도 모를 이별의 이미지를 훼손시킨 주범으로 추락했다. 모욕받았다고 느꼈다. 만약 D가 처음부터 이 모든 짓을 그만두라고 했다면 (눈 오는 날 P 앞에서 몇 시간이고 D를 기다리는 일, D에게 매일매일 문자로 보고 싶다고—그것도 진심으로—말하는 일, 그것도 모자라 카카오톡을 보내는 일 등) 나는 이만큼은 비참하지는 않았을 것이다. 하지만 어쩌면 이 모든 비참함은 D가 이미 한 차례 느꼈

을지 모르는 그런 감정일 수도 있을 것이다.

그럼에도 불구하고 또 망상에 빠지게 되는데 만약 D에게서 다시 연락이 오면 어떡하지? 하는 하등 쓸데없는 종류의 망상이다. 여기에 대해선 아무 망설임도 없이 '응, 나도 보고 싶었어'라고 대답하게 될 것이다. 오늘도 몇 번이나 D가 P에 오는 상상을 했다. 부질없다. D는 키스할 때 눈을 뜬다. 어떻게 아냐고? 나도 키스할 때 눈을 슬쩍 떠보는 종류의 인간이기 때문이다. D는 고개를 늘어뜨리고 애교 섞인 눈웃음으로 나를 사로잡는다. "시선은 유혹하고 검열하고 넋을 잃게 한다. 목소리는 최면을 걸고 유혹하고 무장을 해제시킨다." 아, 이 글을 적는 순간 D의 목소리를 잊어버렸다는 사실을 깨달았다. (D의 몸은 아름답다. D의 목소리도 아마 그랬던 것 같다. 이제 기억이 나지 않는다. 이런 사실은 나를 별로 안타깝게 하지 않는다. 이런 식으로 잊어버린다면 좋겠다.)

하늘에서 돈이 떨어지면 좋겠다

20180205

오늘은 꿈에 D가 나왔다. 나에게 잘못했다고 용서를 빌고 간청하고 애원했다. 깨고 나니 의외로 기분은 나쁘지 않았는데 안에서 몇 가지 의문이 일었다. 첫째로 꿈속의 D가 생각보다 못생겼다는 것이었고, 꿈에서 배경이 되었던 공간이 내게 전혀 익숙하지 않은 곳이었다는 것이고, 또… (꿈이 서서히 사라지고 있다.)

꿈이 완전히 사라질 때까지는 조금 괴롭고 애틋할 것 같다. 기분이 좋지 않다.

어제는 결국 못 참고 D에게 전화를 걸었는데 통화연결음이 몇 번 가더니 D가 전화를 끊어버렸다. D에게 구구절절한 문자를 남겼는데 읽지조차 않았다. 꿈에서 나는 원망조로 왜 그랬냐고 물었는데 D는 그게 재밌다고 대답했다. (꿈이 다시 살아나고 있다.) 나는 울 것 같은 표정으로 D를 안았다.

오늘의 할일. 섹스토이 숍에서 협찬과 방송 관련 문의를 주고받고 녹음에 간다. 에이즈 기관에서는 아직 답장이 오지 않았다. 방송은 8화가 남았다. 8화가 남은 방송을 위해서 청자들을 위한 소소한 이벤트를 준비중이다. 하늘에서 돈이 떨어지면 좋겠다. 죽고 싶다. (아니 사실 죽고 싶지 않다.)

일을 했다

20180210

별다른 일은 없었다.

아는데 그냥 못하는 거다

20180212

조건 약속이 있었는데 취소했다. 생리중이라고 거짓말을 하면서. 경찰한테 잡힌 이후로 엄청나게 위축된 상태다. 언제쯤 다시 할 수 있을지 모르겠다.

마리가 보고 싶다. 마리와 담배를 피우고 커피를 마시면서 세계에 대한 소소하고 멍청한 단상을 늘어놓고 싶다.

아침부터 정신과를 갔다. 상태가 어떠냐는 질문에 웃음이 멈추지 않았다. '지난번 D와 거리를 두라고 하셨는데 헤어졌어요'라는 말을 결국 해버리곤 폭소가 나왔다. 그러자 '아니 거리를 두라고 했지 누가 연락을 끊으라고 했어요'라는 대답이 나왔다. 옳으신 말씀이다. 나는 재가 될 때까지 타는 것을 지켜보거나 그게 아니면 시작도 하지 않는 종류의 인간에 가까운 것 같다. 정신과 선생님은 그 중간을 자꾸 찾으라고 하는데 몰라서 안 하는 게 아니라 아는데 그냥 못하는 거다. 어쨌든 잠을 잘 못 자고 있기 때문에 수면제를 더 받아왔다. 다다음 주에는 아마 한 달 치를 받아와야겠지.

진례에서는 용납될 수 없는 것

20180213

이날은 오후에 김해로 가는 KTX표를 예매해둔 날이었다. S는 자기 사진을 간간이 텔레그램으로 보냈는데 아주 귀여웠다. 귀엽다는 말을 쉴새없이 했다. KTX에서는 정신없이 졸았고 악몽을 연달아 꿨다. 엄마는 또 작아져 있었고 동생은 불쑥 커 있었다. 의료 소송을 한다던 엄마는 '힘들고 지쳐서' 이젠 잘 모르겠다는 말을 했다. 엄마와 함께 간 동네마트에서는 나를 두고 한 차례 해프닝이 있었는데 마트 사장님이 내가 맥주 코너로 간 사이 엄마에게 귓속말로 '따님에게 무슨 문제라도 있습니까?'라고 한 것이었다. 그렇다. 내 피어싱과 문신, 옷차림은 진례에서는 용납될 수 없는 것이다. 차마 '예, 문제가 있습니다'라고 대답할 수 없었던 엄마는 '그게 아니라 외국에서 살다 와서 그렇다'고 거짓말을 했다 한다. 어쨌든 집에서는 맥주를 마시고 담배를 피우고 유튜브를 보고 마리와 수다를 떨고 언니와 전화를 하고 요거트팩을 하고 약을 먹고 잠을 잤다.

S가 더이상 그립지 않다

20180216

설 당일이었다. 아홉시부터 엄마를 제외한 모두가 할아버지 집에 모였다. 엄마는 '다 괜찮은데 삼촌을 보면 울 것 같다'고 하면서 집에 있겠다고 했다. 아무튼 동생들과 할아버지 집에 가서 제사를 지냈다. 정종을 많이 마셨다. 내 피어싱에 다들 한마디씩 얹긴 했지만 나무라는 투는 아니었다. 한자를 쓸 줄 아는 사람이 아빠밖에 없었어서 제사 때 쓰는 한자를 적는 흰 종이(그걸 뭐라고 부르는지 모른다)를 두고 옥신각신들을 했다. 원래 아빠가 하던 일이었기 때문이다. 이번 달 28일은 아빠의 1주기다. 올해가 아빠 없이 보내는 첫 설날인 셈이다. 남동생과 나는 자조적으로 웃으면서 '아~ 그 사람 어디 갔냐~' '맞다 그런 사람이 있었지~' 하며 부러 농담을 주고받았지만 아무도 우리의 농담을 받아주지 않았다. 당연하다. 제사가 끝나고 할아버지와 할머니를 제외한 모든 사람이 엄마의 아파트로 놀러왔다. 삼십 분 가량 머물다가 각자의 집으로 다들 떠났다. 나와 남동생도 삼십 분 뒤 입석을 예매했고 서울로 갈 채비를 마쳤다. 피곤해서 죽을 것 같았지만 빨리 서울로 가고 싶었다.

S에게선 더이상 연락하지 말라는 연락이 왔다. 이유는 알 수 없지만(그러나 무수히 많은 추측을 했다. 여기에 적을 수 없는) 연락을 하지 말라니 하지 않았다. 처음에는 무척 화가 났지만 지금은 그렇게 보고 싶지 않다. 다행스럽게도. 이날 마리와 나눈 대화들은 S에 대한 원망으로 가득차 있다. 빨리 네덜란드로 가서 S를 그만 생각하고 싶다거나 S나 D나 똑같다거나 D가 보고 싶다거나(왜 이 맥락에서 튀어나오는 것인지 모르겠으나) S가 무슨 자격으로 이러는지 모르겠다거나 등등. 그러나 이 글을 쓰고 있는 지금 시점에서는 거의 모든 것을 포기했다. S가 더이상 그립지 않다.

이날 저녁 아르바이트에는 언니가 잠깐 들러줬다. 실컷 애교를 부리고 받아줬다. 언니를 보고 있을 때면, 언니를 보고 있을 때만 충만해지는 기분이 든다.

많은 물건을 샀다

20180217

28인치 캐리어를 샀고, 접이식 테이블을 샀고, 안경줄을 샀고, 새 신발을 샀다.

집에 돌아온 뒤 오후에는 악몽을 꿨다. 여자들이 낳은 아기로 고기를 만드는데 억지로 그 작업을 하게 하기 위해(도망칠 수 없게 하기 위해) 여자들의 다리는 절단되어 있었다. 그런 광경이 공장처럼 일렬로 펼쳐져 있었다.

저녁에는 누군가와 섹스를 했다

20180220

아침부터 조건남으로부터 전화가 왔다. 만나지 않겠냐고 했다. 온갖 핑계를 대면서 오늘은 안 된다고 말했지만 소용이 없었다. 그 사람은 내가 조사를 받았다는 사실을 알고 있었다. '너 왜 조사 받았다는 거 이야기 안 했어? 이야기를 해야 우리가 말을 맞출 거 아니야'라는 말에 그저 '미안해서 말 못했다'는 대답밖에 못했다. 실제로 그랬다. 경찰서에서는 처벌받는 건 그 사람뿐이라고 이야기했으니까. 그래서 필사적으로 그의 전화를 피했던 것이다. 그 사람은 '너 참 무책임하다'며 조소와 무시가 섞인 투로 한마디를 하고 전화를 끊었다. 기분이 이상했다. 내가 무책임한 것은 맞았지만, 그러니까 이 상황을 책망하는 이 남자가 지나치게 순진하다는 생각이 드는 동시에 이 사람이 언젠가 날 찾아내서 칼로 찔러버릴지도 모른다는 이상한(당연한) 피해망상도 들었다. 거리를 걸어다니는 남자들의 얼굴이 모두 그 남자의 얼굴로 보이기 시작했다.

저녁에는 누군가와 섹스를 했다. 우울함을 감추려고 필사적으로 웃는 사람이었다. 섹스가 끝나고 아구찜을 먹고 커피를 마셨다. 어깨를 내밀고 이야기하는 모습이 사랑스럽다고 생각했다.

J와 섹스가 하고 싶었다

20180221

낮에 뭔 일을 했는지 전혀 기억이 나지 않는다. 이런 식이다. 예를 들어 오늘은 저녁에 약속이 있는데 오후 한시에 깨서 일기를 쓰기 위해 앉아 있다. 일기를 쓴 뒤에는 일을 조금 하고 청년예술단 지원서를 쓸 예정이다. 이런 일들은 일기장에 적지 않는다. 누굴 만났고, 누구와 섹스를 했는지, 누구와 플을 했는지만 일기장에 적는다. 그러니까 쓸 말이 없는 것도 당연하다. 나는 누군가와 섹스를 하지 않는 상태에서의 긴장감을 견딜 수가 없다. 물론 내가 긴장감을 느끼고 있을 때의 이야기다. 그럴 때는 극도로 말수가 적어지고 그저 집에 가고 싶어진다. 섹스를 하지 않는 시간이 무의미하게 느껴지기 때문이다. 이날이 그랬다. 우리는 저녁에 만났다. J는 매력적인 사람이었고, J와 섹스가 하고 싶었다(사실 그 생각밖에 안 들었다). 그런데 그게 될 것 같지가 않았다. 전혀 그럴 수 없을 것 같았다. 빨리 집에 가고 싶었다. 무슨 말을 해야 좋을지 몰랐기 때문이다.

이런 것들이 내 인생을 좆되게 만들지는 않는다

20180226

백지를 눈앞에 두고 있는 것이 너무 공포스러운 나머지 화면을 켜놓은 채로 화장실을 두 번이나 다녀왔다. 요즘 잠을 제대로 못 자고 있다. 여섯 시간 수면중에 두어 번은 깨서 약을 한번 더 먹거나 술을 마셔야만 한다. 고통스럽다. 일기를 써야 하는데(왜 이렇게까지 의무적으로 생각하는지는 모른다) 사람들이 볼 거라는 두려움을 이겨내기 힘들다. 단 한 사람이 읽는다고 해도… 예를 들면 이런 상상을 한다. 당사자가 이 글을 지워달라고 요청하지 않을까? 주변인들이 당사자를 추측하고 당사자에게 이 글을 알리지는 않을까? 물론 이런 것들이 내 인생을 좆되게 만들지는 않는다. 그들의 인생 역시 마찬가지다. 그렇다고 해도 사소한 실패감을 가져다줄 수는 있다. 그게 싫다. 이전에는 없었던 두려움이다. 나는 여러 번 자세를 뒤바꾸고 몸을 뒤틀면서 글을 쓰고 있다. 이제 일기를 쓰는 것이 어떻게 해도 불편하고 거북해졌다. 그럼에도 불구하고 일기를 써야 할까? 기록을 멈추지 말아야 할까? 왜일까? 아무리 생각해봐도 불편하고 거북하기 때문에 해야 한다는 결론밖에는 나오질 않는다. 속이 또 안 좋아지고 있다.

빨리 해치워야겠다.

슬퍼야지?

20180227

저녁에는 삼촌에게서 전화가 왔다. 내일이 아빠 1주기인데 엄마가 뭐 한다고 한 거 없냐고 물었다. 모른다고 대답했다. 대신 나는 케이크를 먹을 거고 조금 슬프다고 대답했다. 그랬더니 딸인데 너는 슬퍼야지, 라는 대답이 돌아와서 이상했다. 슬퍼야지? 원래는 안 슬퍼도 된다는 말인지?

아빠의 1주기다

20180228

오늘은 아빠가 죽은 지 일 년이 되는 날이다. 언니와 방을 잡고 놀 요량으로 신촌 부근에 모텔을 잡았다. 클럽도 갈 것이다. 케이크도 먹을 예정이다.

이게 내 방식인가? 모르겠다. 해봐야 알 것 같다.

메루메루가 죽었다

20180419

어제는 처음으로 공황 발작을 겪었다

20180422

숨을 쉴 수 없었고 그저 불안해 앉아 있는 것조차 힘들었다. 모든 사람들이 나를 방해하러 오는 것만 같았다. 어제 오후 나는 집중력이 최고로 좋았다. 뭐든지 해낼 수 있을 것 같았다. 그런데 출근하자마자 주의력은 산만해졌으며 통제력은 박탈당했다. 책이라도 한 줄 읽을라치면 누군가가 계속해서 말을 걸었다. 정말이지 한 줄도 읽기가 힘들었다. 이런 일들이 반복되자 너무나 예민해진 나머지 살갗이 팽창해 터져버릴 것 같았다. 나중에는 무감각해져 어떤 것에도 반응할 수 없게 되었다. 어쨌든 공황은 퇴근 후 집에 도착한 새벽 여섯시까지 이어져 중간에 호흡이 가빠지자 잠에서 (강제로) 깨워진 언니가 나를 다독여줘야만 했다.

영원히 일기를 쓰고 싶다. 하지만 이제 할말이 남아 있지 않다.

보지는 침묵했고 나는 답답했다

20180423

손이 떨려서 글을 제대로 쓸 수가 없다. 쓰려고 했던 문장이 있었는데 잊어버렸다. 손가락에 힘을 준다. 오타를 내지 않으려고. 오늘 아침에는 방광 근처가 이상하게 아릿하더니 피가 섞인 오줌을 보고 말았다. 더 환상적인 사실은 생리까지 겹쳤다는 것이다. 그래서 (당신들은 이제 더이상 알고 싶지 않을 테지만) 내 아랫도리는 지금 평소에 비해 몇 배는 더 보지 같은 상태다. 축축하고 냄새나고 끊임없이 뭔갈 꾸역꾸역 뱉어내는 여자의 성기. 기분이 좋지 않다. 그렇다고 이런 걸 달고 다녀야 하는 내 신세가 저주스럽거나 원망스럽진 않다. 그저 화장실에서 밑을 닦을 때마다 얼얼한 핏덩어리들과 정면으로 마주치는 게 매번 황당하고 충격적일 뿐이다(상태가 좋지 않다. 이 문장을 열네 번이나 고쳐 썼다).

게다가 이 구멍 저 구멍으로 피가 나오니 내가 혈뇨를 본 건지 생리를 한 건지 (증거물로서) 휴지를 봐도 알 길이 없었다. 보지는 침묵했고 나는 답답했다. 내 상태를 알 도리가 없으니 말이다. 이른 아침부터 혈뇨를 보기 시작했으니 이쯤되면 알아서 멈춰줬으면 했다. 병원에 갈 여유는 없었기 때문이다. 혈뇨를 본 게 이번이 처음은 아니었다. 굉장히 피곤할 때 이따금 피가 섞인 소변을 보곤 했기 때문이다. 그래서 '이번에도 피곤해서 그런 거겠거니' 하고 생각했다. 처음에는. 그러다 점점 무서워졌다. 소변에 섞인 피의 비율이 예전과 달라도 너무 달랐기 때문이다. 최근 병원 약이 늘어서 그럴까? 술을 많이 마셔서일까? 섹스를 많이 해서?(이건 마리가 제시해준 이유다) 이유가 뭔지 몰라도 가만 놔둔다고 알아서 낫지는 않을 거란 직감이 왔다. 하지만 여전히 병원에 갈 여유는 없었다. 병원에는 언제 가지? 빠르면 모레… 아니면…

오후 아홉시 삼십오분, 나는 기저귀나 다름없는 생리대를 차고 앉아서 이 일기를 쓰고 있다.

카카오톡에 있는 모든 남자들을 차단했다

20180508

카카오톡에 있는 모든 남자들을 차단했다. 지겨워서다. 고추 빠는 것도 지겹고 섹스하는 것도 지겹고 대화하는 것도 지겹고 수발 들어주는 것도 지겹고 에미 씨발 다 지겨워서다. 나는 그들 중 한 명이 내 블로그를 보고 있고 번역기를 돌려가며 이 글을 읽으리라는 사실도 안다. 고민했다. 어떻게 써야지 상처를 주지 않을 수 있을까? 하지만 그건 기만이다. 상처를 안 줄 방법 같은 건 없다. 일방적으로 차단했는데 어떻게 상처를 안 받을 수 있을까? 그들은 상처받을 것이고, 화가 날 것이고, 날 싫어하게 될 것이다. 그런 걸 두려워해선 안 된다. 자업자득이기 때문이다.

어제 저녁에 생각했다. 다시는 외롭다는 이유로 이런 짓을 하지 않겠다고. 무엇을? 남자들이 나를 일방적으로 예뻐하게 하고, 내 뒤통수를 움켜쥐고 그들의 자지를 빨게 하고, 내 사타구니에 침을 발라 그들의 좆을 삽입하게 하고, 계속해서 그 짓을 하게 하고, 가만히 엎드려서 그들이 좆을 박아대게 두는 일, 숨이 막힐 때까지(토하기 직전까지) 딥쓰롯을 수십 번쩍 하고 정액을 받아먹는 일, '굿 걸'이 되는 일, (당치도 않습니다! '굿 걸'이라니!) 늦었다고 몇 번이나 말했는데도 내 의사와는 상관없이 섹스해야 했던 일, 사 주 동안 두 번이나 사후피임약을 먹어야 했던 일, (왜 요즘 이렇게 피곤하고 몸에 힘이 안 들어갈까?) 어쨌든 귀엽다고 너네가 말해줬기 때문에. 예쁘다고 말해줬기 때문에. 나는 물론 '자발적'으로 '좋아서' 그들과 섹스를 했고 이것을 후회하지는 않는다. 하지만 돌이켜볼수록 그 모든 행위들이 내 몸에 대한 위해였다는 사실을 부정할 수 없다. '모든 합의된 섹스는 강간이다.' 나는 수없이 많은 생채기가 생겼다… 피가 나지 않는 날이 없었다.

한 남자의 아내가 된다는 것은 어떤 느낌일까? '결혼은 합법적 매춘이다.' 오늘 아침 누군가 남기고 간 머리카락과 털들을 치우면서 생각했다. 도대체 매일매일 이 일을 한다는 것은 어떤 기분일까? 그리고 어김없이 밤에는 피지배자의 위치를 재확인당한다. 해부학에서부터 시작해보자. 신체구조상 삽입자는 발기하고 삽입하고 사정하는 일을 한다. 이런 자가 지배자가 아니라면 누가 지배자일까? 피지배자는 구멍에서 피 흘리고 구멍으로 박힌다. 놀라울 것도 없다. 그래서 삽입자들은 자기들이 지배자라는 사실을 '알고' 있고 그 '사실'로 '흥분'한다. 다른 이유가 없다. 그 말인즉슨 피삽입자가 피지배자라는 '사실'을 이미 알고 있다는 것이다. 아주 오래전부터 그들은 알았다. 만약 여성이 구멍에서 피 흘리고 구멍으로 박힌다고 해도 남성들보다/만큼의 지배권이 있다면 남성들이 지금처럼 감히 발기할 수 있을까? 대답은 다음과 같다: 발기할 수 있도록 만들어야 한다. 남성적 이상으로부터 지배받고 있는 걸어다니는 남근들이 많아도 너무 많다. 섹스는 권력 투쟁의 장이 아니지만 여태까지 남자들은 자신의 권력을 확인하기 위해 섹스를 이용해왔다.

한 남자의 여자가 되는 것만큼 끔찍한 일이 또 있을까? 상상하기 힘들다.

내가 겪은 일련의 '푸닥거리'들… 이게 뭘 의미하게 될지 모른다. 또 남자들을 만나게 될지도 모른다. 마냥 삽입당하는 게 좋아서 말이다. 여자들과의 관계에서 피로를 너무나 느껴버린 나머지 남자들에게 돌아갈 수도 있다. 확신할 수 있는 게 아무것도 없다. 그렇지만 그들의 입에서 새어나오는 '결혼'이라는 단어를 들을 때마다 심연 속으로 온몸이 푹 꺼지는 기분이다. 이것이 이성애 연애의 종착점이구나. 이것이 이성애 남성의 상상력이란 지평선의 한계에 있는 것이구나. 결혼, 그 단어는 나를 완전히 질리게 만든다. 오늘 아침 누군가의 털을 치우면서 느낀 바로 그 지긋지긋함. 분노처럼. 기억해야 한다. 이성애 남성과 섹스한다는 것이 무엇을 의미하는 것인지를 기억해야만 한다. 그것은 단지 섹스가 아니다. 그것은 망할 그들의 상상 속에서 애새끼를 열 명은 낳는 것을 의미한다(그리고 정말로 그렇게 될 수도 있다). 그들에게 온

순하게 굴음으로써 나도 모르게 그 망할 상상을 강화하는 것이다. 그것은 단지 섹스가 아니고 (당신 혹은 나의) 미래를 저당잡히고 그들로 하여금 지배자로서의 위치를 재확인하게 만드는 무엇이다.

너네를 막 다루다가 버리고 싶어

20190509

P가 집으로 찾아왔다. 문을 두드리는 소리가 나자마자 P임을 직감했다. 누구냐고 묻자 P는 'It's me'라고 작게 대답했다. 처음에는 문을 열어주지 않을 작정이었다. 그러던 중 눈 오던 날 D를 세 시간 동안 기다렸던 생각이 났고, 곧바로 문을 열어 밖으로 나갔다. (더군다나 P 역시 어제 세 시간 동안 집 앞에서 나를 기다렸다고 했다). P의 얼굴을 보자 끌어안고 싶은 마음이 간절했다. 그렇지만 그럴 수 없었다. 그러면 안 된다는 걸 알았다. 어쨌든 남자를, 남자를 통해 자해하는 것을 그만둬야만 했다. P는 내게 뭔가를 내밀었는데 그것은 약간의 돈과 편지로 추정되는 종이였다. P는 내게 뭔가를 빚졌다고 생각하는 것 같았다. 그리고 그것이 아마도 자기 잘못이라고 생각하는 것도 같았다. 나는 받지 않겠다고 말했는데 P에게 뭔가 대접한 것이 있다면 그것은 순전한 호의로 전혀 돌려받을 마음 없이 준 것이기 때문이었다. 지금 와 생각해보니 돈은 그저 구실이고 P는 나를 만나고 싶었던 거였는지도 모르겠다. 어쨌든 P에게 너는 잘못이 없다고 계속해서 말

했다. 남자들에게 질렸고 지쳤으며 모든 남자들을 차단한 상태라고. 그러자 P는 블로그에 쓰여진 그 글은 뭐냐고 물었다. 자기를 암시하는 문장들은 분명히 자기를 탓하고 있었다고, 그게 내 잘못이 아니면 뭐냐고 말했다. 또 (순서가 뒤죽박죽이지만) 너한테는 누군가의 감정을 가지고 노는 게 그렇게 쉽냐고도 물어봤던 것 같다. 그렇다고 대답했다. 확실히 P와 함께 있었을 때 나누었던 대화들이 진실했던 것은 사실이지만, P를 끊어내야 한다고 생각하는 것 역시 마찬가지다. 하루아침 사이에 나는 이렇게 변할 수 있다. 그 대상이 언니가 아니라면 누구에게든지 이럴 수 있을 것 같다. 나는 내 이런 점이 끔찍하고 무섭다고 생각한다. 결과적으로 P는 전혀 자기 잘못이 아닌 일로 고통받고 있는 셈이다. 나는 P에게 연민인지 아니면 애정인지를 느껴서 여러 번 그에게 키스하고 싶다는 충동을 느꼈지만 기어이 이성적으로 자제했다. 돌이켜보면 잘한 행동이었다고 생각된다. P는 심지어, 블로그에 내가 인용한 안드레아 드워킨의 문장을 보고는 '내가 널 강간했다고 생각해?'라고도 물었다. 나는 어디서부터 설명해야 좋을지 몰라 머리가 아찔해졌다. (니 앞에 있는 이 조그만 여자애는 너무 오랜 시간 동안 여자들이 쓴 글을 읽다가 그만 머리가 돌아버렸어. 너무 돌아버려서 자기가 레즈비언이라고 생각하면서도 남자랑 잔단다. 남자랑 자면서 자해를 해. 죽진 않을 만큼만 남자랑 자지. 그러다가 어느 날은 남자들을 자기 삶에서 다 몰아

내. 아무런 이유 없어. 굳이 이유를 따지자면 복수야. 내 삶에 대한 복수가 아니라, 여자들에 대한 복수. 나도 모르겠어, 왜 이러는지. 돌아버려서 그런가보지. 이런 설명을 원하는 건 아니잖아? 그렇지만 사실이야. 믿어줘. 널 싫어하거나 널 원망하거나 널 혐오해서가 아니야. 그냥 그러지 못했던 다른 여자들을 위해서 너네를 막 다루다가 버리고 싶어. 왜냐하면 그러고 싶으니까.) 나는 결국 P의 돈을 받았고 P는 우리집에서 잃어버린 모자를 찾은 후 떠났다. 비꼬듯 뭐라고 했던 것 같은데 기억이 안 난다. 어쩌면 P와 좋은 친구가 될 수 있었을 수도 있다. (아니다.) 반복하지 말아야 한다. (과연?) P와 화해하고 키스하고 섹스하고 있는 장면을 상상했다. 자해 후 뒷처리는 언제나 지저분하고 어렵다. 흉터는 쉽사리 사라지지 않는다. 피가 뚝뚝 떨어지는 살반죽. 나는 도와줄 사람이 필요한 게 아니다. 자해의 긍정적인 면에 대해 설파해줄 사람도 필요 없다. 같이 피를 흘려줄 사람이면 족하다.

여기에는 안 쓸 거다

20180515

자기 전에는 갑자기 P가 보고 싶어서(그렇다, 얘랑 화해했다.) 쓰잘데기없는 문자를 보냈다. P는 일방적으로 내게 블락을 당한 이후 두어 번 우리집에 찾아왔고, 편지를 썼고, 그러고는 며칠 전 이태원 내가 일하는 가게로 찾아왔다. 그리고 그날 우리집에서 잤다. 섹스는 하지 않았다. P는 나에게 세 가지 비밀을 가르쳐줬다. 여기에는 안 쓸 거다. 그렇지만 세 가지 비밀 모두 나에게는 귀여운 것들이었다. P는 어리고 사랑스럽다. 그렇지만 어쨌든 남자애다. 이 부분을 설명해봤자 이해 못할 것이 뻔하므로 굳이 설명하고 싶지도 않다. P와는 19일 이후에나 볼 수 있을 것 같아서 멀게만 느껴진다.

누군가는 내게 '당신에게 이성애 섹스가 불유쾌한 이유는 남근 때문이 아니라 상대와의 스케일 때문이다. 작은 남자와 해봐라'라고 조언했다. 언니도 비슷한 말을 했었다. 그래? 일단 나보다 작은 남자를 찾는 건 그렇다고 치자. 그런데 나로써 그가 발기하고 관통당하는 것 때문에 내가 불쾌한 것이 아니라고? 나라는 약자이자 환상을 그가 축조해내고 그 덕에 상대적으로 비대해진 상상적 자아를 페니스에 응축시켜 내 몸에 찔러넣는 것이 불쾌한 일이 아니라고? 그것이 아니라 스케일의 문제일 뿐이라고? 그렇게 되면 내가 그에게 '흡입'할 수 있게 되는 거라고? 나는 매우 회의적이다. 자꾸만 해부학적으로 환원하게 되는데 양해해달라. 요즘 그런 시기다. 결국 섹스는 몸으로 하는 거니까. 나는 섹스가 지배양식 중 하나가 아니라는 것을 여전히 믿을 수가 없다. 적어도 이성애 섹스에 있어서, 여성에게 그것은 게임이 아니다. 여성은 섹스에서 굴종적, 복종적, 피지배적, 피학적인 존재 양식을 배운다. 바타유는 나체가 되는 한 인간은 모두 그렇다, 라고 썼지만 나는 여성이 더욱 취약한 상태에 놓여진다고 가정한다. 그것이 섹스의 본질이라고 해도 말이다. 여성은 마조히스트로서만 섹스와 연관될 수 있다. 거기서 산출되는 쾌락을 극단적인 수동성으로서 승화시킬 수도 있겠지만 지금의 나로서는 그게 뭐든 믿기지가 않는다. 내가 이성애 섹스를 너무 싫어하게 됐든지, 아니면 여자를 믿을 수 없게 됐든지, 둘 중 하나겠다.

마리가 조언해주기를 '조금씩 조금씩 섹스에 대해 남자들 기분을 상하게 하는 게 효과적'이라고 말했다. 난 이런 실천적인 부분에서의 조언이 상당히 효과적이라고 생각하지만 본질적인 섹스의 '문제', 그러니까 섹스 자체가 문제적이라는 사실을 해결해주진 않는다고 생각한다. 섹스는 문제적이다.

섹스는, 이성애 섹스는 폭력적이고 가학적이다. 여기서 어떻게 여자들을 구해낼 수 있을까? 남자들 따위야 문제없다고 생각하는 나 자신이 문제인 것일까? 남자들도 같이 구해내야 할까? 여자들은… 여자들을 어떻게 구해낸담? 섹스를 하지 않게 할 방법을 모색해선 안 된다… 그랬다간 드워킨이나 매키넌처럼 미쳐버리게 된다. 그렇다고 더 많은 섹스가 여자들을 구해낼 것 같지도 않다. 나는 내가 멍청하고 어리석고 우울하다는 생각에 사로잡혀서 아무것도 할 수가 없다. 여자들을 생각하면… (그들은 알아서 섹스를 잘하고 있다. 나만 불행할 뿐이다. 사실은, 어떤 여자도 걱정할 필요가 전혀 없다.)

그래서 나는 오늘 로또를 샀다

20180531

어제는 면접을 세 군데 갔다 왔다. 한군데는 완전히 란제리 차림으로(흔한 말로 홀복) 미국인들(아마 보통 미국인일 것이다, 그들이 돈이 많으니까)을 상대해야 하는 곳이었다. 고정된 월급은 없다고 했다. 술을 파는 만큼 절반을 떼어가는 방식으로 많이 파는 만큼 많이 벌어가는 구조였다. 이게 법적으로 문제가 있는지 없는지는 모르겠지만 어쨌든 제일 적게 버는 사람이 삼백이라고 했으니 그런가보다 했다. 예상보다(액면가가) 젊은 사장의 또릿한 눈동자를 마주하고 있으려니 현기증이 날 것 같았다. 사장에게 나는 평일 삼 일 정도만 일하고 싶다고 했더니 가게에 그렇게 일하는 사람은 없다고 했다. 그러면서도 언제든지 일하고 싶으면 오라고 했다. 단 반드시 여성스러운 복장으로 오라고, 지금 같은 복장으로는 안 된다고도 덧붙였다.

두번째 가게는 찾는 데 시간이 굉장히 오래 걸렸다. 뺑뺑이를 몇 번이나 돌았는지 모르겠다. 막상 도착하니 그곳은 내가 본 중 가장 아담한 모던바로, 사장과 직원 한 명이 남자 손님 셋을 상대하고 있던 차였다. 사장은 나를 보자마자 '윽 이건 아니다'라는 눈빛을 비쳤다. 그러고는 알바 찾아요, 직원 찾고 있어요?라고 물었다. 내가 알바요, 라고 대답하자마자 잘됐다는 듯이(내 피해의식일 수도 있다) 아, 저희가 지금 알바를 구하고 있지는 않아서요, 길 찾느라 힘들었을 텐데 어떡하나, 미안해요를 연발했다. 이런 상황에 그렇게 낙담하는 성격이 아니어서 다행스러웠다. 다만 문제는 핸드폰이었는데… 배터리가 삼 퍼센트밖에 남지 않은 상황에서 마지막 면접처까지 찍고 집에 들어가야 했기 때문이다. 만약 이곳에서의 분위기가 우호적이었다면 조금이라도 충전을 할 수 있었을 텐데 그렇지 못해서 아쉬웠다.

세번째 가게에는 결국 당도하지 못했다. 나는 어느 고개에 들어서는 길목에서 택시를 잡기로 마음먹었다. 카카오 택시를 불렀다. 여러 번 클릭을 했음에도 택시는 잡히지 않았다. 이상한 일이었다. 평일이고 그리 늦은 시간도 아니었는데 말이다. 그런데 '빈차' 표시등이 꺼진 수상쩍은 차가 근처로 오더니 어디로 가느냐고 물었다. 당황해서 신림으로 간다고 대답했다. 그러자 수상한 차가 쉽사리 '타세요' 하고 대답했다. 타자마자 택시는 변명하듯이 '술 취한 사람들 태우기 싫어서 내가 올라오면서 아가씨가 택시 잡으려고 하는 걸 봤거든요'

하고 대답했다. 그제야 경계심이 풀린 나는 서울대역에서 서울대학교 방향으로 가달라고 대답했다. 잠시 몸을 기대고 있으려니 세번째 알바처에서 전화가 왔다. 아까 내가 오늘은 못 가겠다고 전화를 걸었는데 그 때문에 답신이 온 것 같았다. 이번에는 여자 사장이 전화를 받았다. 페이스타임을 하잔다. 배터리가 없어서요, 하고 우물거리니까 그러면 카톡으로 영상통화를 하잔다. 그게 배터리가 덜 닳는다고. 삼 초 정도 얼굴 확인을 하고 이것저것 묻더니 내일 통화하자고 하고 끊었다. 어찌 될지는 모르겠다.

택시 아저씨는 면접 전화를 몰래 듣더니 내 신상의 대부분을 파악하고 이것저것을 더 물어봤다. 그러면서 내가 택시를 잡으려 기다리던 그 스팟이 '이태원에서 절대로 택시가 안 잡히는 바로 그 스팟'임을 강조하며 아가씨는 오늘 운이 억세게 좋아도 좋은 거라며 내일 아침에 일어나자마자 로또부터 사라고 했다. 이태원에서, 그것도 술도 안 먹은 사람이 거기서 택시를 잡는 건 로또 당첨보다 어쩌면 더 어려운 일이라고, 내가 기를 불어넣어줄 테니까 한 장이라도 제발 사라고. 그래서 나는 오늘 로또를 샀다. 사천 원어치나 샀다.

로또를 사면서는 〈폭스와 그의 친구들〉을 생각했다. 폭스의 최후에 대해 생각했다. 별다른 이유는 없다. 폭스의 궁상

맞은 비참함이 떠오르는 순간이 있었기 때문이다. 나는 처음에 오천 원어치 로또를 살 요량으로 집에 있는 모든 동전을 끌어모아 갔는데 로또 가게에 도착하자마자 백 원이 부족하다는 사실을 알게 되었고 결국 사천 원어치밖에 살 수 없었기 때문이다. 로또가게 아줌마가 '원래 오 천원어치 팔아도 백 원밖에 안 남아, 그래서 깎아줄 수가 없어'라며 머쓱하게 미안함을 대신하는 말을 했다. 그 모습이 너무 사랑스러워 나는 꼭 로또 돼서 아줌마 맛있는 거 사줘야지, 라고 진심으로 생각했다.

나는 많은 어린아이들이 그러길 원하는 걸 안다

20180602

P는 내가 여러 남자들과 관계 가진 것을 알고 무척 상처받았다. 나는 그냥 이렇게 생겨먹은 인간이고 이런 나를 좋아할 수 없다면 나를 좋아하지 않는 게 맞다. 그건 내가 우리 언니를 누구보다 아끼는 이유이기도 하다. P가 상처받은 건 미안한 일이지만 나는 한 사람과 오랫동안 공간을 공유하든 시간을 공유하든 아니 그냥 공기만 공유해도 숨이 막히고 관계 자체가 갉아먹히는 기분이 든다. 실제로 관계의 본질이 그렇다고도 생각한다. 결여라는 물자체를 중심으로 우회하고 빗겨나가고 떠도는 침묵들, 웅웅거림들을 나는 사랑이라고 부른다. 그리고 사랑에 빠진 연인들은 같은 결여를 공유하고 있다는 환상에 빠짐으로써 서로의 엇나간 시선과 박자에 맞지 않는 웅얼거림을 외면한다. 이들에게 중요한 것은 동일시라는 환상을 지속하고 유지하는 일이다. 그러니 어떻게 한 사람과 오랫동안 함께 있는 일이 또한 죽고 싶은 일이 아닐 수 있을까? 나는 나를 천천히 잃어가고 있는 것이나 다름없다. 어쨌든 나는 죽어간다. 그러지 않기 위해서는 적당

히 그리워할 수 있는 거리와 시간이 필요하다. 나는 이해타산적으로 언니를 잃고 싶지 않다고 판단했고 그러려고 언니와 나를 위한 시간과 거리를 인위적으로 조정했다. (동일시라는 의미에서) 사랑한다는 환상에 빠져서 허우적거리다가 질식사하기는 싫었기 때문이다. 나는 많은 어린아이들이 그러길 원하는 걸 안다. 내가 그랬기 때문이다. 그리고 나는 내가 언제든지 그러지 않으리라는 걸 장담할 수 없다. 내가 어른이 되지 못했기 때문이다. 하지만 P와는 그러고 싶지 않다. 지금은 누구와도 그러고 싶지 않다. 나는 언니와 내가 가꾼 폐허 속에서 언제든지 침잠할 수 있다. 원한다면 영원히 그럴 수도 있다. 그런데 내가 왜 또다른 피난처를 필요로 해야 할까?

일기를 적기 싫었다고 적기 위해서 일기를 적는

20180611

일기를 적고 싶은 마음이 전혀 들지 않는다. 그런데도 써야겠다. 일기를 적기 싫었다고 적기 위해서 일기를 적는 꼴이 어이없지만 어쨌든 뭔가를 쓰고 싶은 건 사실이기 때문이다. 아니 사실 나는 일기가 쓰고 싶다. 뭐라도 쓰고 싶다. 하지만 누군가가 내 일기를 읽고 싶어서 읽는 게 아니라 나를 감시하기 위해 읽고 있다는 망상을 떨칠 수가 없다. 그런 이유로 일기가 쓰기 싫은 것인지도 모르겠다. 그럼에도 불구하고 써야 한다. 그렇기 때문에 써야 한다. 두려워하면서 써야 한다. 대체 내가 왜 이런 미친 짓을 하고 있는지 나는 알지만 다른 사람들도 알까? 몰라도 상관없다. 아주 오래전부터 상관이 없었다. 그리 말주변이 좋은 편이 아니다.

이렇게 살아도 괜찮지 않을까

20180615

프리랜서. 어쨌든 백수라는 소리. 대출받는 데 계속 실패하고 있다. 돈이 없으면 장기라도 팔아야 하는데 (지금까지의 건강 상태로 보자면) 콩팥도 성치 못할 게 뻔해서 큰일났다.

근데 돈 없는 것이 그다지 초조하진 않다. 나는 왠지 돈이 떨어질 때쯤이면 돈이 생기는 사람이라고 생각하고 있다. 이런 이상한 믿음을 가지고 사니까 취직할 생각도 없고 괜히 취직해서 잘 먹고 잘사는 사람들을 '이성애 규범적'이라며 깔보고 그러는 것이다. 이 사람은 어디서부터 무엇이 잘못된 것일까요? 하지만 가장 가까운 사람들이 우선 직업이라 할 만한 '일'이 없는데다(소위 예술가라고 한다) 일정한 고정수입 없이도 제 할일 하고 사는 사람들(주로 활동가라고 한다)을 자꾸 접하다보면 음 이렇게 살아도 괜찮지 않을까, 하는 헛된 희망이 자꾸만 생기고 만다. 물론 이렇게 살면 안 된다. 가능하면 졸업 빨리 하고 취직하고 시집가서 애 낳고 평생을 애새끼한테 헌신하고 사는 게 여자의 가장 보람된 삶 아닐까 (방법이 없어서 또 모르는 여자들을 욕하고 있다).

이틀간 약을 끊고 지냈다

20180709

꿈을 꿀 때마다 아빠가 둑 터진 듯 쏟아졌다. 괴로워서 다시 잠들기가 어려웠다. 어떤 꿈은 아빠와 벌거벗은 채 있어야 했고 어떤 꿈은 아빠의 끊이지 않는 목소리를 들어야만 했다. 어떤 꿈에서 내 손가락은 썩어들어가고 있었고 그걸 막아줄 사람은 아빠뿐이었다. 벌어진 문틈 사이에서 읽지 못한 책들이 소리도 내지 않고 슬금슬금 새어나왔다. 모르는 사람과 함께 뭔가를 읽었다. 불편함을 숨길 수 없었지만 그 사람은 돌아가지 않았다.

사실 떡정일 가능성이 제일 크지만…

20180724

P가 보고 싶다. P와의 섹스도 그립고(이게 제일 큰 듯) P의 애교도 그립다. P는 자기대상화에 익숙하고 성애적 표현에 부끄러움이 없다. 이런 기질은 타고나는 것만이 아니다. 나는 P가 왜 그러한 성향을 가지게 되었는지 안다고 감히 말한다. 그러나 여기에 적지는 않을 것이다. 암시만으로 충분하다. P와 나는 비슷한 경험을 공유하고 있고 이 사실은 내가 P를 이해하는 데 도움을 준다. 그리고 그 경험은 P를 많은 모순을 가진 인간으로 만들었다. 나는 언제나 이런 종류의 인간들에게 끌린다. 내보이기를 좋아하는 동시에 수줍어하고 수다스러우며 예민한 인간들. 양극단에 존재하는 성향을 가진 인간들. P 같은 남자애를 또 어디서 찾기란 쉽지가 않은 일일 것이다. P가 떠난 뒤 나는 아끼던 애완동물을 잃어버린 것처럼 외롭고 급작스럽게 허무해졌다. 물론 애완동물을 길러본 적은 없지만… 그리고 애완동물을 잃어버린 적도 없지만… 지구상에 P가 존재한다는 걸 알면서도 만나지 못한다는 것이 이렇게 괴로울 줄은 몰랐다. 이 괴로움을 어떻게든 해

보려고 틴더를 다시 설치했다. 그리고 요 며칠간 많은 인간들의 관상을 보면서—'관상은 과학이다'—P의 대체제를 찾기 위해 노력했다. 어제는 핑거링을 요구하기조차 싫어서 섹스가 끝나자마자 집에 가라고 요구했다. 이런 가챠짓을 언제까지 해야 할까? 인정하자. P는 P다. 대체할 수 없다. P가 나를 단 하나뿐이라고 생각하는 것처럼 나도 P를 그렇게 여기고 있다는 사실을 인정하지 않으면 안 된다. 그럼 어떻게 해야 하나? 이렇게 그리워하면서 살아야 하나? 당황스럽다. 무엇보다 고작 남자애 하나를 특별하다고 생각하는 것을 용납하기 어렵다. 이게 특별한 종류의 우정일 수 있다는 것도. 걔가 필요하다는 사실도. 겨울에 P가 있는 곳으로 가겠다고 말하자 P는 나에게 한 가지 원칙을 상기시켜줬다. 너 레즈비언이잖아. 남자한테 절대로 돈 안 쓰기로 한 거 아니었어? 정곡을 찔렸고 그래서 당황한 내가 버럭 하며 그래 그럼 가지 않으마 하고 대답하자 또 P는 능청스럽게 이렇게 말했다. 하지만 나는 특별한 친구니까. 나는 다른 사람들하고 다르니까. 반박할 수 없었다. 이걸 뭐라고 불러야 할지 모르겠다. 애정? 애틋함? 그리움? 사실 떡정일 가능성이 제일 크지만… 지금은 P가 보고 싶다. 슬프다.

이번에는 자살에 성공한 것이다

20180726

약을 먹지 않은 며칠 동안 끔찍한 꿈을 오랫동안 꾸었다. 나는 여러 번 자살했지만 그때마다 실패하고 다시 붙잡혔다. 나를 붙잡은 사람은 나를 죽지는 않을 정도로만 고문했다. 아직도 내가 뛰어내렸던 곳의 풍경이 기억난다. 그곳은 환자들을 눕힌 병상이 하얀 벽에 다닥다닥 붙어 있는 곳이었다. 몇몇 간호사들은 내 사정을 뻔히 알고 있었고 그 때문에 차라리 내가 이번에는 꼭 성공하길 바라는 눈길로 나를 쳐다보곤 했다. 그러면서도 내가 죽기를 실패했을 때마다 최선을 다해서 나를 살렸다. 나는 아무도 원망할 수 없었다. 치료가 끝나면 그 사람은 나를 데려갔고 또 죽지 않을 만큼만 고문했다. 시간이 지나면서 나는 그 사람이 좋아졌다. 꿈속에서도 그 사람을 향한 찢어질 듯한 두근거림이 느껴졌다. 이후 모종의 이유로 나는 그 사람에게 버림받았는데, 그게 마지막 기억이다. 이번에는 자살에 성공한 것이다. 꿈에서 깨고 나서도 한참이나 그 사람이 원망스러웠다. 무엇보다 가슴이 아팠다. 사랑받지 못했다는 이유로. 꿈은 아직도 내 목덜미에

붙어 있다. 잠드는 것이 두렵다. 꿈은 슬금슬금 내 목덜미를 타고 올라와 망막을 찌르면서 내 안으로 들어온다. 눈을 감으면 병실이 보이고, 그 사람이 보이고, 물위를 둥둥 떠다니는 내가 보인다. 도무지 사라지지를 않는다.

진진

20180729

P가 전혀 보고 싶지 않다. 아마도 진진으로 P를 대체했기 때문인 것 같다. 진진은 나른하고 섹시한 눈을 가졌고 몸매가 예쁘다. 진진의 느릿한 경상도 사투리는 그런 그녀의 매력을 배가시킨다. 처음 레즈비언 섹스를 하는 것처럼 진진을 대하고 있다. 아니 그 외에 어떤 방법도 나는 모른다. 능숙하지 않기 때문이다. 일흔 살이 되어서도 이럴 거라고 생각하면 끔찍하지만 어쩔 수 없다. 섹스에 재능이 없는 것이다. 진진을 오래 보고 싶다. 진진은 내가 좋아할 수 있는 모든 요소를 가지고 있는 사람이다. 사랑에 빠지진 않겠지만 좋아하기엔 충분하다.

절망에도 형식을 만들어야 한다

20180905

지난 며칠간 자살사고가 너무 심해서 내내 질소 검색만 했다. 이 와중에 광주 가려고 서울역이다.

예매해놓고 백 분 정도 고민했는데(예: 마리한테 사과하고 안 가기. 그냥 변덕이라고 말해서 개 빡치게 하기. 또는 사실대로 말해서 걔 괜히 걱정시키기 등등) 어쨌든 이런 와중이니까 마리를 보면 좀 괜찮아질 거 같기도 하고 어딘가로 떠난다는 생각 자체에는 나쁠 것이 없어서 서울역까지 어떻게든 온 것이다. 똥을 싸고 나니까 벌써 탑승시간이라 플랫폼에서 이걸 쓰고 있다. 죽고 싶은데 똥은 또 싸고 싶고 싸야 한다니 우습다.

객차 안에서 들리는 소소한 소음이 신경쓰이고 화가 난다. 이런 소음을 들으면서 더 살아야 할까?

휴… (그들 나름의 사정을 생각하려 함.)

반성하는 게 너무 좋아서 반성 그 자체가 되어버린 사람들… 인신공격이 대단한 인권운동인 양 생각하는 사람들… 지가 말하는 건 당사자성이고 남이 말하는 건 인권침해(?)인 사람들… 인권 인권 외치면 인권이 자동으로 생기는 줄 아는 사람들… 자기집 개 이름도 인권으로 지을 사람들… 어제까지는 남 욕하는 농담에 웃다가 오늘은 갑자기 정신 차린 사람들… 지가 그렇게 하는 게 대단한 사회개혁인 줄 아는 사람들… 반성은 집에 가서 혼자 하고 일기장에 쓰면 되는데 굳이 동네방네 죄송하다고 떠드는 사람들… 전자렌지에 햇반 데우는 시간보다 빨리 반성하고 빨리 죄송한 사람들… 하여튼 어떻게든 인간을 분류하지 않으면 불안해서 견딜 수가 없는 사람들… 남들이랑 자기랑 똑같지 않으면 세상이 불합리하게 느껴지는 사람들… 트윗 몇 개로 인권이 나아졌다가 줄어들었다가 하는 사람들…

그들도 그들 나름대로의 사정이 있겠죠. 안 물어봤기 때문에 알 수는 없지만 어쨌든 사정이 다 있겠죠.

이럴 때일수록 최선을 다해 적극적으로 열심히 절망하기로 한다.

절망에도 형식을 만들어야 한다. (테오야 이만 원만 다오 치킨 사먹게…)

그 여자가 생각이 난다

20180908

어느 날인가 펑키빌라 바 자리에 앉아서 묻지도 않은 자기 안부를 쉴새없이 떠들던 여자가 생각이 났다. 그 여잔 술을 혼자 홀짝이면서 바텐더들한테 계속해 말을 걸었는데 어딘가 안절부절못해서 억지로 들뜬 태도를 지어내는 거 같았다. 그러다가 별안간 환호성을 질렀는데 이유인즉슨 그리 친하지 않지만 어쨌든 안면은 있는 친구 하나가 여기로 온다는 거였다. 나까지 들었을 정도니 그 자리에 있는 모두가 다 그 여자가 왜 그토록 들떠 있는지 모를 수가 없을 거였다. 혼자서 술을 마실 때마다 그 여자가 생각이 난다. 드물게 누군가의 관심을 받으면서 혹은 그마저도 받지 못하는 늙어가는 뚱뚱한 레즈비언의 인생 전체에 대해 생각했다.

변명이 끝나지를 않는다

20180908

잠에 빠지기 직전에는 더이상 내가 나로 있지 않아도 된다는 사실에 안심하고 심지어 황홀해하기까지 한다. 그와 같은 유사한 죽음 상태에 아무 돈도 노력도 기울이지 않고도 몰입할 수 있다는 것이 무한한 권능처럼 느껴진다. (레비나스가 말한 것처럼) 이 같은 무의식의 상태가 아니라면 어떻게 의식에 대해 인식할 수가 있을까? 잠들기 직전의 찰나(꺼져가는 의식 가운데서 그 꺼져감을 느끼며) 드디어 나에게서 떠날 수 있음을 만족스러워할 때, 바로 이때만큼은 진정으로 달콤한 기쁨을 누린다. 잠에서 잠깐 깨어났을 때는 다시 잠들기를 간청하면서 이런 생각을 한다. 영원히 잠들 수 있으면 얼마나 좋을까? 세상에 그보다 행복한 일은 없을 거야.

물론 잠드는 일이 행복하지만은 않다. 끔찍한 꿈을 꾸기 때문이다.

어젯밤에는 내내 아빠 생각만 했다. 아빠처럼 죽으면 어떡하지? (나는 장례식을 떠올리고 있다.) 아니면 내가 아빠처럼 죽기를 바라는 것일까? (아빠는 친구 하나 없이 죽었다.) 나는 아빠가 아니었다고 변명하기 위해 살아가는 것 같다. 변명이 끝나지를 않는다.

이 일기를 언젠가 폐기하게 될까? 언젠가는 내가 아무것도 아니었다는 것을 받아들이게 될까? (완전히 미치지 않도록 주의해야 한다…)

그 여자는 왜 미쳤을까? 왜 나였을까?

181001

얼마 전에 트위터에서 누가 레즈비언 됐으면 좋겠다, 레즈비언 부럽다, 이런 이야기를 한 것이 화제가 되어 알티를 타고 참 그 사람 안 되겠네, 어쩌구저쩌구, 그렇게 레즈비언이 부러우면 레즈비언을 하지 그러냐, 하는 트윗들을 보고 별 생각이 다 들었다.

물론 그런 생각을 안 했던 것은 아니다. 아주 예전 일이지만 어쨌든 그렇게 레즈비언이 부러우면 하면 되잖아라고 생각했지만 그게 무슨 의미가 있을까? 안 꼴린다는데. 안 꼴리는데 굳이 여자를 만나고 그러는 거는 자기를 속이는 일이잖아. 제가 이런 말을 하는 게 부끄럽다고요? 저도 부끄러워요. 그렇지만 어쨌든 남자가 좋다는 사람한테 굳이 레즈비언 되라거나 그런 말을 하는 것도 부끄러운 일이죠. 정치적/문화적 레즈비언을 할 수도 있겠지만 결국 이것들이 전부 섹스에 관련된 일이라는 걸 누가 부정할 수 있겠나요? 물론 섹스리스 커플도 있겠지만 (그리고 에이섹슈얼 호모로맨틱 이런 것도 있겠지만) 어쨌든 그들도 동성의 어떤 부분을 포기하지 못하는 거잖아요? 동성의 어떤 부분? 그것은 해부학적 닮음일 수도 있고 비슷한 조건 아래 사회화된 공통적인 젠더 감수성일 수도 있고 가장 중요하게는 섹스일 수도 있고 어쨌든 이런 것들에 대한 설명할 수 없는 끌림 때문에 동성과의 어펙션을 주고받으려는 거잖아요? 그리고 세상에는 그걸 못하거나 하기 싫거나 그냥 안 꼴리는 사람들이 있고요. 그 사람들이 못한다는데 뭐라고 할 수는 없고, 또 뭐라고 해서도 안 되죠.

사실 이 이야기의 본질은 이게 아니죠. 레즈비언 부럽다고 한 그 부분이 문젠 거죠. 레즈비언이 어떻게 부러울 수가 있겠어요? 물론 레즈비언이 부럽다고 한 맥락은 이해가 가지만요(남자랑 권력 싸움도 안 해도 되고 내가 여자라 이런가? 쟤가 남자라 이런가? 이런 생각 안 해도 되고 더치페이 하면 되고 기타 등등). 근데 레즈비언들 입장에서는 어떻겠어요. 자기들은 결혼도 못하고 어디 나가서 레즈비언이라고 하면 과잉 성애화된 이미지를 부여받고 스리섬 하자는 소리 듣고 너 여자 역할이니 남자 역할이니 그런 말 듣고 너무 피곤하겠죠? 그런데 누가 레즈비언이라 부럽다, 이런 말을 하면 미친놈 아닌가? 생각이 있는 건가? 이런 생각이 드는 게 당연하겠죠.

그치만 전 다른 이유로 레즈비언이 부럽다는 말이 존나 이해가 안 갔는데요. 왜냐면 그 트윗을 쓴 사람도 여자들이랑 조금만 있어보면 알겠지만 도대체 이 미친 여자들을 어떻게 할 것인지? 이 여자들은 다 미쳤는데 어떻게 이 여자들과 연애를 한다는 것인지? 제가 레즈비언 연애를 하고 레즈비언 관계를 맺으면서 가장 어려웠던 건 사회의 시선이 아니라 그냥 여자들이 미쳤다는 사실 자체였거든요. 여기 적을 수도 없는 별의별 미치광이 같은 여자들이 다 있었고 그녀들도 절 그렇게 생각하겠죠. 그런 것들은 잊혀지지가 않아요. 그게 뭐였을까? 그게 사랑이었을까? 아니면 그건 그냥 경계성 인격장애 환자의 증상이었을까? 그 여자는 왜 미쳤을까? 왜 나였을까? 지금은 잘살고 있을까? 그 여자는 여자라서 미친 걸까 그냥 미친 걸까? 이게 다 우리가 여자라서 벌어지는 일인 걸까? 왜 나는 여자들을 만나나? 이런 생각이 꼬리에 꼬리를 물고 이어지죠. 결국에는 나는 동성애자조차 못 되고 그냥 미친 여자에 중독됐다는 결론이 나와요. 이걸 부러워한다는 거가 진심으로 이해가 안 가요. 그냥 하는 말이었겠지만 이미 미친 여자 중독에 빠지고 난 뒤에는 답도 없거든요. 그냥 미친 여자들이 하자는 대로 흘러가는 겁니다. 제가 너무 레즈비언들을 미쳤다고만 단정하고 있나요? 이것이 일종의 중독 증상이 아니라면 어떻게 님들이 동성만을 연인으로 고집하는 걸 설명할 수 있죠? 그냥 님들은 미친 겁니다…

그리고 여자를 대상화하는 것도 몹시 피곤한 일이죠. 이젠 저는 이빨 다 빠져서 그렇게까지 심각한 수준은 아니지만 어쨌든 어떤 여자를 보고 일 초 만에 자고 싶다고 생각하는 게 정상은 아니죠. 어떻게 해도 정상은 아니죠. 그리고 그걸 고

치려고 해도 고칠 수가 없죠. 그걸 고친다면 당신은 더이상 동성애자가 아니게 되니까요…

그치만 저는 할 겁니다

20181002

거의 안 남았죠 모든 것을 잃었죠 물론 내가 어디 갇혀서 일을 하면서 시급 이천 원으로 연명하거나 어쩌면 그조차 받지 못하거나 집창촌에 납치돼서 이십사 시간 성착취당하거나 어릴 적 아동학대를 당한 트라우마로 뇌기능이 손상돼서 글 한 줄도 읽을 수 없다거나 지금 당장 몸을 뉘일 집이, 내 집은 아니더라도 어쨌든 지붕이 있는 집이 없다거나 저 어디 열악한 오지 같은 데 태어나는 바람에 마실 물이 없어서 빗물을 받아야 한다거나 진흙쿠키를 먹어야 한다거나 그런 거는 아니죠 그런 사람들이야말로 어쩌면 모든 거를 잃었다고 할 수 있겠죠 도대체 누가 사지 멀쩡하고 스스로 돈 벌 잠재적 가능성이 있는 한 인간에 대해 저 사람은 모든 것을 다 잃었어, 라고 말할 수 있겠어요? 예 그치만 저는 할 겁니다 그렇게 말할 겁니다 저는 모든 걸 다 잃었다고 말이에요 왜냐하면 제가 그러려고 노력했거든요 저는 엄청나게 노력했어요 모든 거를 잃어버리려고요 그러자 거의 조금이 남았죠 거의 조금, 그거는 없다는 의미는 아니에요 어쨌든 뭐가 바닥에 남아 있기라도 한 거죠 전 기대나 희망에 대해 말하고 있는 게 아니에요 그런 거는 저를 한 번도 도와준 적이 없었죠 제가 붙잡고 있는 건 애수 어린 과거도 아니고 닥쳐올 미래에 대한 공상도 아니에요 그런 건 잃어버렸죠 나는 특히 그것들을 잃어버리려고 노력했어요 계속 뭔가를 잃어버리려고 했죠 거의 조금을 빼고는요 나는 내가 망했고 망할 거라는 사실을 알아요 나는 그것만을 남겨두고 모두를 잃었어요 나는 반드시 망한다는 것—그걸 부정하지 않고 그걸 안고 살아간다는 건 유일하게 나를 위로하고 나를 살아 있게 하는 이유죠 그리고 나는 이 글을 쓰고 있어요 이 정도가 제가 할 수 있는 전부라는 사실을 마주보면서 (피하지 않으면서) 이미 끝나버린 일을 시작하고 있죠 내가 고통받았을 때 이미 글이 그 안에 있었어요 내가 잃어버린 것들, 그것들은 이미 완성된 것들이었어요 남은 일은 생생하게 망했다는 감각 속에서 최초의 고통을 상기하고 쓰다듬고 또다시 그것을 잃어버리는 일이에요

글쓰는 게 뭐 직업입니까?

181003

집에서 햄버거 먹으면서 이십 년 전에 만들어진 시트콤에 나오는 오래된 유머 보기가 취미입니다

가장 좋아하는 시트콤은 〈블랙 북스〉고 가장 좋아하는 드라마는 〈루이〉인데 루이가 다 망쳐놨네요

오늘까지 연락 준다던 알바는

연락이 없네요

내일까지 연락 준다던 알바도

연락이 없겠죠

여자들이 주인공인 드라마는 잘 못 봐요

여자들이 고생하잖아요

그걸 어떻게 웃으면서 봐요

대단한 걸 하려고 하니까 우울해지는 것이다

중세 수도사들처럼

신 가까이 있다고 생각하니까 무기력해지는 것이다

제 야망을 수정하겠습니다

끽해야 왓슨 정도죠
왓슨이 무리라면 그냥 산초하겠습니다
산초가 더 나은 거 같네요
마누라도 있고
마누라도 안 죽었고

오늘도 면접 가서
원래 뭐하시는 분인가요? 하길래
웃으면서 아 네 저 글써요 이랬는데
내면에서 엄청나게 죽어갔음
글쓰는 게 뭐
직업입니까?
그거는 고급 취미겠죠
면접 가서 누워 있다고 말할 셈이에요?
진심이야?
물론 누워 있죠
그것도 글쓰기의 일부에요

신기할 정도로 나를 안 씀 사람들이
아빠 중환자실에 있을 때 할말 없어서
호산나 호산나 산나 산나 호 노래 불렀던 거
생각나서 계속 미안하네

그리고 장례식 때 개신교도인들이

요단강 건너가 만나리 이 노래 계속 불러대서

진짜 울면서 웃음 참았는데

그것도 미안하네

무척 슬픈 소식: 동네의 육쌈냉면집 폐업

저는 근로 능력이 없어요!

20181005

오늘의 응급진료(부제: 인생 고수와의 만남).

출연: 선생님, 연숙.

(오전부터 비가 오기 시작한다. 연숙은 키보드 앞에서 안절부절을 못하고 이리저리 궁리를 하는 듯도 보이다가 별안간 끙, 허어어어, 하는 신음을 낸다. 약속시간을 미루고 병원에 방문하기로 결정하는 연숙. 연숙은 무척 흥분하고 불안한 상태로 보인다.)

(초조하게 병원에 앉아 자기 차례를 기다리는 연숙. 다행히 금요일 오전이라 대기 환자는 혼자뿐이다. 곧 '이연숙씨 –' 하고 이름이 호명되는 것을 듣고 진료실로 들어간다.)

—연숙씨 오늘 진료일 아닌데? 무슨 일로 왔어요?

—어 원래 편지를 쓰려고 했는데요, 아무래도 이상한 행동 같아서 이렇게 직접 왔습니다. (엄청나게 말을 더듬으며 띄엄띄엄 문장을 이어나가는 모습)… 저는 원래 정신병원… 정신

과에서 자기 이야기를 하지 않는데요. 그렇게 하면 안 될 거 같아서입니다.

—왜요?

—병원은 약물을 통해서 증상을 호전시켜주는 곳이지 상담소가 아니라고 생각하기 때문입니다(계속해서 더듬거리며 말을 잘못하며 불안하게 눈동자를 굴려댄다… 선생님은 이미 눈치를 챘을지도 모른다는 생각을 한다).

—아니죠, 어쨌든 증상을 알아야 하니까 필요하다면 상담을 해야죠.

—(어떻게 시작해야 할지 모른다) 모르셨겠지만 저는 글을 쓰고 있고 제 주변에는 예술가 친구들이 많은데요… (선생님이 필기를 시작하고 갑자기 머리가 새하얘져서 자기가 뭐라고 하는지 모른다. 시종일관 벽 모서리를 보고 말한다) …그래서 저는 요즘 상태가 나쁘지 않거든요. 저는 일어나서 글을 쓰고 책을 읽고 잠을 잡니다… 구직 활동도 하고 있고요… 그런데 이게 음… 이거는 제 인생의 태도… 삶을 사는 방식에 대한 문제 제기인데요… 저는… (우물거리다) …이거는 정상적인 생활이 아니라고 생각하게 됐습니다! 저는 근로 능력이 없어요! (갑자기 흥분해서 내지른다)

—(침착하게) 아니 연숙씨. 근로 능력이라고 하는 거는 지금 뭘 의미하는 것이고, 또 정상적인 생활이라는 거는 뭐를 의미하는 것이지요?

—(당당하게) 그거는 평범하게 일하는 사람들이죠.

—일한다는 것이 무엇이에요? 글 쓰는 것도 일이지. 전업 작가라는 사람들이 있잖아요.

—그 사람들은 생산 능력이 없어요. (싸울 기세다)

—(답답해 보인다) 그게 뭐가 어때서요? 그거는 정상 비정상의 문제가 아니라 선택의 문제, 자기가 어떤 삶을 선택하느냐에 대한 문제죠. 그 사람들은 직장에 다니는 대신 글을 쓰는 삶을 선택한 거고 거기에는 아무 문제가 없어요.

—(계속해서 괴로워하는 모습으로 끙끙거리고 말을 못한다)…

—뭐가 힘든 거예요, 뭐를 지금 제일 힘들어하는 거예요?

—제가 정상이 아닐까봐 무서워요.

—아니지 아니지 정상의 범위를 넓-게 잡아야지(양팔을 넓게 벌려보인다). 그렇게 요만큼(갑자기 양팔을 확 좁힌다), 정상이라고 생각하면 어떡해요.

—그러면 다 정상인이라는 소린가요?

—어느 정도는, 대부분은 그렇죠.

—그러면 저는 정상인인가요?

—그렇죠.

—그러면 저는 지금 왜 병원을 다니나요?

—지금처럼, 지금처럼 흥분하고 불안해하고 또 감정 조절 문제가 조금 있어요. 그게 연숙씨가 힘들어하는 부분이지요.

—(머뭇거린다) 저는… 선생님을 믿고… 또 증상이 호전될 거라고 생각하면서 병원을 다니고 있거든요. 그런데 지금처럼 글을 쓰는 일을 계속하고 전업 작가가 되면 근로 능력이 없는 사람이 되는 게 무서워요…

—그러니까 그거는 선택의 문제죠. 비정상인이 되는 게 아니라. (답답해한다) 아니, 갑자기 왜 그렇게 생각하게 된 거예요?

—제가 면접을 보고 있는데요…

—응 그런데.

—한 여섯 군데 봤는데 다 안 됐어요. 그니까… 저는 제가 왜 안 되는지 알거든요? 제가 일하는 걸 무서워하고, 자존심이 세니까 그게 누출이 되는 거예요. 머리카락 색깔(빨강이다)이랑 피어싱이랑 문신 같은 걸 통해서…

—응 그렇지.

—근데 제가 이걸 고칠 수가… 그러니까 제 내부에 있는 게 자꾸 누출이 돼서 사람들이 저를 안 쓰는 거라면 저는 저

를 고칠 수가… (울 것처럼 웅얼거린다)

—아니, 아니 내부를 어떻게 알아요. (흥분한 것 같다) 연숙씨같이 빨간 머리, 빨간 사람이, 입술이랑 귀에 (입술과 귀에 손을 갖다 댄다) 뭐 주렁주렁 있고, 응? 그런 사람이 직장에 취직을 하고 그럴려면 받아주는 데를 찾아야 되니까 더 많이 노력을 하고 될 때까지 해야 되는 거지. 그렇다고 연숙씨가 비정상이에요? 아니지. 사람들이 개성 있다고 보는 거지, 비정상이라고 보는 게 아니잖아요.

—(가만히 있다가) 그… 스펙트럼이라는 게 있잖아요.

—그렇지.

—그게 저는 그럴 수 있다고 생각했어요. 뭐냐면 여기 극단이 있고 중간이 있는데 제가 제 삶과 병 사이를 잘 중재하면 이 스펙트럼에서 중간은 갈 수 있을 거라고 믿었거든요… 근데… 제가… 이미 그 극단으로 가버려서 이제는 돌이킬 수 없이 망가진 거면 어떡하죠??? (또다시 흥분해 내지른다.)

—아니, (침착하게) 연숙씨가 만약에 극단으로 갔으면 오늘 병원을 왜 왔겠어요. 치료하고 싶은 의사가 있고, 또 이성적으로 판단을 하니까 여기에서 지금 나랑 이야기를 하는 거잖아요. 딴 생각을 품은 게 아니라.

—(순식간에 납득한다) 그러네요.

—계속 나아지려고 하고 있잖아요. 그게 중요한 거죠.

—(또 납득한다) 그러네요.

—삶의 모습이라는 게 그렇게 정상 비정상으로 나뉘는 게 아니에요. 다양성, 다양한 사람들이 다양한 삶을 사는 거죠. (빨간 머리를 본다) 물론 조선시대 때 연숙씨같이 머리를 하고 빨간 사람이 있으면, 뭐 그 시대에는 미쳤다고 할 수도 있겠죠. 근데 세상이 어때요, 바뀌잖아요. 요즘 퀴어 축제도 하고. 그 성소수자들 있지요? 그 사람들도 예전에는 미쳤다고 그랬어요. 지금은 어때요. 그 사람들이 비정상인가요?

—(조심스럽게) 조금 비정상 아닌가요?

—(펄쩍 뛸 듯 놀라) 아니죠!

—음… 그러니까 저는… 선생님 말씀 감사합니다… (겨우 선생님과 눈을 마주친다) 이제부터는 제가 해결해야 할 문제인 거 같아요… 감사합니다…

—연숙씨는 너무 모든 걸 확실하게 하려는 거 같아요. 세상에 확실한 거는 없어요. 그렇게 딱 나눠지는 거는 없어요. 이렇게 생각해보면 어때요. 응?

—저는… 네… 이제 이만하면 된 거 같습니다… 시간을 많이 뺏어서 죄송합니다. 감사합니다.

—그래요. 다음 진료일에 봐요. (조금 지친 말투)

—감사합니다. (자리에서 서둘러 일어나서 문을 열고 나간다.)

흔들흔들거리는 인간

20181020

김해에서 서울로 올라가기 위해 진영역에 있다. 언니는 평상에 누워 있고 나는 멍청하게 언니를 보거나 언니를 누르거나 찌르거나 한다. 그러다 엄마에게서 전화가 온다. 받는다.

엄마는 나에게 '흔들흔들거리고 다니지 마, 그래야 엄마가 믿지'라고 한다. 나는 이 말의 뜻을 한참이나 이해하지 못하고 있다가 서울에 올라오고 나서야 질문한다. 엄마, 그런데 흔들흔들거리고 다니지 말라는 게 무슨 뜻이야? 엄마는 대답한다. 술 취한 거처럼 다니지 말라고. 정신 똑바로 차리고 걸어다녀. 허리 펴고. 그제야 나는 내가 '흔들흔들거리고' 있었다는 사실을 깨닫는다.

'흔들흔들거리는 인간'. 그는 종잇장 같다. 물론 부피는 있다. 그렇지만 잘 흔들린다는 점에서 그는 종이의 속성을 가지고 있다.

나는 언제부터 흔들거렸을까? 엄마가 알겠죠, 엄마가 나를 낳았고 엄마가 나를 키웠으니까요. 이건 다 엄마 탓입니다. 이런 문장을 읽기 싫어서 엄마는 내 글을 읽지 않는다.

무서워서.

최근에 쓴 글들에 대해 모두 후회하고 있는데(도대체 이렇게 후회하지 않을 날이 오기나 할까? 그것이 정말 궁금하다), 이러거나 말거나 나는 요즘 그냥 쓴다. 물론 지웠다가 썼다가 고쳤다가 하지만 어쨌거나 쓰면서 일어나는 일들이다. 이제 나는 23일까지 뭐를 쓰고, 28일까지 뭐를 쓰고, 30일까지 뭐를 써야 한다. 또 뭐를 써야 되는데 이건 해야 되나 말아야 되나 모르겠다. 이 시기를 돌이켜보면 기분 좋을까? 아니면 불행하고 우울한 시기로 기억될까? (거의 평생을 이런 식으로 현재를 향수적으로 회고하는 데 썼다).

언니는 말처럼 건강하고 씩씩하고 다정한 사람이다. 이걸 잊으면 안 된다. 이 사람을 붙잡아야 한다.

내가 그애의 글을 만지듯이

20181021

놀랍게도 다시 글을 쓸 수 있을 것 같다는 희망이 솟구친다. 아무런 이유가 없다. 잠은 한 시간밖에 자지 못했기 때문에 이것이 조증 증상인지 확실하지는 않다. 어쨌든 언니를 붙잡고 멍청하고 단정하지 못한 소리만 해댔다. 수다를 떨고 싶단 핑계로 말이다. 나는 사건들에 대해 떠벌리고 싶지 않다고 말했다. 그리고 그것들의 가장 에센스만을, 최고의 결정도를 가진 에센스만을 주조해내고 싶다고 말했다. 내가 뭘 하고 싶은지 모르겠고, 아마도 작업을 할 수도 있을 것 같다고도 말했다. 그 외 여자 이야기를 끊임없이 했던 것 같다('그녀'라고 타이핑하는 순간 줄줄이, 마치 줄기식물을 캐듯 한남문학의 레퍼런스가 따라오는 현상을 눈앞에서 목격했던 일 등.) 언니는 강한 사람일까? 잘 모르겠다. 어쨌든 언니는 내 이야기를 견뎌준다. 나는 언니가 집에 가자마자 내 말을 모두 잊기를 바란다. 그래야만 하는 이야기이기 때문이다(기억할 만한 가치가 없으며 누군가 기억하고 있다면 내게 치욕스러울 거란 뜻이다).

도대체 글을 쓰고 싶다는 욕구, 글을 써야만 한다는 강박은 어디에서부터 출발하는 것일까? 나는 내가 초등학교 때부터 쓴 일기장을 가지고 있다. 몇 권은 잃어버렸기 때문에 가지고 있지 않지만 어쨌든 최초로 '키티'(나는 『안네의 일기』를 닳도록 읽었다)라는 이름을 붙인 일기장은 가지고 있다. 때때로 옛날 생각이 밀려오면 일기장을 펼친다. 서른 살이 다 된, 그렇지만 여전히 어린 여자애가 거기에 머물러 있다. 이미 자신의 운명을 예감하고 있는 것만 같은 체념 어린 문장들. 사람은 얼마나 바뀌고 또 바뀌지 않는지. 또다시 문제. 언제까지 자신을 유년기에 정박해둘 것인가?

취직이 하도 되지가 않아 진진을 데리고 타로를 보러 갔다. 어쨌든 올해는 어렵다고 했다. 그 모든 걸 백 퍼센트 신뢰하는 건 아니지만 어딘가 마음 한 편이 편안해졌다. 마치 내 탓이 아니라고 말해주는 것 같았기 때문이다. 시기의 문제일 뿐이다. 내년에는 일을 구할 수 있겠지. 어쩌면 P가 오랫동안 유지될지도 모르고. 그렇지만 내가 일단 가장 바라는 것은, 글배달을 최소한 5회 정도는 더 하면서 구독자 수를 늘리는 일이다. 그럴 수만 있다면 아르바이트와 글쓰기를 병행하는 것이 어렵지 않을 것이고, 대학원에도 생각보다 빨리 진학하게 될 수 있을 것이다. 마리가 많은 힘을 준다. 마리는 대화 도중에 불쑥불쑥 자기가 아는 사람들의 이름을 나열하면서 그들을 다음 회에는 꼭 구독시켜야지, 하고 아무때나 말했다. 난 그게 좋았다. 그애가 자기가 좋아하는 사람들에게 기껍게 추천해줄 수 있을 정도로 내 글을 진지하게 생각하고 있다는 게. 어쩌면 그애는 지구에서 유일하게 내 글을 읽어주는 사람일지도 모른다. 내가 그애의 글을 만지듯이.

어느 날 인생의 구십 퍼센트를 레즈비언들을 만나는 데 쓰고 있음을 알았을 때, 웃거나 울었던 일들이 모두 여자들 때문임을 알았을 때 난처해진다. 이제 어떡하면 좋지?

여자 생각을 지금 수준의 반절 정도로만 줄여도 일상이 원활하게 돌아갈 것 같다. 차라리 남자를 좋아했다면 죄책감은 없었을 텐데! 이건 그냥 멍청한 짓이다.

레즈비언 희곡을 쓰고 고소당하는 일을 생각했다. 이 일을 언니에게 말했더니 언니는 그것 외에도 고소당할 일은 많을 거라고 했다(어쨌든 그런 희곡은 쓰지 않을 것이다).

오늘은 충만히 세계애를 느끼려고 해보자. 이 모든 것들이 나와 연결되어 있다는 감각을 잊지 않으려고 해보자.

모두 겨울에 일어났다

20181029

잊을 수 없는 일들이 몇 가지 있는데 그건 유년기의 근간을 이루고 있고 또 지금까지도 영향을 미치고 있는 기억들이다. 대부분 가족과 관련되어 있고 많은 사람들이 그러하듯 어쩌면 평생을 그 기억과 싸워야 할 것이다. 때때로 나는 그 기억을 잊지 않음으로서, 마치 부담스러운 식사를 먹어치워 소화해내듯 그들을 극복한다는 생각도 든다.

새벽에는 언니가 오는 꿈을 여러 번 꿨다. 그러다가 진짜 언니가 왔을 때 또 한번 깼다. 부드러운 포옹과 키스. 몇 안 되는 순수한 삶의 위안들. 언젠가는 이것들을 잊겠지. 잊을 수도 있겠지. 그런 생각을 하면 가만히 있다가도 눈물이 떨어질 것 같다.

사람에 대해서. 며칠 전 정신과 선생님은 내 어리석은 인간 수집벽에 대해 듣더니 대뜸 말했다. 오히려 연숙씨는 버림받는 두려움이 클 수도 있다고. 사람을 쉽사리 내치지 못하고 붙들고 있는 것은 그런 이유 때문일지도 모른다고. 나는 생전 처음 듣는 그 말에 몸통이 뻥 하고 뚫린 것 같은 충격을 받았다. 내가 누군가에게 버림받은 기억이 있는 것일까? 그런 것 같지는 않다. 추측건대 이렇게 된 이유라는 게 존재한다면 그건 아주 유아기 시절 엄마와 자주 떨어져 있었던 시기와 관련이 있거나 혹은 유년기 시절 사랑받지 못할까 봐 두려워했던 때와 관련이 있을 것이다. 전자든 후자든 그토록 오래전 일이 아직도 영향을 미친다는 것이 끔찍하다. 지난 일주일은 이 생각을 하며 지냈다. 과거는 아무런 힘도 없다고 어떤 드라마에서 그랬던 거 같은데(뒤져보니 김삼순이라고 한다. 정확히는 '추억은 아무 힘도 없다'.) 그 말에 동의하기 힘들다. 원하지 않아도 과거는 치밀어오른다. 잊는 것은 그래서 노력이 필요하다.

잊어버리기. 매번 새로 시작하기. 스스로를 잃기. 주문처럼 외우는 일. 며칠 전에는 누가 내 글이 마치 자기 자신에게 최면을 거는 것 같다고 했는데, 이런 말도 기억에 남는다. 평생 들어온 내 글에 대한 평가 중 일부이기 때문이다. 사실 믿지도 않으면서 말은 잘한다고. (진심으로 원하는 것을 두려워해선 안 된다고 또다시 자기 최면을 건다.)

이건 다 계절 탓이다. 추워지면 혼자일 땐 더욱 혼자인 것처럼 느껴지고 여럿일 땐 더욱 여럿인 것처럼 느껴진다. 그 둘 사이의 온도 차이가 너무 커서 나는 자주 누굴 사랑하거나 그리워하거나 한다. 입김이 떠오르고 풍경은 창백하다. 어떤 뒷모습은 쓸쓸하고 어떤 뒷모습은 싸늘하다. 혼자서 사랑하거나 사랑받았던 기억. 쏟아지는 화살처럼 박히던 말들, 목도리 사이로 비져나오는 폭소들, 그러다 돌처럼 굳어버린 입술들. 모두 겨울에 일어났다. 나는 흉터처럼 겨울을 기억한다.

씨발 진짜 존나 해내야 돼

20181130

연말이다. 몇 시간만 지나면 12월이 된다. 작년 이맘때쯤 쓴 일기를 읽었다. 기운이 조금 났다.

아침에는 꺽꺽 소리 내면서 한참 울었다. 화장이 다 지워지고 두 눈은 퉁퉁 부었다. 친구들의 다정한 위로(그렇지만 각자의 방식으로 다정한)에도 불구하고 눈물이 펑펑 솟았다. 스스로의 한심함에 치를 떨었다. 자기연민과 혐오가 서로 엉겨붙어 지겨운 모양으로 빙글빙글 머릿속을 헤집고 다녔다. 그렇게 온몸의 수분을 다 쏟아낼 듯 엉엉 울고 나니 진이 쭉 빠져 도저히 뭔가를 시작할 힘이 생기지 않았다. 밖에 나가 걸어야겠다는 생각을 했다. 일감을 챙겨 들고 무작정 집에서 나왔다. 아무 생각도 없이 역까지 걸었다.

작년에는 (지금은 이름도 제대로 기억이 안 나는) 어떤 남자애와 사랑에 빠졌다. 많이 좋아했던(집착했던?) 기억이 남아 있다. 그애한테서는 좋은 향기가 났다. 그애는 내 앞에서 자주 웃었고 귀여운 춤을 췄다. 나는 마치 나이 차이가 많이 나는 여학생과 사랑에 빠진 것 같다고 생각했다. 달큰한 섬유유연제 냄새. 어쨌든 이젠 끝난 일이다.

나는 포기하는 법을 배우지 못했다.

오후에는 Y를 만났다. 내게 일어났던 일에 대해 조그맣게 중얼거렸다. Y는 갑자기 눈물을 뚝뚝 떨구기 시작했다. (그 와중에 Y가 우는 모습이 예쁘다고 생각했다. 그래서 미안했다.) 왜 우냐고 묻자 Y는 그냥, 니 이야기에 내 이야기가 들어 있어서, 했다. 우리는 더 할말이 없었다. 서로의 무거움을 감당할 수 없어 빠르게 헤어졌다. Y와 앞으로도 계속 이렇게 만나게 될까? 이런 상황이 패턴으로 굳어질까봐 두려워졌다.

오늘 있었던 대화들을 복기해본다. 이제 내 인생에 두 번은 없을 따끔거리는 말들. 잊을 수도 잊어서도 안 되는 말들. 씨발 진짜 존나 해내야 돼, 씨발 진짜 이번이 마지막이야, 더 이상 실망시킬 수는 없어.

나는 내가 짜증을 유발하기 쉬운 유형의 인간이라는 걸 안다. 평생을 제멋대로 욕심껏 살았으면서 타협할 줄은 모른다. 그러면서 마치 그게 재능이라도 되는 양 군다. 나는 (그토록 경멸하는 영화인 〈소공녀〉에 나오는 주인공처럼.) 현실에 발붙이고 살 줄을 모른다. 붙박일라치면 도망쳤고 이해할 수 없으면 부정했다. 게으르고 이기적인 이상주의자. 어릴 때부터 엄마는 항상 그랬다. 어떻게 너 하고 싶은 것만 하고 사느냐고. 어떻게 너밖에 모르냐고. 엄마는 그때 내게 저주를 걸었다. 계속 이렇게 살 거냐고요? 그건 제가 선택할 문제는 아니에요. 그렇지만 최소한 시도는 해볼 수 있겠죠. 더이상 사람들을 실망시키기 싫습니다. 제게 지쳐 떠나게 두고 싶지 않아요. 지금처럼 계속 살아간다면, 그렇다고 해도 우리는 서로를 잊지 않겠지만 나는 그들에게 내가 받았던 도움을 돌려주지 못할 거예요. 그러니까 끝까지 이기적인 씨발년이 되는 거죠. 그렇게 끝내고 싶지 않아요.

조급해진다. 그렇지만 불쾌하진 않다. 기분이 상당히 나아졌다. 포기하지 않을 것이다… 잘해낼 것이다. 일단 시작부터 해야 한다. 쉽지 않을 것이다. 일부러 망쳐버릴 수도 있을 것이다. 그래도 해야 한다. 일생에 단 한 번, 처음으로 다른 사람의 말을 듣는 것이다. 나에게는 그럴 필요가 있다. 결코 아빠같이 되고 싶지 않다. 아빠같이 죽고 싶지 않다.

2019

리튬은 항상 빼놓고 먹는다

20190331

지난 몇 개월을 통틀어서 요 며칠간의 상태는 믿을 수 없을 만큼 또렷하고 온전하다. 물론 여전히 술을 마시고 있고 한 시간 간격으로 담배를 피우고 (그런 생활의 결과로) 새벽 여섯시가 넘어야 잠을 잘 수 있지만 어쨌든 정신만큼은 현실에 붙들려 있다. 그러니까 살아갈 궁리를 다시 하기 시작했다는 뜻이다.

오늘은 오후 네시쯤 일어나서 청년구직활동지원금을 위한 몇 가지 서류를 뗀 뒤 정신과에 갔다 왔다. 프록틴, 쿠에타민, 리보트릴, 리튬을 처방받았다. 조울증 환자를 위한 처방이다. 어딘가에서 리튬을 먹고 살이 엄청 쪘다는 경험담을 본 이후로 리튬은 항상 빼놓고 먹는다. 그렇다고 선생님에게 아는체하며 리튬이 그렇게 살이 찐다는데 다른 걸로 처방해 달라고 요구할 수도 없다.

지난해 이후로는 병원에 가지 않았기 때문에 정신병원이라는 공간에서 이뤄지는 모든 대화들이 어색했고 심지어는 기분이 나쁠 지경이었다. 선생님이 예전 진료 기록을 뒤적이면서 '연숙씨가 작년 초쯤에는 많이 안정적이고 일하는 것에도 의욕이 넘친다고 하셨네요'라고 말했을 때는 정말 그 자리에서 당장이라도 뛰어내리고 싶은 기분이었다. 그땐 그랬는데 지금은 왜 이 모양이 됐냐는 뜻인가? 아니면 그러게 병원 좀 꾸준히 잘 다니지 왜 이런 상태가 될 때까지 방치했냐는 뜻인가? 아마도 악의 없을 선생님의 말을 쥐어짜고 비틀어서 거의 매듭으로 만들어버리지 않으려고 노력하면서 아무 맛이 안 나는 말들을 내뱉었다.

여기서는 여기서만 가능한 장면들이 보여요

20190329

비가 오기 시작했다. 내일은 눈이 온다고 한다. 목소리가 큰 손님이 귀에다 대고 소리를 지른다.

충무로에서 고기를 구워 먹으면서 언니가 그런 이야기를 했다. 너 공부 다시 시작하면 좋겠어. 너무 멋질 거 같아. 도시락 싸들고 다니면서 응원할 거야. 고기는 맛있었지만 추가로 시킨 간장게장에 딸려 나온 반찬이 너무 많아 도저히 다 먹을 수가 없었다. 이날의 침묵을 오랫동안 떠올리게 될 거라고 생각했다.

언니는 여전히 나를 귀엽다고 해준다. 나를 사랑한다고 해준다. 언니를 안고 있으면 언니에게 잠겨 있는 기분이 든다. 내일도 모레도 이렇게 있고 싶다는 생각을 한다.

청년구직활동지원사업에 가짜 직업을 써냈다. 가짜 직업에 알맞은 가짜 계획을 작성했다. 이대로만 하면 정말로 가짜 직업을 가질 수도 있을 거라고 혼자서 믿기로 했다. 가짜 직업이 생기면 학원을 다니고 책을 읽고 글을 써야지. 주말에 하는 일을 그만둬야지. 아침에 일찍 일어나고 저녁에 잠들어야지. 좋아하는 사람들에게 밥을 사줘야지.

광어 지느러미(엔가와) 초밥이 먹고 싶다.

된장찌개를 끓이려면 삼십 분 뒤에 나가서 두부와 각종 버섯과 양파와 다시다, 냉동 새우 같은 걸 사와야 한다. 순두부찌개를 끓이려고 해도 마찬가지다. 재료를 볶고 끓이고 캡사이신을 넣는 걸 잊지 말아야 한다. 냉동 목살이나 앞다리살도 요리에 유용할 것 같다. 참치가 떨어졌기 때문에 종류별 참치를 사올 수 있으면 좋을 것이다. 진진이 사다 준 김치는 거의 동이 났다. 그렇다고 해서 진진에게 이런 말을 하진 않을 것이다. 진진이 분명히 사주려고 할 것이기 때문이다. 진진은 마치 죽어가는 짐승을 대하듯 나를 돌본다. 진진이 사준 밥을 먹고 진진이 사준 술을 마시고 진진의 집을 한껏 어지럽히고 진진의 이불에 누워 있다가 나는 나에 대해 생각하는 것을 오랫동안 잊어버렸다. 이따금 죽은 개구리에게 전기충격을 가하는 것처럼 사람들이 나의 생사를 물었고 그때마다 반사적으로 응, 하고 대답했다. 아무 일도 일어나지 않았기 때문이다. 아무것도 변하지 않았기 때문이다. 무수히 작고 사소한 결심들이 아침이면 흔적도 없이 썰물처럼 빠져나갔다. 어떤 시절의 사진들은 너무 반짝거려서 쳐다보는 것조차 죄악처럼 느껴졌다. 나는 망가지고 있고 부패하고 있다. 나는 내 친구들이 일찌감치 청산한 이십대 시절의 악습들을 끌어안고 익사하고 있다. 모두에게서 버려졌다고 느낀다. 혹은 내가 모두를 버렸다고 느낀다. 나는 내게서 풍기는 악취를 숨길 수 없어서 가장 어둡고 축축하고 낮은 곳에서만 기어다닌다. 여기서는 여기서만 가능한 장면들이 보여요. 나는 어제 죽은 사람들이 머물다 간 장소에 있어요. 언젠가는 산 채로 여기서 빠져나올 수 있을 것이다. 그러고 나면 멋진 무용담을 쓸 수 있을 것이다. 내가 본 것들에 대해 말할 수 있을 것이다.

음악

20190402

더이상 음악을 듣지 않게 되었다.

없는 편이 더 나을 것이다

20190425

나는 돈도 못 벌면서 혼자 호적에서 독립해 있다. 그 말인즉슨 1인 가구라는 뜻이다. 가족관계증명서를 떼보면 (세대주)이연숙은 애미 애비도 없고 그냥 혼자 하늘에서 뚝 떨어진 인간처럼 보인다. 굳이 이렇게 할 필요까지는 없었지만 아빠가 죽고 나서 동생(남)의 건강보험 밑으로 편입되기 싫어서 분리를 택했다. 그러면서 지역 가입자 자격으로 한 달에 만 얼마씩 건강보험료를 내게 되었다. 그게 벌써 이 년 전의 일이다.

오늘 할 이야기는 이 보험료에 대한 것이다.

최근에 나는 보험료를 엄청나게 미납해서 이리 돈을 꾸고 저리 돈을 꾸러 다녔다. 아니 바른말로 하자면 자존심이 상해서 차마 빌려달라는 말은 못하고 징징거리고만 있으니까 보다 못한 조력자들이 억지로 쥐여주다시피 해서 겨우 돈을 마련한 것이다. 어쨌든 그들의 도움으로 간신히 보험료를 내고 영수증을 살펴보니 수상쩍은 숫자들이 눈에 들어왔다. 나는 수입에 변동이 없는데 분명히 1이어야 할 앞자리 수가 2로 바뀌어 있었던 것이다. 이게 무슨 일이지 싶어서 창구에 물어보니까 임대차 계약서를 들고 와야 (니가 얼마나 가난한지) 증명이 되고 그래야 부당하게 책정된 보험료를 낮출 수 있다는 거였다. 가장 중요하게는 그동안 과잉 징수된 보험료를 환급받을 수가 있다고 했다. 환급이라는 단어에 마치 영원하고 달콤한 미래가 약속된 것 같았다. 분명히 그 돈으로 집도 사고 차도 살 수 있을 것이라고 믿었다.

그래서 일단 임대차 계약서가 필요했다. 집 어딘가에야 있는 것이 확실하겠지만 도무지 찾아낼 재간이 없어서 집주인에게 문자로 사정을 설명하고 임대차 계약서 한 부를 복사해줄 것을 요청했다. 생각해보니까 구두로 일 년 연장을 해놓고 임대차계약서를 갱신하지도 않았다. 집주인을 만나는 것이 이상하게 두렵고 무서워서 잘도 피해 다닌 탓이다. 내 연락을 받은 집주인은 흔쾌히 일 년 연장한 내용을 포함해서 계약서를 수정한 뒤 한 부 복사해서 우리집 우편함에 넣어놓겠다고 했다. 여기까진 너무 잘 풀려서 집주인에게 뭐라도 보답을 해야 하는 것 아닌가 하는 생각까지 했다. 결과적으로 말하자면 임대차 계약서의 복사본을 받기까지 일주일이 걸렸다. 구구절절 말할 순 없지만 집주인과 우편함을 경유한 몇 번의 의사교환이 있었던 탓이다. 이럴 거면 차라리 만나서 계약서를 새로 한 부를 쓰는 게 나을 것 같다는 생각이 들었지만 왜인지 집주인도 우편함 대화를 선호했다. 집주인도 나만큼 내가 보기 싫은 모양이었다. 집주인-우편함-룸메이트를 경유해 일주일 만에 내 앞에 당도한 임대차 계약서에는 최초의 내 룸메, 그러니까 지금은 결혼을 해서 아이를 낳고 새로운 공부를 시작한 친구의 이름과 내 이름이 나란히 쓰여 있었다. 내년에는 진짜로 이사를 해야겠다고 생각했다.

비가 기분 나쁘게 추적거리면서 내렸지만 환급을 더는 지체할 수가 없어서 계약서를 확인한 즉시 보험공단으로 향했다. 보험공단은 보라매 방향에 있었다. 이 년 전인가 허름한 보험공단 건물을 방문했던 기억이 있는데 그사이에 이전을 했는지 지금은 아주 호화스럽고 커다란 빌딩의 십삼층에 위치해 있었다. 엘리베이터를 탔는데 보험금 환급이나 보험금 연체로 이 건물에 올 것 같지는 않은 사람들이 꽉 차 있었다. 멀끔하게 차려입고 호탕하게 웃어젖히며 연신 아무개 사장님, 거리며 통화하는 중년 남자가 있었는데 갑자기 엘리베이터가 추락한다면 이 사람은 어떻게 할까, 아니 뭔가를 하기도 전에 죽어버리려나, 나는 존나 침착하게 굴 수 있을 것도 같은데, 왜냐하면 하도 엘리베이터가 추락하는 상상을 많이 하니까, 그래도 막상 때가 되면 살려달라고 소리지르거나 하지 않을까, 그런 생각을 했다. 십삼층에 도착하자 나 혼자 엘리베이터에서 내렸다. 나머지 사람들은 더 윗층으로 올라갔다.

은행에 가면 번호표를 뽑기 전에 무슨 업무 보러 오셨냐고 이쪽 줄에 서라든가 저쪽 줄에 서라든가 요령을 알려주고 왠지 유독 친절하게 구는 중년 남자들이 있잖아요? 그 직업을 뭐라고 하는지 모르겠는데 아무튼 도우미라고 합시다. 보험공단에도 도우미가 있었는데 이 사람의 경우에는 친절하지는 않았다. 나를 보자마자(분명히 내가 또 입을 벌리고 멍청한 표정으로 있었던 게 분명하다) 채근하듯이 뭔 일로 왔냐고 물었다. 내가 설명을 어떻게 해야 할지 몰라 말을 우물거리면서 이게 사정이 좀 복잡한데 하여튼 환급이요, 라고 하니까 그럼 말을 똑바로 해야지, 라고 조금 짜증을 내면서 좀더 내부에 위치한 사무공간으로 나를 안내했다. 거기엔 빼곡한 사무용 데스크가 이삼십 개 정도 있었고 천장에는 징수1팀, 징수2팀 뭐 이런 식으로 팻말이 대롱대롱 매달려 있었다. 나는 한 여자 직원의 자리에 안내받았는데 일단 충격을 조금 받은 것이 흔히 공공기관에서 업무를 볼 때 직원과 본인 사이에 어떤 식으로든 가림막이 있어서 여러 효과를 만들어내는 부분이 있잖아요? 예를 들면 단지 구청의 데스크에 앉아 있다는 이유만으로 직원들이 몰개성화, 비인격화되면서 그들이 법의 집행자일 뿐만 아니라 마치 법 그 자체처럼 보이는 관료제의 기괴하고 착시적인 효과가 분명히 발생하는 것처럼. 한편으로 그런 권위적인 장애물 때문에 나는 물론이고 직원들도 안전함을 느낄 것이고. 그런데 내가 안내받은 그 공간은 정말 이상하게도 직원의 데스크 안쪽까지 불쑥 침범해야만 하는 구조였다. 심지어 나는 직원 바로 옆자리에 앉아서 상황을 이야기해야 했는데 그러는 바람에 직원 데스크에 붙어 있는 개인적인 기호의 스티커, 사진까지 볼 수 있었을 뿐만 아니라 직원이 머리부터 발끝까지 뭘 입었는지도 확인할 수가 있었다. 정말로 불필요한 정보일 뿐만 아니라 세상의 최후까지 결코 알고 싶지 않았던 것들이다. 게다가 만약에 어떤 미친 사람이 직원을 어떻게 하려고 한다면 아무런 방어 조치를 취할 수가 없을 게 분명했다. 그렇게 개방적인 공간에서 상담 업무를 진행한다는 게 너무 이상했고 또 불유쾌했지만, 실은 이런 것에 일일이 충격을 받고 그러는 것이 더 이상한 일일지도 모르겠다. (세상은 알아서 잘 돌아간다. 내가 굳이 호들갑 떨지 않아도…)

다시 환급 이야기로 돌아가자. 자초지종을 다 들은 직원은 그건 여기 담당이 아니니까 저쪽 상담창구로 가시라고 했고, 나는 왠지 죄를 지은 사람처럼 이쪽 창구에서 저쪽 창구 쪽으로 둔하게 움직였다. 나를 발견한 예의 그 도우미가 그러게 처음부터 정확하게 말을 했어야지, 하며 또 면박을 주었다. 그냥 그게 그 사람의 일인 것 같았다. 사람이 없어서 그런지 번호표를 뽑자마자 내 차례가 왔고 창구에 앉으니 일하기 되게 싫어 보이는 나른한 인상의 안경을 낀 중년 남자가 시야에 들어왔다. 앞서 직원에게 말했던 자초지종을 반복하고 초조하고 또 떨리는 마음으로 눈앞의 직원이 무어라도 말해주길 기다렸다. 직원은 내가 가져온 임대차 계약서를 몇 번 훑어보더니 과잉 징수된 부분이 있네요… 육천 원 정도… 라고 거의 혼잣말을 하더니 한참을 아무 말을 안 하고 키보드를 두드렸다. 아니 그게 전부인 건가? 육천 원뿐이라고? 육천 원이 몇 번이나 과잉 징수된 건데? 내가 참지 못하고 결국 그래서 전부 더해서 얼마가 환급되나요?라고 묻자 지금 계산중이라는 듯이 가볍게 쳐다보고는 다시 자기 모니터 쪽으로 고개를 돌렸다. 그리고 여전히 모니터에 시선을 고정한 채로 한 팔만 원 정도 환급 받으실 수 있겠네요… 근데 여기서 이번 달 보험금 제하고 나면 육만구천 원 정도 받으실 수 있겠네요. 징수팀으로 가셔서 환급 요청하시면 됩니다. 몇 번을 다시 떠올려봐도 이 사람이 말끝에 축하드립니다, 라고 했는지 아닌지 모르겠다. 육만구천 원 환급받게 된 거 축하드려요. 이제 노후 대비 든든하시겠어요.

그리고 징수팀으로 가서 환급 절차를 밟았다. 계좌를 불러주고 내일 안으로는 입금될 거라는 안내를 받았다. 보험공단에서 나와 고층에서 끈질기게 내려오지 않는 엘리베이터를 기다리다가 문득 육만구천 원이 입금되자마자 지난달 교통대금으로 빠져나갈 거라는 데 생각이 미쳤다. 돌아오는 버스에서는 지독한 교통 정체에 시달렸고, 그 와중에 창문을 통해 리어카를 끌고 가는 늙은이들을 몇이나 구경했다. 발발

떨면서 기어코 리어카를 끄는 늙은이들은 하나같이 얼굴이 똑같다. 아니 얼굴이 없다. 없는 편이 더 나을 것이다.

아무튼, 해내야지

20190426

괴로운가? 괴롭지 않은가? 둘 중 어느 쪽이냐고 한다면 괴롭지 않은 쪽에 가까운 것 같다. 그런 건 아니다. 그냥 속상한 것 같다. 언니에게, 또 자꾸 늦춰지는 웹진 오픈에, 룸메에게, 고용노동부에게, 예술인복지재단에, 서울문화재단에… 걱정되는 것들이 많고, 그것들이 줄어들지를 않는다. 하나를 해결했다고 생각하면 다른 걱정이 새끼 치듯 주렁주렁 열린다. 하여간에 세면대 밑의 곰팡이를 생각하는 것으로 시작되는 이 걱정 퍼레이드는 아무래도 이사를 가기 전까지는 해결되지 않을 것 같다. 그렇지만 이보다 나은 상황은 사실 생각하기 힘들다. 나는 죽지 않았고 곰팡이와 각종 생활 고장으로 좇창났을지언정 집이 있고 언니도 있고 진진씨도 있다. J도 있고 S도 있다. 그리고 마리가 있다. 나는 절대 혼자가 아니고 하고 싶은 일들도 있다. 그런저런 세속적인 이유들로 인해 계속 살아 있을 예정이기에 내 것이 아닌 충동에 삼켜져서 갑자기 죽어버린다거나 하고 싶지 않다. 나는 진짜로 살아 있고 싶고 앞으로도 살아 있기 위해서 뭐든지

다 할 것이다. 몇 개월 전이었다면 절대로 불가능했을 생각들을 한다. 나는 다른 세상에 속해 있었다. 그건 산 사람들의 세상은 아니었다. 아주 아슬아슬했다고도 생각한다. 완전히 건너갈 수도 있었다고 생각한다. 러시아의 한 감옥을 다룬 다큐에서 종신형을 선고받은 죄수들이 하던 말. 여기선 시간이 아주 느리게 흘러요. 바깥에서 보낸 하루를 기억하는 것만으로도 일 년은 충분히 보낼 수 있어요. 나는 그 말을 얼마나 잘 알고 있었는지. 말도 안 될 정도로 짧은 일 년이 지나갔다.

5월부턴 학원을 여러 개 다닐 것 같고 벌써부터 주눅이 들고 뱃속이 울렁거리지만 아무튼, 해내야지. 그렇지 않으면 언니도 마리도 실망시킬 것이다. 정말로 그러고 싶지 않다.

오늘-내일 해야 할 일 정리

20190617

—당장 할 수 있는 일

1. 기획서 수정

2. 텝스 공부

3. 정산 집행

4. 근로 지원 증빙서

5. 통장 정리

6. 2호 회의 파일에 10권 내가 가져갔다고 적기

7. 내일 일어나서 택배 부치러 가기

—이번주~다음주 안에 할일

1. 기획서 보내기

2. 동생 만나서 컴 분해/케장콘 주기

3. **님께 이번주 안에 기획서 보내기(1000자+제목)

4. 창작준비금 지급-계획

5. 오프닝들/회의들/강연들

6. 프린트할 책들

—7월 안에 할일

1. 텝스 치기/독일어 시험 접수/과외?

2. ***** 번역팀 미팅

3. 언니 사이트, 내 사이트, 퀴방 사이트 만들기

4. 만나야 될 사람: **님/***/***님 방문

5. 건강검진(**) 확인

—쓸 글

1. 레즈비언 페티시

2. 국고로 예술하기

3. 〈드랙킹 콘테스트〉 후기

4. 원심력과 조울증

5. 글 배달 (9월까지 완료할 것)

—올해 계획

1. 대학원 진학

2. **에게 200 갚기, 언니, 진진에게 30씩 갚기, 엄마한테 30 갚기

3. 2월 이사 준비

4. 번역서 준비

5. 겨울-우울증 대비

그래도 독해지는 게 좋겠어

20190626

"깨끗하게 다시 시작하는 게 좋을 거 같아

세속적이고 사회적인 네 행복을 찾는 게 좋을 것 같아

살도 빼고 예뻐지고 대학원도 가고 좋아하는 공부도 하고 미술인들과 일을 하고 다시 누군가와 사랑에 빠지고 또 삶을 꿈꾸고

내가 도와줄게

내가 너 삶 안에 있을게 실용적인 장소에도 추상적인 장소에도

그애랑은 아주 오래 걸려도 든든한 동료가 될 거야

너는 진짜 귀엽고 예쁘고 똑똑해

그리고 더 귀엽고 더 예뻐지고 더 똑똑해질 수도 있어

욕망받는 건 중요하고 소중해

욕망해주지 않는 상대에게, 그럴 마음이 없고 그렇게 만드는 게 두 배 세 배로 힘든 상대에게 욕망받기 위해 애쓰는 건 중요하지 않고 소중한 느낌을 주지 않아

그건 너의 자존감을 떨어트리고 너를 과거에 살게 해, 너

의 못난 부분만, 슬픈 일들만 돌아보게 해
솔직히 삶의 엄청 큰 뿌리가 사라지는 기분이 너무나도 힘들 것 같은데
그래도 독해지는 게 좋겠어
그애가 지금 (아마도 당분간의 현재 동안) 너를 value하고 있지 않은 게 너무 분명해서 그거에 들이는 노력과 에너지가 너무 너를 파괴할 것 같아
이상, 마리 진심."

복수와 용서

20190820

최고의 복수는 용서다 vs 최고의 용서는 복수다

"최고의 복수는 용서다. 가해한 대상을 잊어버리고 승천시킴으로써 복수."

"최고의 복수는 용서다. 용서함으로써 그 사람의 세속적인 치졸함을 감싼다. 최고의 디그레이딩."

"최고의 용서는 복수다. 가해자의 가해 행위보다 십 퍼센트 정도 증량된 가해를 가해자에게 되돌려줌으로써 동시에 가해자가 됨=용서."

"최고의 용서는 복수다. 복수함으로써 그 사람이 내 인생에 중요한 존재임을 컨펌."

내가 아들이 될 수 없어서 질투가 났다

20190822

이 기다림을 벗고 싶

돈 많은 애인을 만나고 싶

(불가능)

잔뜩 취한 조그만 게이 녀석이 전화를 걸어주어서 깨어났다. 겨우.

누군가를 더이상 사랑할 수 없게 될까봐 겁이 난다.

간만에 한국에 돌아온 친구가 연락이 되지 않아서 무서웠는데 연락이 밤늦게서야 닿았고 그제야 안심을 했다. (그간 한 생각: 비행기 추락 및 기타 아무 치명적 사고-죽음-그녀 없는 내 삶-혼란과 상실과 슬픔과 분노와 아무튼 그런 모든 것을 감당할 수 있는지에 대한 자문-법륜 스님-포기)(반복)

10월에 엄마(와 막냇동생)가 서울에 온다고 한다. 완벽하게 계획을 짜놓고 두 사람을 즐겁고 기쁘게 해주고 싶은 마음으로 부풀어오름과 동시에, 제발 모든 것을 본인 스스로 망치지 않았으면 하는 소망이 간절해진다. 그렇게 하고 싶다

(기쁘게 해주고 싶다). 안전 이별하고 싶다. 좋은 것들을 보여주고 좋은 것들을 먹이고 좋은 것들에 잠겨 있게 하고 싶다. 그런 생각을 하면 무척 설레고 동시에 몹시 절망적인 기분이 든다. 아무리 잘 세팅하고 꾸몄다고 해도 나는 이것이 궁극적으로 진짜가 아니라는 것을 알고 있고 심지어 엄마가 그것을 눈치챌지도 모른다고 생각하면 죽고 싶어진다. (얼마 전 꾼 꿈. 엄마가 해외 어딘가에서 뜨개질인가 정물화인가 아무튼 엄마 같은 작업을 전시했고 나는 사흘 정도 엄마의 눈치를 보고 비위를 맞추고 좋아라 하고 엄마의 말을 들어주다가 결국에는 폭발해버려서 엄마는 왜 아직도 그러고 살고 있냐고 화를 내면서 왜 아빠랑 이혼을 하지 않느냐고 물었고 그런 식으로 엄마와의 관계를 망치게 되는, 아무튼 그런 꿈을 꾸었다.)

망치고 싶지 않다, 간절하게 모든 걸(그러나 이 모든 것들이 퇴색될지언정 결코 항상적으로 유지될 수 없다는 것도 안다).

잘생긴 부치를 구둣발로 아주 떡이 되도록 밟고 목줄을 달아 질질 끌고 다니다가 패대기를 치고 멍이 들고 피가 나도록 채찍으로 때리고 목을 조르고 침을 질질 흘리게 하는, 그러다가 눈을 마주치고 짧은 키스를 나누고 뺨을 때리고 바닥에 머리채를 내다 꽂는 상상(이었던 것).

며칠간 시달렸다, 그리고 이젠 이 모든 것들이 이루어질 수 없겠다고도 생각을 한다, 아무튼 내가 노력하지 않는다면.

내가 아들이 될 수 없어서 질투가 났다.

법륜에게 질문: 동일임금 동일고용.

엄마아들딸

20190823

이렇게 더운데 터질 것처럼 손을 꼭 붙들고 걸어가는 엄마 아들딸을 봤다(무슨 재난상황인 것처럼 조금이라도 헛디디면 추락할 것처럼).

그러니까 그건 그 사람의 문제

20190827

1) 엄마 엄마는 왜 정물화만 그려?

답: 응 살아 있는 걸 그리면 죽이는 기분이 들어서.

2) 죽은 자식 보지 만지기: 시체 유기 및 훼손, 시체 강간, 근친상간, 하여간 형법상의 언어로 다뤄져야 할 무시무시하고 끔찍한 문제.

죽은 자식 불알 만지기: 괜찮게 들림.

3) 적당하게 더러운 인생보다 더, 더러운 인생은, 없어.

4) 우리 중 이렇게 살면 안 된다는 것을 모르고 사는 이는 드물었다.

(한줌의 인용문을 남기고 죽은 사람) (죽은 자의 온기가 남아 있습니다)

할말이 잔뜩이었는데 모두 삼키고 나니 변비 말고 남은 것이 없다.

그러니까 그건 그 사람의 문제. 어떤 사람에 대한 원한으로 생애를 지탱하고 있는 사람이든. 정물화를 그리는 것으로 일가족 살해를 하지 않고 있는 사람이든. 때때로 서울에 있는 자식들을 생각하며 눈물짓는 사람이든. 아무것도 느끼지 못한다고 말은 하지만 실상은 꿈속에서 무시무시한. 하여간 그건 그 사람의 문제. (회전중인 원통)

즉, 이런 사람들을 접하되 자기 문제의 일부로 만들지 않는 데는 대단한 이유가 필요한 것이 아니고, 그 또한 내 욕심의 일부임을 인정하고 필요 이상으로 다른 이들 삶에 좀 먹히지 않도록 주의하면 되는 것이다.

물론 잘 안 된다. 욕심은 맛있기 때문이다. 그래도 인지하는 건 중요하다.

자기소개서를 쓰는 악몽을 꾸었는데 놀랍게도 꿈이 아니라는 걸 알았고, 허벅지 위의 까맣고 커다란 벌레를 쳐다보고 있는데 또 꿈이 아니라는 걸 알았다. 치우니까 치워지면 그건 꿈이 아니고, 치워지지 않으면 꿈인 것이다. (이런 상태에 대해 말했더니 말동무 중 하나는 '그러면 벌레에 대해 배우면 어때요?'라고 했다.)

정말 현실적인 차원에서 하고 싶은 말들이 약간은 남아 있고 앞으로도 조금은 남아 있을 거라는 위안. 이런 것들, 그러니까 이런 가난이니 계급이니 정체성이니 문화니 하는 것들. (나를) 아주 공중에 떠 있을 수만은 없게 만드는 그런 문제들이 사실은 나를 살아가게 한다는 사실에 대한 위안.

(급 생각난: '와 날치가 날아다니다니 문화충격이다'/'저 사람은 날치가 나는 게 문화라고 생각하는 걸까')

친구 하나가 자긴 너무 오래 살았다고 했다.

확실히 그런 거 같다고 말했다(그녀가 책 정리를 하며 글쎄 이런 책을 뉴욕에 있을 때 샀단다, 하고 보여준 책은 (그 귀한) 『Hothead Paisan』이었다. 그녀가 뉴욕에서 막 흥분해 여러 급진 레즈비언 책들을 사재기하고 있을 당시 연숙은 십칠 세, 그야말로 급식이나 먹고 있었을 나이였던 것이다).

읽지 못한 책들이 노려본다. 그래서 그 자식들 아주 흠씬 패줬죠.

걔가 마음이 새까맣게 타들어간다 했는데 진짜로 타들어간다는 뜻일 줄은 몰랐죠(죽은 친구의 영정 앞에서)(영정 특: 웃고 있음).

이제는 이름도 기억 안 나는 그 사람이 시집을 줬는데… 이름이 기억 안 나서 용서했다.

살며? 사랑하며?

살며 vs 사랑하며

누구에게도 진짜로 원해지지 않아서 외롭다

20200912

그렇게 절박하게 원하는 것도 없는 주제에 누구에게도 진짜로 원해지지 않아서 외롭다! (원하는 것: 잔잔하게 추종받으며 원하는 사람에게 원하는 방식으로 인정받고 존경받고 인용받고 무엇보다 주변에 여자들이 끊이질 않으며 누구와도 로맨틱하고 에로틱한 분위기를 만들 수 있으며… 쾌적한 집과 연구실을 빙자한 호텔룸이 있음… 쓰고 나니까 어이없네…)

사랑 없이는 스스로의 초라함을 견디기가 힘들다.

그럴 수 있을까? 다시?

사천 원을 주웠다

20190914

난 누구를 기다리고 있는지도 몰랐다. 그래서 불안했다. 기다리는 건 실망스럽고 무엇보다 절망적이었다. 기다릴 수는 없었다. 기다리는 사람이 될 수는 없었다. 앞으로는 그러지 않기로 생각했었다. 세 시간 전쯤에 그렇게 생각했다.

사천 원을 주웠다. 같이 일하는 동료 중 하나가 자기는 절대로 떨어진 돈을 줍지 않는다고 했었다. 백만 원은? 아니요. 천만 원이라도 안 주워요. 부정 타요. 나는, 나라면 천 원이든 천만 원이든 분명히 주울 것이고 돌려주지 않을 거라고 생각했다. 줍는다고 해도 이 이상 부정 탈 일은 없을 것이다. 부정이 사람이라면 그건 나일 테니까.

쉬는 시간이 지나가고 있다. 삼 일 내내 출근했기 때문에 술 취하고 뭉개진 얼굴들이 빠르게 겹쳐져 하나의 덩어리처럼 보인다. 나는 거의 구글이 운영하는 얼굴인식 알고리즘 같다. 그들 얼굴의 인격적인 차이를 나는 식별할 수 없다.

진진의 말 사이에서 건질 만한 것이 있었는지 곱씹고 있다. 겨우 몇 마디 몇 어절을 건진다. 그러나 결국에는 나에게 아무런 영향도 의미도 없을 것을 안다. 나는 빠르게 모든 것을 잊을 것이다. 지난 겨울에 누구를 만났는지 이제는 이름도 얼굴도 잊어버린 것처럼.

혼자서 외로워야 하고 그것을 견뎌야 한다.

한 번도 외로운 적 없던 것처럼 새롭게 외로워야 한다.

이런 생각은 병적이다

20191008

최근의 키워드는 여자랑 만나는 일의 지속 가능성이다.

여자끼리 만나는 걸 법적으로 인정을 안 해줘서 주거불안정 및 노후불안정 등이 심화될 예정이기 때문에 지속 불가능하다는 관점은 딱히 아니다(그런데 사실 이 문장 쓰면서 그 부분도 급 불안해졌음).

나는 유전자에 각인된 '잔인하고 이기적이고 냉정한'(엄마가 이렇게 캐해석해줬음) 심성 때문에 누군가를 반드시 망치거나 그 사람에게 정신적/물리적/물질적 피해를 입힐 게 분명한, 그런 방식으로만 중요한 관계를 맺고 있다. (혹은 그런 것처럼 보인다.)

이젠 스스로가 여자를 좋아하는 게(폭력하는 게) 취향인 정신질환자라고 여겨진다. (그러니까 레즈비언조차도 아닌 것이다. 내가 만약 남자의 몸으로 태어났다면 이 모든 게 얼마나 더 역겹고 끔찍했을까?) 이런 생각은 병적이다. 나를 레즈비언이라고 말할 수나 있을까? 존재 자체가 페미니즘의 수치이자 퇴행인데도?

그러니까 진심으로 레즈비언 동거 및 유사 결혼해서 밥 지어 먹고 풀떼기 기르고 고양이 기르고 주택청약 들고 있고 동반자법이라든지 인권조례라든지 동성혼 법제화를 지지하는 삼십대 레즈비언 커플의 삶이라는 게 진심으로(두 번 말함) 상상도 안 가지만 아무튼 부럽다. 예전 같았으면 적폐퇴행반동이라고 했을 이성애중심정상규범자본주의에 영합하는 그런 삶의 형태들이 진심으로(세 번 말함) 너무너무 부럽다. 이건 선택의 차원도 아니고 그냥 타고나는 거다. 최소한 그렇게 선택할 수 있도록 타고나는 거다. 왜냐하면 나는 할 수가 없으니까.

이런 생각이 들면 너무너무 외로워진다. 집이 있고 밥을 지어 먹고 다정한 말을 할 줄 아는 사람들을 생각한다. 그러면… 그러면 내가 어딘가 망가졌고 돌이킬 수 없다는 확신이 든다. 그리고 수치스러워진다. 내가 해온 모든 일들에 대해서.

쿠에타핀을 장기 복용하면 당뇨에 걸린다

20191022

이런 일이 있었다. 저런 일이 있었다. 대체로 일들은 도처에서 일어나고 통제할 수는 없다. 통제하고 싶어서 마음에 드는 사람들을 만나고(이러면 안 됩니다), 섹스를 하고, 즐겁고 싶은 일들을 만들어내고, 모든 걸 기록하고, 모든 걸 쓰려고 한다. 물론 이 모든 것들 역시 어느 수준에서 손을 벗어나고 그러면 허무해진다. 그래서 정신승리를 하는 일이 중요하다. '이만큼은 하려고 했던 만큼 했다.' 그런데 결국 제대로 실패하지 못한다면 이 모든 것들이 대체 왜 기록되고 기억되고 말해져야 할까? 잘 모르겠다. 잘 모르겠다고 생각은 하면서도 계속 뭔가를 하고 있다. 발악이 아니라 정말로 이렇게밖에는 사는 방법을 모른다. 다른 방법이 있다면 알고 싶다.

돈이 없다. 진짜로 없는 건 아닌데 예를 들면 조금씩은 저축을 한다. 월급이 들어오면(쥐꼬리) 십만 원씩은 다른 통장에 이체를 한다거나(쥐꼬리의 반 토막의 반 토막의 반 토막), 아니면 목돈이 들어왔을 때 통째로 이체를 해놓는다거나, 그런 식의 분리가 없으면 혼자서 살 수 없다는 걸 절망적일 정도로 구체적으로 깨달은 이후에는 쭉 그렇게 해왔다. 그게 몇 년이 안 되었을 것이다. 그사이에 나는 빚도 생기고 그 빚에 대한 이자도 생기고 그랬다. 빚이야 계속 있었지만… 정말로 책임감을 느끼는 빚은 이번이 처음이다(그전에는 국가/재단 등에서 빌린 빚이기 때문에 모르쇠하고 파산한 다음에 자살하려고 함). 그런 식으로 빚을 갚을 책임이 있는 통장이 있고 그러니까 결국 내 돈이 아닌 셈인데 그것들에서 한 자리씩 두 자리씩 뭔가가 비어갈 때마다 내장이 파도에 휩쓸려 사라지는 것 같은 충격을 받는다. 도무지 돈들이 숫자들이 내게 이런 신체적 감응을 주는 이유를 모르겠다. 그 이유를 모르겠어서 국밥을 먹거나 소주를 마시거나 한다. 숫자들은 시뻘겋고 뜨겁고 분명해서 나는 이 감각이 없는 삶을 상상하기가 힘들다. 돈을 어떻게 다루지? 없던 것처럼? 원래부터 내 것이 아니었던 것처럼? 단 한 번도 그런 적이 없는데도 남들은 나보고 자꾸 그렇게 살라고 한다.

쿠에타핀을 장기 복용하면 당뇨에 걸린다.

어떤 날은 불안해서 너무 불안해서 살가죽 안쪽의 뭔가가 계속 진동하는 것 같다고 느낀다. 내가 내장이나 뼈, 근육이나 살점으로 이루어진 유기체라고 생각되지 않는다. 이 기관은 오로지 폭발 직전까지 진동하는 바깥으로 이루어져 있다. 외부와 내부를 분리하는 것 외에, 그러니까 촉각 외에 이 기관이 하는 일이라고는 없다. 나는 계속 불편한데, 이 기관을 다루는 법을 도무지 알 수가 없기 때문이다. 눈치를 살핀다. 어디까지 사람들이 알아냈을지가 궁금하다. 내가 이미 찢어지고 있다는 사실을 사람들이 알고 있을지 궁금하다. 아마도 여러 개의 껍데기를 준비한다면 누구도 알 수 없을 것이다. 그러나 이 또한 착각이다. 어떤 누더기들은 다른 누더기들을 알아본다.

계획들. 사랑스러운 장면들. 사랑하는 사람들. 상상들. 유토피아들.

예를 들면 마리가 한국에 온다. 마리를 따뜻하게 맞아주고 사랑하는 사람들과 맛있는 식사를 하고 말도 안 되는 헛소리들을 하고 세상이 무너져라 웃다가 술에 잔뜩 취해서 서로를 보듬어주면서 잠에 드는 것. 또는 진진이와 아무런 걱정이 없이 따뜻하고 행복한 나라로 가서 맛있는 음식을 먹고 오랫동안 좋은 섹스를 하고 푹신한 곳에서 잠이 들고 다음날까지 그리고 그다음 날까지 조금 빡빡하지만 언제나 변경 가능한 일정을 가지고 낯선 풍경들 사이를 걷는다. 또는

또는 4인 가족. 또는 사십 평짜리 아파트. 또는 이상적인 파트너와의 안정적인 결혼. 또는 정기적인 수입. 또는 여유롭게 심겨진 나무들과 풀. 또는 큰 개. 또는 큰 개 두 마리.

어떤 퀴어 이론가들은 이러한 헤테로 정상성이 추구하는 (불가능한) 유토피아적 상상이자 한계야말로 퀴어니스가 잠재/배태된 장소라고 말한다. 노스탤지어(그리고 노스탤지어란

없는 것, 이미 잃어버린 것에 대한 도착적인 환상이다)로서의 정상성. 그런데 정말로 그걸 원하는 거면 어떡하지? 내가 정말로 그런 식으로 행복해지고 싶은 것일 뿐이라면 어떡하지? 남은 것은 비참함뿐이기 때문에 생각하기를 멈춘다. 내가 나의 이미 벌어진 상처를 핥고 있는 것이 아니길 바란다.

할 수 있는 일들이 많았다고도 느낀다…

해야 하는 일들은 이미 너무 많다. 나는 그것들을 기꺼이 감사한 마음으로 미룬다. 아직 미룰 수 있다는 사실로 나는 안정감을 느낀다.

돈이 없어서 올해는 돈이 되는 일을 열심히 해야 한다. 그리고 소일거리들. (그런데도 돈이 안 되는 일, 본인에게 재미있는 일들을 자꾸 벌이고 있다.)

글 배달을 마무리하면서 새로운 독자를 받는 동시에 어떤 소재의 글을 쓸 것인지도 정리해야 한다. 돈이 정말 없기 때문에 팔릴 만한 아무 글이나 쓰고 싶다. 이를테면 사람들이 좋아할 만한 소재. 섹스에 대한 것. 레즈비언에 대한 것. 레즈비언 섹스에 대한 것. 아무 글이라고 해도 아무렇게나 쓸 수가 없기 때문에 신중해야 한다. 노사협상은 성공적(?)으로 결론지어졌기 때문에 한 달 정도는 버텨보고 이후에 거취를 결정해도 좋을 것 같다. 그 외의 기획서. 11월까지 그리고 12월까지 줄줄이 잡힌 마감들. 어쨌든 해낼 수 있을 것이다. (해머: 리타는 기어코 해낼 것이다. 리타는 한국인이기 때문이다.)

그러니까 후리스 같은 건데

20191120

겨울에는 끔찍할 정도로 많은 축적되고 누적된 냄새들이 온몸을 들쑤시고 나를 관통하려고 하는데

이것에 대해 친구 하나가 말하길: 바람이 뼛속에 스며드는 만큼 기억도 그런 거라고 아주 로맨틱한 말을. 그렇지! 그래서 그때 안아준 사람들이…

그때 안아준 사람들이 왜 아직 안 죽었지? 정말로는 죽은 것 같다고 생각하는데 왜 아직이지? 겨울의 섹스. 겨울의 키스. 겨울의 씨발 어쩌구 저쩌구.

정류장에서 내리자마자 보고 싶었어라고 성큼성큼 달려와서 나를 푹 감싸고 어디서 샀는지도 모르는 남성용 향수 냄새, 그것도 엄청 징그러운 그런 냄새를 니가 풍겨도 좋았어. 그런 것에 잠겨서 질식한다면 괜찮다고도 생각했어(물론 니가 얄팍한 취향의 영화 OST를 틀기 전까지의 이야기). 어떤 너는 오뎅이고 탕이고 뜨끈한 국을 항상 시켜서는 소주를 마시고 헛소리를 줄창 하고 그것들이 허공에 흩뿌려지는 것을 보면서 수명을 가늠하거나 하는 등등의 짓거리들을 했지. 그리

고 나는 여전히 니가 보고 싶어.

언니와의 겨울. 창상. 뚫린 곳 사이로 바람이 계속해서 통과해서 우린 너덜거렸고 쩔쩔맸는데 이젠 그중 누군가가 떠났고 다른 누군가도 떠났다! 거긴 이제 아무것도 자라지 않는 자리야. 그런 곳에 계속 있을 수는 없지. 결국에는 조금은 마모된 상태의 몸을 질질 끌고 그것을 흔적이라 추억이라 한다. 실상 이런 식의 상실이 장애에 가까운데도 이것은 그 정도는 아니라고 한다. 겨울에 내가 만났던 사람들. 껴안았지만 더 세게 껴안을수록 아무것도 만져지지 않았다. 패딩 때문이다…

추워지면 스스로를 추스려야 한다. 아무에게나 사랑에 빠지지 않도록 주의해야 한다. 사랑에 빠지는 건 괜찮아. 하지만 내년이. 그다음이.

그러나 사랑에 빠진다면 내가 알까? 어떻게 알까? 그만둘 수 있다는 것을? 그게 언제라는 것을?

서툴게 닳아빠지고 있다. 매번 다른 방식으로. 그러니까 후리스 같은 건데… 그나저나 새로 사고 싶은 후리스가 생겼다.

씨발 제발

20191122

혼란스럽다. 완전히 탈진했고 그런데도 정신이 너무나 활발하게 운동중이라 곧 폭발해버릴 것 같다. 그러니까 이걸 담을 그릇으로 몸이 너무 작은 모양이다. 이걸 어디다가 보관하지? 이건 내 육체를 초과하려 한다. 이건 피부 안에서 지진계처럼 진동하고 있다. 피부 어딘가를 찔리기라도 한다면 터진 댐처럼 피가 솟구쳐서 금방이라도 흐물거리는 껍데기만 남긴 채 내부가 모두 소진될 것 같다. 나는 내부 이외에 아무것도 아니다. 내부는 빨갛고 끔찍하게 뜨거운 혈액 이외에 아무것도 아니다. 끓는점을 모르고 잔잔하게 그러나 끊임없이 진동하는 혈액은 신경줄을 뼈다귀를 근육을 내장을 남김없이 삶고 녹아버린다… 피부 표면 안쪽으로 이것들이 팽팽하게 진동하고 있다는 것을 거슬릴 정도로 예민하게 감각한다. 살아 있다고 느낀다. 지나칠 정도로 살아 있다고 그래서 발작하는 것 외에는 방법이 없다고 생각한다. 혹은 이대로 굳어버리거나.

어떤 말도 충분치 않다.

오늘 있었던 일들에 대해서는 쓰지 않기로 한다.

그것들은 모두 죽어 없어질 것이다.

죽은 시간들이다.

지금 당장은

집에 가야 한다… 잠을 자고 내일이 온다는 축복을 미신처럼 믿으면서 그렇게 고스란히 잠들어야 한다. 깨어 있었던 시간들을 망각하고 내게 그런 일이 아주 존재하지 않았던 것처럼 무디고 둔탁하게 잠들어야 한다. 그리고 곧 찢어지는 햇살에 부활하듯 깨어날 수 있음을 믿는다, 씨발 제발.

나는 누구를 위해서도 슬퍼할 권리가 없다

20191129

오늘은 11월 29일이고 내일은 30일 그리고 그다음 날은 12월이다. 12월을 상상하면 가슴께가 욱신거리고 숨을 쉬기가 어렵다. 해낼 수 있을지 잘 모르겠다. 오늘 죽을 테니까 내일 연락하지 말라고 농담을 한 것 같다. 사실은 죽고 싶지 않은데(확실하고 안전하게 죽기 위해 고안해야 할 방법들 역시 내게 일이다) 평소처럼 그런 농담을 하고는 찔리듯이 최근에 죽은 사람들을 떠올렸다. 이런 식으로 알량하게 양심이라는 것이 만져질 때 어처구니가 없다. 누가 죽었어? 오만하게 굴지 말자. 감정도 자기 몰입이고 나르시시즘이다. 나는 나에 대해서만 사치스럽게 흐느낄 줄 안다. 나머지는 거짓말이다. 나는 누구를 위해서도 슬퍼할 권리가 없다.

Q. 자살을 밈으로 소비하지 마세요, 어떤 사람들은 정말로 죽었다고요. A.헐~ 대박.

마리한테… 마리한테… 잘못했다. 잘 해낼 수도 있었는데 실패했다. 그래서 연락하기가 부끄럽다. 나도 모르게 실수를 자꾸 한다(모든 일들에 대해서. 예를 들면 두 번 세 번 체크했다면 일어나지 않았을 일들. 도장이 잘못 배송된 것. 스티커가 잘못 인쇄된 것. 오탈자가 생긴 것. 잘못 표시한 것. 마감을 미룬 것. 주워 담지 못할 만큼이나 많은 일들을 싸지르고 다녔으면서도 무엇도 갈무리하지 못한 것… 아, S에게 연락해야 한다…)

태스크와 캘린더 앱을 켜기가 무섭다.

취약해진 정신으로 해러웨이를 반쯤 읽다 울다 했다. 술기운 때문인지 모르겠다. 국밥이 먹고 싶다. 아까는 햄버거를 먹었다. 그전에는 오프닝에서 뭔가를 주워 먹었다. 부지런히 마셨다. 무시하거나 잊거나 껴안거나 했다. 아무것도 안 남았다. 나는 피부만 남아서 자주 부풀거나 쪼그라들거나 했다… 이처럼 단단하게 꽉 다문 적이 없는 것처럼 매번 처음인 것처럼 마취되고 있다. 원한 일이다. 원하지 않았어도 원해진 일이다. 이렇거나 저렇거나 사실은 나와 상관없다.

"누군가는 너와 달라."

(어찌나 안심이 되는지! 어찌나 경탄스러운 면책인지!)

부적절한 상상들.

계획들의 실현 가능성… 나는 어쩌면 해낼 수도 있다…

죽을 수는 없다… (누군가로 인한 죽음이 아니라면…)

프리랜서가 뭐하는 직업인데?

20191211

나 뭐한 거냐, 그동안?

(오늘의 토막 상식: 프리랜서의 경우 '뭐한 거냐, 그동안?'에 대한 수입이 전혀 잡히지 않아 프리랜서 본인도 자기가 뭘 했는지 확인할 수가 없다고 하는데요! 열심히 메일함이나 메시지함을 뒤져보면 나오지 않을까요? 감사합니다!)

아니 프리랜서가 뭐하는 직업인데? 애초에 일 하나 끝나면 삼 일 내내 자다가 일 시작하면 또 두 달 내내 밖에 나가 있어야 되고, 그게 직업이냐 말이 되냐? (오늘의 콩알 상식2: 프리랜서에서의 랜서lancer란 중세의 창기병을 뜻하는 말로, 이들이 아무에게도 소속되지 않고 돈을 받고 일을 했다는 점에서 비유적으로 사용되기 시작한 것이 20세기 초라고 하는데요! 어떻게 이런 일을 아직까지 직업이라고 부를 수 있는지 논의가 필요하지 않을까요?)

무감동하다

20191212

오늘은 병원에 갔다 왔다. 열흘 만이다. 선생님이 무슨 일이 있었냐고 안부를 물었고 오랫동안 대답을 하지 못했던 것 같은데 겨우겨우 꺼낸 말이 '무감동하다'는 거였다. 별 말이 생각 안 나서 면담은 짧았고 병원에서 나오는 길에 곰곰이 열흘간 무슨 일이 있었나 생각을 해봤다. 분명히 일들이 있었고 사람들도 있었고 감정들도 있었지만 완전히 나를 통과해서 지나가버렸다는 생각이 들었다. 혼란스러운 상태와 무감동한 상태가 어떻게 동시에 존재할 수 있는지 모르겠다. 마비될 준비를 하고 있는지도 모르겠다.

2020

과로하고 있다는 것만 인정하자

20200101

어떤 연말은 처참할 정도로 잘 기억할 수 있다. 엄청나게 울었거나 엄청나게 사랑했거나 혹은 엄청나게 추웠거나.
정신이 찢어발겨진 것 같다. 회백질에 안개가 낀 것 같은 감각이 있고 맑고 선명하게 어떤 것도 지각할 수 없다. 눈이 항상 건조하고 온몸 근육통 등에 시달린다. 육신이 낡아지고 있다기보단 정신적 피로가 육체로 전이된 것 같다고 생각한다. 일과 사람에 지쳐서 무감각하게 내부로부터 응고되고 있는 것 같다.

12월 한 달 내내 푹 잔 기억이 전혀 없다. 거의 죽음을 결사한 각오로 겨우 몸을 일으킨다. 그후로 부팅되기까지 약 세 시간. 그렇다고 그 세 시간 동안 멍하게 있으면 아무 일도 못하니까 보통은 그때 행정적/반복적 일을 하고 부팅된 뒤에 창의적인 부분을 영혼 어딘가에서 길어다가 쓴다. 그것도 이젠 바닥이 났다. 그러니까 엄청나게 축난 상태로 모든 게 이런 식으로 진행되어온 것이다.

즐거웠던 기억이나 반가웠던 사람들도 있지만 정말로는

어떤 것에도 집중할 수가 없었다. 아무것도 끝내지 못했기 때문에 부채감만 가중된 상태로 끝나기만을 기다렸다(물론 시간이 아니라 내가).

시간를 환수받기 위해서 나를 인질로 삼고 있는 것 같다.

이 모든 게 끝나면 그러면 그다음에는?

아무런 것도 꿈꿀 수 없고 기대해서도 안 되기 때문에.

과로하고 있다는 것만 인정하자.

그러니까 나는 실제로 과로하고 있다거나 괴롭다거나 아프다거나 슬프다고 생각하지 않는데 당장 몸이 안 움직이고 눈이 뻑뻑하고 숨쉬기가 괴로운 걸 보니 과로하고 있는 게 맞다는 결론이다.

하지만 사람들이 그걸 몰랐으면 좋겠어.

영원히 몰랐으면 합니다.

당신을 포기하지 않고서는 당신을 사랑할 수 없어요.

한 시간만… 삼십 분만… 조금만 자고 나서 할 수 없을까?

신께서 허락해주신다면요…

제발 아는 척하지 말아달라는 것이다

20200126

아홉시에 P의 도어에 앉아서 마시기 시작한다. 진토닉 두 잔과 데낄라 두 잔을 마시면 취기가 오르고 그만 마셔야 한다는 생각이 든다. 무례한 사람들이 자주 내 생각을 중단시키고 읽기를 방해한다. 여기서 뭘 한다는 건 불가능하다. 개별적인 인간들의 얼굴을 증오하는 것 외에는… 그 이상의 일들도 가끔은 벌어진다. 어제는 아는 사람과 싸웠다. 그 사람이 헬스장에 갈 돈이 어디서 났냐고 묻고 더이상 X에게 관계하지 말라고 말했기 때문이다. 돈이 어디서 났느냐? 이것은 평소 그가 내 형편을 잘 안다고 믿은 탓에 생겨난 질문이다. X와는 무슨 관계이고 또 무슨 이야기를 하고 지내느냐? 이것은 또 그가 X가 '건실하게' 살고 있으며 곧 졸업을 할 것이며 예술하고는 하등 관계가 없는 임금노동 즉 취업을 할 것임을 의심 없이 주장했기 때문이다. 어쨌든 내가 X에게 예술 비슷한 것 때문에 안 좋은 영향을 끼친다는 것이 그가 농담이라고 주장하는 것의 주된 골자였는데, 술에 그리 취하지 않았어도 내가 화낼 줄 아는 사람이라는 것을 어처구니없고 불

필요한 계기로 깨달았기 때문에 나는 한없이 불쾌해졌다. 실제 언쟁은 일이십 분 정도 소모되었지만 그 사람이 떠나고 난 뒤에도 잔여의 긴장감이 몇 시간이나 지속되었다. 정말이지 왜 이런 일들을 겪어야만 하는지 알 수가 없다. 어떤 사람들은 내가 대단한 정치적 범죄자라도 되는 것처럼 내가 하는 모든 일들을 공개하고 그에 대해 적절한 해명을 하길 원한다. 그리고 적절히 설명해내지 못하면 그것 봐라, 네가 하는 모든 일들이 완전히 의미 없고 심지어는 모두에게 해롭지, 하는 식으로 쉽게 농담거리로 만든다. 이것에 이제 익숙해져야 할지 혹은 매번 진지하게 반박해야 할지 선택해야 할 것 같다. 적어도 그런 때가 온 것 같다. 누구든 내가 하는 일들을 그런 식으로 모욕할 수 있다는 것을 나는 이해해야만 하는데(내가 그 사람과 싸우면서 몇 번이나 '감히' '무슨 권리로' '니가 어떻게', 이런 말들을 수치도 못 느끼고 써댔는지 모르겠다) 이해는커녕 이런 식으로 매번 미친 말처럼 거품을 물고 날뛰어 대니 본인에게도 다른 사람들에게도 당혹스러운 일이다. 동시에 왜 어떤 사람들이 나에게 그렇게 함부로 구는지 여전히 모르겠다. 그 사람들은 내가 자기랑 비슷한 처지라고 확신하는 게 분명하다. 나는 그 사람들이 도대체 어떻게 그런 생각을 하게 되는지가 궁금하다. 내가 알고 싶고 알고 있는 사람들이 아주 적은데도 불구하고 왜 그렇지도 않은 사람들이 나를 알고 있다고 착각하는지? 내가 아닌 다른 어떤 사람도 내가 하는 일을 해낼 수 없다는 것이 내게 지나치게 명백한 사실인데도 불구하고? 그러니까 모든 것을 내던지고도 아무것도 확신받을 수 없는 세계에 속해본 적도 그것을 상상해본 적도 없는 사람들에게는… 나는 그냥 살아 있는 것만으로 다른 사람에게 해나 끼치는 사람이라는 뜻이다(오버하지 말자! 사실 그 정도로 누구도 누구에게 중요하지 않다!). 그런데 여기서 문제는, 나는 내가 하는 일들에 대단히 종교적인 신념과 열정을 가지고 있다는 것이다. 그건 아무런 미래를 보장해주지도 못하고 적절한 수입을 제공해주지도 않지만 내가 알기로 여기에 속한(그러니까 무엇도 확실하지 않고 무엇도 교환될 수 없는 세계에 속한) 사람들에게는 그따위의 무용한 열정이야말로 곧 지상에서 유일하게 침범되거나 모욕되어서는 안 될 한줌의 영광이다. 다른 말로 하자면 그 신성이란 예술가의 끔찍하리만치 비대한 자의식, 거의 세상을 폭파시키고도 남을 고양된 정신적 에너지 같은 것인데, 그러한 신성은 지면의 크고 작음과 관계없이 스스로를 작가로 말하는 모두가 존중받아야 하는 최소한의 존엄인… (아니 정말 그런가?) 누구도 그토록 희망 없이 대가 없이 자신만의 왕국을 건설하고 또 파괴하는 일을 반복하는 무가치한 일에 자신의 전부를 거는 사람을 모욕할 수는 없는… (우리는 여기서, 끊임없이 중얼거리는 조금 머리가 망가진 사람을 발견한다.) 그러나 동시에, 그렇게나 바보 같은 사람이 있다면 우리가 그 사람을 바보라고 하지 못할 이유는 없다. 실제로 그 사람은 어떤 면에서는 완전히 바보일 테니까… 그러나 계속해서 이런 일들이 반복된다면… 이 문제는 됐다. 이제는 화내지 않겠다. 이런 일들에 쏟을 정신적 에너지가 없기 때문이다. 나를 죽이지는 못할 정도의 헛소리들이 나를 통과해서 지나가게 두자. 억지로 이해받고 싶은 마음은 전혀 없다. 누구도 개개인의 머릿속에서 일어나는 하나의 세계의 멸망과 안녕 따위를 알 필요가 없고 또 이해할 필요도 없다. 다만 내가 온전히 모든 것을 내려놓고 간청하건대, 그러니 제발 아는 척하지 말아달라는 것이다. 단 한 방울의 연민이나 동정도 나는 바라지 않는다. 그들의 침묵만큼이나 값진 존경과 배려는 세상에 존재하지 않을 것이다. 아무쪼록 모두가 내가 바라지 않은 단 한마디도 내게 건네지 않기를! 그들이 그토록 가치롭게 여기는 자기들의 일로 돌아가 늘 그래왔듯 나를 잊고 나에 대해 말하기를 멈추기를! 아멘.

연숙아

20200131

씨발집중해씨발제발

정신좀바짝차려라씨발년아

호수 옆에 살면 언제든지

20200408

내일은 병원에 가야 한다. 약이 없으면 잠을 잘 수 없는 처지가 조금은 부끄럽다. 잠자는 것을 포기하고 야간모드를 켜놓고 이 글을 쓰고 있다. 야간모드는 숙면을 방해하는 모니터의 청색광을 줄이고 (그 결과?) 주황색을 방출한다(고 한다). 내가 궁금한 건 왜 (자야 하는 시간까지도) 모니터를 보고 있는 사람이 굳이 숙면을 원할까 하는 점인데, 단지 깜깜한 곳에서 모니터 불빛에 의존해 뭔가를 해야 하는 사람에게도 야간모드는 도움이 될 것 같다. 지금처럼.

지금 우리(마리와 나)가 있는 방은 창이 크고 창을 통해 곧바로 호수가 보인다. 호수 건너편의 건물들에서 반사된 조명이 물위에 길게 번져 있다. 아까는 가만히 앉아서 어떻게든 새벽을 참아보려고 했는데 잘 안 됐다. 그동안 호수를 보면서 나는: 이런 식으로 갑자기 내키는 대로 나는 뛰어내릴 수도 있었지. 그런데 그렇게 하지 않았고, 아마도 당분간은 그렇게 하지 않겠지만, 호수 옆에 살면 언제든지 그런 마음이 들 때 그럴 수도 있겠지. 잠이 오지 않을 때. 또는 청색광으로 '숙면'이 방해될 때. 또는 그런 식으로 한 시간이고 두 시간이고 단지 연극적인 악몽의 무대가 되기 위해 누워 있을 때.

눈을 떴을 때는 이미 자정이 지났고 내게 더이상의 잠은 없다는 걸 알았다. 이제 남은 일은 조금씩 새벽에 정신을 빼앗겨 마침내 아침이 되면 완전히 조각난 상태로 벌건 얼굴들을 마주하는 것이다. 이미 네시쯤에 나는 문장을 만들지도 못한다. 온몸의 관절이 끊어졌고 원래의 기관들은 이제 그 자리에 없다. 뭉툭한 상태로 굴러다닐 것이고 나는 내가 어제 아니고 지금 무슨 생각을 했는지 기억도 못할 것이다. 그리고 어느 날은 창을 열고 가뿐하게 뛰어내릴 수도 있을 것이다. 지금은 모른다. 그런 생각을 짧게 했지만 그렇게 하지는 않을 것이다(그렇게 했을 때의 결과가, 내가 죽고 나서겠지만 아무 의미 없이? 사람들에게? 영향을 행사할지도 모른다고 생각하면 너무 우스꽝스럽다). 내 말은 그냥 호수 옆에 살면 그렇게 할 수 있을 거라는 말이다. 누구든지 그렇게 하기가 쉬울 거라는 이야기다. 그래서 항상 말하지만, 이런 곳에서 살 수는 없다. 길을 잃는 것을 너무나 원해서 그것이 두렵다고 말하는 것처럼('protect me from what I want').

읽거나 쓰거나 보는 걸 멈추고 최소한의 사교적인 제스처를 취해야 한다(잠에게). 내일 병원에 가지 못한다면 죽을 수도 있다. 잠을 못 자면 죽으니까…

사실 그렇게 고통스러운 문제는 아니다. 최소한 이번주 안에 해결할 수 있다. 병원에 가서 선생님을 보고 선생님이 왜 그간 못 왔냐고, 그사이에 약은 어떻게 했냐고 물으면 우리가 이 주에 한 번은 반복하는 똑같은 질문과 대답이 오갈 것이고, 약을 받고, 밤을 기다리고, 기다렸다가 약을 먹고는, 땅 밑으로 푹 꺼질 것이다. 그런 일이 가능하다니 말도 안 된다. 한때는(적어도 일주일 전에는) 내가 그렇게나 황홀하게 몰락할 수 있었다는 사실이 기억조차 나지 않는다. 이렇게 잠을 잘 수 없는 사람이 쓰는 무엇이든 거짓말이다. 이 사람은 아무것도 분간할 수 없어서 글을 쓴다고 믿는다. GPS에서 내 위치를 표시하기. 호수에 빠지든 바닥으로 꺼지든 GPS는 내가 어디를 향한 채 있는지 알려줄 것이다. 그래서 정신이 빠진 채로 아무것이나 지껄이고 있다.

방금 읽은 책에서 …알코올중독으로 생을 마감… 같은 문장이 나왔다. 나는 조절할 수 있다고 믿지만 그럴 수 없는 것들에 대해서.

괴상한, 나만 아는 내가 만든 족보가 생겼다

20200408

아직 내가 받아보지도 못한 잡지에 실린 내 글을 누군가로부터 받았는데 헤어진 애인처럼 냉담하고 낯설다. 무관심에 장악당한 채로 억지로 꾸역꾸역 한 자씩 읽어도 누구인가 싶고 하여간에 계속 쓴다면 이 분리감을 품고 써야 할 것이다. 그건 어렵겠지만 불가능하지는 않다. (뻔뻔함을 연마해야 한다.)

존경하던 사람이 나더러 매일 쓰느냐고 물어서 망설이다 그렇다고 했다. 이따금 쓰지 못하는 날에 불안하냐고 묻길래 대답하지 못했다. 그래서 불안해졌다.

마리가 나보다 더 들뜨고 간절하고 애가 탔던 것은 그애가 나보다 더 그에게 인정받고 싶고 사랑받고 싶어서일 것이고, 내가 그러지 않은 것은 실상 오만함 때문이다. 나는 앞으로 삼십 년간 더 쓴다면 그만큼, 그보다 더, 그런 생각만 했다.

그래서 이틀 내 죽는 (것에 대한) 생각을 했다. 이곳에서 내가 평생 살고 이런 말로 이런 글로 살아야 한다면 나는 육십 년을 (저 사람처럼) 견뎌낼 수 있을까? 그는 사람이라기엔 장소 같았다. 이러한 만남을 일생 동안 세 번이나 할 수 있었다면 나는 이미 세례받은 것이다. 어떤 기적이(그러니까 내가 열여덟 살 땐 꿈도 꿀 수 없었던 일들이) 일어나고 지나가고 다시 찾아오고 그러면서 괴상한, 나만 아는 내가 만든 족보가 생겼다. 우리 사이에는 한 방울의 피도 없고 그보다 비릿한 예감들만이 둥둥 떠다닌다. 지금 당장은 아니라고 해도 살아있고 계속 쓰는 이상 비밀스러운 인용들로 우리는 마주칠 것이다. 원해야 할 것이 이것 외에 있지 않다.

어젯밤에 완전한 불면으로 마디가 잘린 글들을 뚝뚝 싸지르고 아침에 읽으면서 든 생각: 됐다, 부끄럽다, 그렇지만 좋은 부분을 알 수만 있다면 십 년은 더 쓸 것이다.

이번에는 자살해주시면 감사하겠습니다…

20200423

전지구적 팬데믹이 선포되면서 우리 일상의 허약함은 21세기 이래 전례 없는 속도로 폭로된 것 같다. 좋은 의미로 우리는 바이러스의 매개이자 바이러스 그 자체로서 모두 연결되어 있고 그러므로 우리는 우리 각자의 타자이자 취약성의 증거라는 뜻이고, 나쁜 의미로 그것은 민족주의적이고 전체주의적인 폭력의 망상에 기여하며 최소한의 이성적인 판단조차 마비시킨다는 뜻이다. 그리고 전혀 놀랍지 않게도 이 극단적인 두 종류의 판단은 언제나 동시에 작동할 수 있다.

이달 초 정부는 전국민을 대상으로 한 '100% 재난지원금 지원'을 검토중에 있다고 발표한 바 있다. 상황이 어떻게 될지는 모르겠지만 전체 의석수 절반을 넘게 차지한 더불어민주당과 국회가 뭔가를 합의했다고 하니 다음 달에는 이 임시방편이 개시될 가능성이 높아 보인다. 그렇게 놀라운 일은 아니다—각 시도지자체에서는 이미 지난달부터 중위소득 70% 미만의 가구에게 최대 백만 원의 재난지원금을 지급해왔다. 서울시에서 1인 가구로 살고 있고, 당연히 중위소득

70% 미만의 재산을 자랑하는 개거지로서, 이 제도가 시행된다는 소식에 누구보다 먼저 빠르게 반응했음은 말할 필요도 없으리라. 말이 좋아 프리랜서지 일용직 근로자이자 세법상 기타 소득으로 분류되는 8.8% 원천세 징수자로서, 이렇다 할 수입 없이 지난 3월을 보냈다. 솔직히 말해 그것에 익숙해질 준비가 되어 있었다. 이 상태가 나아지리라는 희망은 아나키즘적으로 둔갑한 패배주의적 냉소와 공명했고, 또 그러지 않기 위해 필사적으로 노력하자면 계급주의적이고 반자본주의적인 분노가 들끓었다. 만약 정신상태가 뇌에 대한 문제라면 아무튼 그건 곤죽이 됐다.

이러는 사이에 아무도 원하지 않은 병문안용 과일음료 세트처럼 그것들이 왔다. 이제 와서 프리랜서(아니면 예술가, 둘은 세법상 아무 차이가 없다)들의 위급하고 취약한 재정 상태에 대해 각성하기라도 한 듯 갑자기 온갖 예술 재단과 시도 지자체에서 망할 놈의 지원 제도를 꼬깃꼬깃 풀어놓기 시작한 것이다. 토씨 하나 안 틀리고 '코로나19에 대응하는…'으로 시작하는 안내문들은 적게는 오십만 원에서 많게는 천오백만 원까지 비참하고 곤궁한 프리랜서들의 눈앞에서 팔랑거렸다. 도대체 그것들이 팔랑거리는 속도가 어찌나 빠른지 나는 4월 한 달을 꼬박 그것들의 뒷꽁무니를 쫓아다니는 데 허비했다. 매일매일 예술 재단과 지자체의 홈페이지를 관성적으로 들락날락거리면서 나중에는 이 모든 것이 매몰 비용으로 갈음될 것이라는 기이한 자기최면을 걸기 시작했다. 대여섯 개의 지원서를 제출하고, 그러고도 또 남은 제출 마감일들을 초조하게 힐긋거리면서 나는 완전히 비판적인 능력(그런 게 원래 있었다고 가정하자)을 상실해버렸다. 가장 최근에 내가 저지른 반항이라고는 지원서 말미의 '○○재단에게 하고 싶은 말을 적어주세요. 본 문항은 심사 점수에 반영되지 않습니다'라는 문항에 대고 '이런 허례허식이 누구에게 필요한 것일까요? 선처를 바랍니다…' 따위의 하나 마나 한 헛소리를 끄적거린 것뿐이다. 그러니까 누가 프리랜서 하라고 시켰나? 꼬박꼬박 월급 나오는 데로 알아서 취직했어야 할 것 아니야.

삶의 영속성에 대해 '한 다발의 약속들'이 갖는 치명적이고 파괴적인 힘. 우리는 낙관을 끌어안고 침몰하기를 택한다. 그것들이 승인하고 또 유지하려고 하는 관성, 이런 식의 연약함을 기꺼이 의문 삼지 않고 그것에 순응하게 하고 더욱이 그것 자체가 되게 하는 권력, 선택권이 없는 삶을 선택했다고 믿게 하는 부드러운 통치 속에서 당신은 이제 완전히 소진되기 직전이다. 누워서 당신은 생각한다. 은은하고 느린 죽음에 대해. 만성화된 우울증에 대해. 당신은 움직이지 못하고 있는 동료들, 어떤 노인, 어떤 노동자, 어떤 예술가의 죽음들과 나란히 누워 있다. 이때 다행스럽게도 한줌의 주권—유효기간이 지난—이 주어진다. 이걸로 우리는 재난

지원금을 받을 수 있을 것이다! (그러나 그들이 말하는 재난이 '정확히' 무엇을 가리키는지 우리는 알지 못한다. 매일매일이 재난이기 때문에.)

어느 날 나는 주민센터에 갔다. 주민센터 입구에서 '나는 차상위 계층입니다'라고 소리내서 말하자 그곳의 두껍고 거대한 철문이 겨우 틈새를 벌리며 열렸다. 그들은 내가 통장 평균 잔고를 오십만 원 정도 유지하면 계속해서 차상위 계층(계급?)으로 있을 수 있다고 말했다. 이어지는 화려한 자격요건들 속에서 나는 이 모든 과정들이 나를 죽이지는 않되 겨우 살려놓으려는 계략임을 알았다. 주민센터에서 나는 조잡한 편의점 방문 기록이 담긴 수백 장의 통장거래내역서와 무슨 무슨 증명서로 끝나는 종이로서만 살아 있었다. 어디선가 희미하게 '이번에는 자살해주시면 감사하겠습니다…'라는 속삭임이 들려오는 것 같기도 했다. 그것은 은근한 권고였지 요구가 아니었다. 나는 나를 비인간이게 하는 것들로부터 충분히 모멸감을 느낀다는 사실 때문에 오래 수치스러웠다.

사실 자주 보지 않으면 될 일이다

20200507

사람들에 대해 생각하게 되는 게 귀찮다. 어떤 때는 모든 걸 그만두고 글이나 쓰고 싶지만 사람들이 무한하고 폭발적인 감정의 (유일한) 원천이라고 생각하면 그러기도 쉽지 않다. 순전히 내가 내 속으로 온전하게 침잠하기 위해서라도 불가피하게 어떤 대상들이 필요하다는 뜻이다. 오늘은 룸메 생각을 했다. 왜 맨날 저런 말을 하고 저런 행동을 하면서 주변 사람(나 포함)을 맥빠지게 만들까? 내가 룸메 같았던 적이 없었던 것도 아니고 동시에 내 밑바닥에서는 언제나 그런 무기력한 상태가 포복하고 있다는 점을 안다. 그런데도 룸메가 내게 단지 케어를 요구한다는 점에서(물론 그녀 스스로는 요구하지 않았겠지만 나 같은 사람을 옆에 두고 간섭당하기를 방치한다는 점에서 그녀 책임이 없지는 않다) 갑자기 룸메이트가 좌절과 실망이 조밀하게 뭉쳐진 낯선 유기체처럼 여겨지는 것이다. 그렇다고 해도 나는 책임이 있다… 다른 모든 사람들에게도 그렇게 느낀다. D에 대해서도. D에 대해 생각하면 내가 그의 애정과 우정과 관심을 고스란히 배반하고 심지어는 그것을 경멸하고 혐오하면서도 어떻게 내가 그의 쓸모로 내 곁에 두려는지가 매일매일 치 떨리게 감각된다. D가 어떻게 해도 나를 미워할 수 없고 미워한다손 치더라도 그걸 차마 표현할 수 없을 것이고 그가 최대한 노력해서 묘사하려 해봤자 그건 자기 자신의 빈곤하고 진부한 감수성을 드러내는 것에 일조할 뿐일거라는 생각이… 이런 모든 생각들이 나를 안심시키고 동시에 추하게 만든다. 사실 자주 보지 않으면 될 일이다. 실패했지만, 최대한 거리를 두면서 그를 이 이상으로 저주하고 역겨워하지 않을 수 있도록 노력해야 한다. 그러지 않는다면 마리가 슬퍼할 것이고, 마리가 슬퍼하는 것은 내가 보기에 내가 존재하는 목적에 완벽히 반하는 것이기 때문에 그렇게 둘 수 없다.

내가 아끼는 사람들이 너무 적다는 생각이 들었다. 갑자기 Y와 이야기하면서 든 생각이다. 지난 며칠간의 만남들(여러 사람들을 만났다)을 떠올려봐도 도무지 누구를 진짜로 아끼는지 확신할 수 없었다. 반드시 만나는 모든 사람들을 아낄 필요는 없고 또 적당한 호의로 우리는 대화하고 관계맺고 살아갈 수 있지만 때로 이십대 초중반에 느꼈던 격렬한 애착과 갈망들이 어디로 갔는지 모르겠다는 생각이 든다. 그것들은 완전히 소거되진 않았지만—예를 들면 최근에 내가 가장 선명하고 격렬하게 느꼈던 해머에 대한 애착—그렇다고 술취한 새벽에 누구에게나 보고 싶다고 문자하는 무책임한 사람은 이제 못 되는 것이다. 그냥 그렇게 됐다. 나이 운운하면서 뭔가가 마모됐다거나 승화됐다거나 하는 말을 하고 싶지는 않다. 나는 일정 정도 내가 가지고 싶은 사람들을 정하고 동시에 그 사람들이 절대로 내 마음대로 움직여주지 않을 거라는 사실 때문에 나는 갈증의 ('변증법적') 항상성을 유지하는 것에 더욱 관심을 기울였다. 내가 사로잡고 싶은 사람들이 조금씩 내게 (칠칠치 못하게) 흘리곤 하는 높은 밀도의 인정과 우정만이 순수하게 기쁨을 준다.

(다시 감정의 진폭에 대해서: 결코 그것들은 사라지지 않았다. 선택된 대상에 대해 집중할 필요성만 늘었을 뿐이다. 읽기와 쓰기와 최소한의 대상들에게 기쁘게 제공할 고순도의, 단련되고, 무두질되고, 용접된 나에 대해서.)

지금 내게 있어서 나의 관계들은 완벽하게 유사가족적인데, 예를 들면 엄마 역할의 사람들과 아빠 역할의 사람들을 분배하고 그들을 존중하고 (그들이 원하는 나의 포지션에 대해) 최대한의 반항을 흉내내 완벽하게 복종하면서 동시에 항상 나를 그리워하고 궁금해하는 어린 애인들을 두고 나와 정기적으로 관계를 빌딩해갈 잘생기고 튼튼한 남편 아니면 마누라가 있다는 점에서 그렇다. 스스로 선택하고 가꾼 나의 네트워크가 아니라면 다른 어디에도 속하고 싶지 않다. 새로운 사람에 대해서도… 언제나 이것에 대해서는 일관적인 태도를 취해왔다고 생각하는데, 그러니까 만날 사람들은 때가 되면 만나고 그렇지 않더라도 내가 글을 쓰는 한 그 사람들과는 언제든지 글로써 만날 수 있다는 것이다. 그렇지 않은 경우라면 일을 함께하는 동료들만이 언제나 감사하고 애틋한 존재다. 물론 내가 누군가의 고유한 창조적인 면을 발견하고 그것에 대해 어떤 방식으로든 비밀스러운 공모자가 되고 싶다는 음흉한 욕망이야 항상 있지만 이제는 그들을 수집하는 것에 대해 조바심나지 않는다. 그건 내가 여유로운 사람이 되었기 때문이 아니라 그들이 나의 지지를 (당연하지만) 원하지 않으며 원한다고 해도 그것이 그들에게 즉각적인 도움이 되지 않는다는 것을 경험적으로 그리고 천천히 깨달았기 때문이다. 정말이지 다들 알아서 할 것이다. 만약 무엇도 알아서 하지 못한다면 내가 그들은 세상 밖으로 드러나지 않을 것이고 그래서 나는 그들의 존재를 영원히 알지 못하게 될 것이므로 이 또한 신경쓸 바가 아니다. 너무 많은 재능 있는 사람들이 있고 결국 잔인하지만 할 놈은 하고 안 할 놈은 안 한다는 말밖에 할 도리가 없다. 이건 내가 스스로에게 들이대는 잣대와 똑같다. 내가 예술에 대해서는 어쨌든 로맨티스트라는 점 때문에 나는 스스로를 쉽게 혐오하게 된다.

이런 글을 길게 쓰면 쓸수록 엄마가 내게 지속적으로 했던 비난이 생각난다. 이기적이고 잔인한 품성이라고, 아빠를 쏙 빼닮았다고 했다. 이런 치기 어린 묘사에 스스로를 끼워 맞추면서 마조히즘적 주체성을 구성하고 싶지는 않지만 가끔 다른 사람들이 자기랑 아무 상관도 없는 사람들에게 쏟는 다정함을 보고 있자면 내가 진실로 그들을 뱃속에서부터 역겨워하고 있다는 것이 느껴진다. 그런 생각을 하지 않으려고 노력해도 내가 바란 적도 없는 사람들이 자신의 참된 인간성을 질금질금 흘려보낼 때 나는 그야말로 하수구가 된 기분이다. 모든 사람들이 글을 쓰고 말을 한다는 사실이 저주스럽다. 그것들이 내가 그들의 동정심 많은 얼굴에 기꺼이 침을 뱉지 못하도록 지연시킨다. 물론 나는 대부분의 사람들을 사랑스럽다고 생각한다… 그들이 말을 하기 전까지는 그렇다…

마리가 영구히 침묵하는 일이 겁이 난다

20200508

모든 일에 지쳤고 모두에게 질렸고 실망했다. 사실은 완전히 포기할 수 없어서 초조하고 간질거리는 마음이기 때문에 누구든 나에게 완전히 대항하고 전력을 다해줬으면 한다. 문제는 그렇게 할 수 있는 사람, 내가 만족할 만큼 나한테 최고로 충실한 사람은 나뿐이라는 것이다. 다른 사람들에게는 (그리고 전혀 미안하지 않게도) 사실 아무 기대하지 않는다. 나를 존중해주고 내가 누구인지 알아봐주고 그에 걸맞는 태도를 취해주는 일. 그걸 얻어내는 게 혹은 암시하는 게 너무 비참하고 울적한 일이라 사람의 존재를 온전히 잊어버리고 싶지만 좆같은 공동체적인 일련의 유토피아적 전망의 연속체들 때문에 그러기가 쉽지 않다. 이럴 때면 엄청 수동공격적으로 사람들한테서 멀어지고 싶다(그렇지만 내가 누군가로부터 잠수를 탄다면 그건 관계의 완벽한 절단에 대한 메시지가 아니라 지속적이고 음침한 협박에 가까울 거다. 나는 누구에게서도 진짜로 멀어질 수는 없을 거다. 음흉하게 저주하면서 헛되고 무분별한 기대만 증폭할 수 있을 뿐이다.)

이러는 동안에 놀랍게도 마리한테 연락이 왔다. 마리는 진짜로 왜 내가 여자친구/애인들을 동반해서 어딘가에 가지 않는지 모르는 건지 모르는 척하는 건지 모르겠다. 나는 나 혼자로 이해받고 싶고 그 사람의 관계 속에서 나를 보여주고 싶지 않다. 내가 만나는 누구든 다 그랬다. 동시에 어떤 만남들은 관계라고 부를 수도 없지만 분명히 유일무이하게 나와 가능한 친밀감(그러니까 퀴어 가족성이나 친밀감으로만 부를 수 있는 바로 그거)을 형성하고 있기도 하다. 그게 이성애자/공인된 커플들과의 배치 속에서 어떻게 읽혀질지 상상하는 것은 경험적으로 내게 쉬운 일이다. 설명과 다른 설명들… 어떤 눈빛들은 나를 수치스럽게 하고 모욕받았다고 느끼게 만든다. 내가 그런 생각을 하도록 강제한다. 실제로는 우리(그러니까 추상적인 퀴어 커뮤니티) 중에서 그런 식의 감정을 느끼지 않도록 가장 오랫동안 훈련받고 또 그것을 체화하기를 절망적으로 갈망한 사람으로서, 나는 내가 원치 않는 '킬조이'의 순간들을 겪는다는 걸 인정하기 힘들다. 이런저런 관계와의 일들로 힘들고 비참하고 또 격정에 사로잡히거나 그들의 영향력 아래 있을 때, 단지 (관계 안의) 우리 두 사람만이 그걸 해결할 수 있다는 것은 충격적인 사실이다. 그 외에는 아무도 이해하지 못할 것이다. 이 모든 일들을 누군가에게 털어놓는 것이야말로 모욕적인 일로 느껴진다. 물론 이런 생각은 누군가에겐 이미 건강하지 못하다. 그러니까 너는 왜 다른 정상적인 커플들처럼 커플들끼리 친해지거나 그들과 교류하거나 혹은 커플의 미래에 대해 건설적으로 생각해보거나 하지 않고—다른 많은 동성애자 커플들조차 그렇게 하는데—남들이 너희를 레즈비언 커플로서 소개해주는 알맞은 영광만을 기다리고만 있는지? 내가 이런 이야기를 일화로서 이야기했을 때 누군가가 이해하지 못하는 것은 실제로 그것은 전혀 일화가 아니며, 내 삶에서 이미 수백 번이나 반복되어 퇴적된 지긋지긋한 수치심의 장면들이라는 점이다. 그것들은 새롭지 않고 단지 그들(당신)의 눈빛과 침묵 사이에서 반복적으로 영사될 뿐이다. 그리고 이런 일들을 생각하면 나는 언제나 (내 파트너를 위해) 화를 냈어야 했는지 아니면 (역시 내 파트너를 위해) 농담으로 받아치며 '레즈비언 치고는 드문' 친화력을 과시해야 했는지 영원히 헷갈리게 된다. 고작 그들에게 작은 존중과 수용을 바라면서 억울해하고 싶지 않다. 당혹스러운 침묵에 대한 값으로 우리 관계를 승인받기. 그 정도의 저울질을 위해 우리를 드러내고 이해시킬 가치가 없다. 그래서, 결국에는, 작은 레즈비언 동굴 안에서 부드러운 여자친구의 몸을 쓰다듬는 것이 내 삶에서 마지막 비밀이 될 거라고 생각한다.

마리가 이런 일들을 이해하지 못할까봐 그리고 그것이 우리 관계에 영향을 끼칠까봐 겁이 난다. 내가 애써 말하려 하지 않고 앞으로도 말하지 않을 것들과 마리가 영구히 침묵하는 일이 겁이 난다. 예컨대 마리가 결혼하게 되면 우리는 완전히 다른 사람이 될 거다. 마리는 결혼에 대해서, 남자에 대해서, 나는 마리에 대해서. 이런 말을 마리에게 할 수는 없을 것 같다. 나의 은근한 이성애 결혼에 대한 혐오가… 그애의 관계들에 대한 개별적이고 고유한 창조성을 완전히 소급해 종식할 거라는, 이런 재수없는 말을 하긴 싫다.

그렇다고 여자를 만나는 일이 특별하다는 게 아니다. 여자들끼리 만나는 여자들을 보는 일이 누군가에게는 당혹스러운 일이고 혹은 이해할 수 없는 일이기에 내게 너무 많은 설명이 요구된다는 것일 뿐이다.

칠 일간의 격리

20200515

오늘은 5월 15일이고, 앞으로 오 일만 더 지나면 격리가 해제되었다는 문자가 올 것이다. 칠 일간의 격리. 천지를 창조하고도 하루가 넘치는 시간이다. 그간 나는 다섯 평 남짓의 방에서 천지를 창조하는 대신에, 자기 자신을 블랙돌핀 교도소에 수감된 무기징역수, 혹은 감금 생존에 대한 리얼리티 쇼의 강력한 우승 후보 따위에 이입하는 유혹에 저항하느라 진이 다 빠져버렸다.

기약조차 없이 갇혀 있는 수많은 불행하고 비참한 사람들의 존재를 상상한다. 혹은 이미 전염병으로 사랑하는 사람들을 잃었거나 변종된 바이러스로 손쓸 곳 없이 죽어가는 사람들을. 그러자면 내가 겪는 이게 무슨 세기의 인권 침해는 아닌 것이다. 그들에 비하면 얼마나 풍요로운 격리-휴가를 보내는 것인지! 물론, 이 글에서 자유롭게 돌아다니는 마음대로 사람들의 죄책감을 자극할 만한 어떤 사소한 소망에 대해서도 묘사하지 않을 것이다.

표면적으로 내가 통과중인 어떤 고난은 누군가의 입을 빌려 '기회'나 '계기'와 같은 달콤한 자기계발의 논리에 포섭되기 쉬우리라. '위기는 곧 기회다.' 지난 몇 개월간 이 말을 얼마나 자주, 오랫동안 들어왔는지 아무도 모를 것이다(물론 나도 모른다. 세어본 적이 없기 때문이다).

이렇게나 피가 느리게 돌 수가 없다

20200517

격리 해제까지 며칠 안 남아서 미치지 않도록 주의하며 반복노동중이다.

단순히 밖에 못 나가고 있다는 이유로 이렇게 고통스러운 건 아니다. 예컨대… 집에 있는 모든 것들이 너무 잘 보여서, 그런 것들 때문에 새삼스레 괴롭다. 내가 이 공간을 전혀 돌보고 있지 않다는 사실과 대면하고 있어서.

밖에서 들어오는 모든 것들이 병균 같다. 옆집에서 물을 트는 소리에도 정신이 나가버릴 것 같다.

이런 상황에 대해 (그리고 세계에 대해!) 항의하려고 여러 번 시도해보지만 보통 주저앉아 있다. 왜 아무것도 느껴지지 않지? 그렇다! 이 집을 떠도는 퀘퀘한 빈곤의 냄새가 코를 찌르기 때문에 더이상의 맛도 향기도 자극적이지 못한 것이다. 그렇지 않고서야 이렇게나 피가 느리게 돌 수가 없다. 어쩌자고 이런 글을 또 쓰고 있는지도 모르겠다. 항상적이고 세속적인 충동의 리듬과 개별 인간들의 사소하고 진부한 일화들, 그리고 전혀 예상하지 못한 어떤 순간에 이제 완전히 새롭게 시작할 수 있으리라는, 거의 우주적인 계시의 작은 폭발들이… 애타게 궁금하다. 그런 능력을 완전히 상실하지 않았다고 느끼기 때문에… 그러나 이런 상황이 나를 어느 정도는 바꿔놓은 게 맞을 것이라는 불안과 두려움이… 만약에 이런 상태가… 그만 말하고 싶다. 그만 말하고 뭔가를 섭취해야 한다. 이런 책상에 앉아서는 그것조차 어렵다.

해머가 잠들었다

20200616

해머가 잠에 들면 등대가 꺼진 것처럼 막막하다. 아무와도 연결되어 있는 것 같지 않다. 새벽에 그애는 긴 글을 보내왔다. 안타깝고 (그래서) 사랑스러운 글이었다. 그런데도 시간 낭비 하지 말고 공부하라고 답장했다. 이게 해머의 인생에서 중요한 시기라면 방해가 되거나 감정 기복의 원천이 되고 싶지 않다. 내가 선택할 수는 없는 일이라고 해도 그렇다. 그렇지만 어떻게? 방법은 없다.

해머랑 꼬박 하루를 같이 있었다

20200701

어제는 오전부터 등기 오는 소리에 깼다. 완전히 맛 간 상태로 꾸역꾸역 서명하고 문서를 건네받았는데 아니 이럴 수가 이건 연숙이가 제일 무서워하는 '창원지방법원'에서 온 '문서'잖아? 이게 무슨 일이지? 하고 벌벌 떨면서 (개씨팔존나게 두툼한) 봉투를 개봉했다. 문서의 내용인즉슨 돈을 빌려준 사람(즉 '원고')이 아빠(즉 '피고')가 죽은 줄 몰랐다며(자그마치 이 년 동안이나 몰랐다고 한다! 말이 되는지? 시체와의 외로운 싸움이라도 한 것인지? 그렇다면 이 녀석 아주 멋진 승부 근성을 가졌는걸?) 이제라도 피고를 그의 직계비속과 그의 마누라로 설정하고자 한다는 것이다. 따라서 아빠가 남긴 빚은 나의 아주 어린 동생(십칠 세)에게까지 상속될 것이다. 정말이지 대박 사건이 아닐 수가 없다. 금액은 뭐… 한 천오백 정도… 그야 아빠가 죽기 전에 남긴 천문학적인 빚에 비하면 얼마 아닌 셈이다. 하지만 이 모든 상황을 무화시킬 개거지 방패(한정승인인지 뭔지가)가 있는 상태에서 어떻게 이런 일이 가능한지… 안 될 거 같은데? 여러분 이거는 다 뻥이고 지어낸 말입니다. 사실과는 다르고 실존하는 사람하고 관계도 없습니다. 물론 저희 아버지는 건강히 잘 살아 계시구요.

아무튼 등기 왔을 때 마치 아빠가 내 등뒤에 있는 것 같은 불길한 기분에 사로잡혔다. 어쩌면 이건 나를 좆되게 할 아빠의 큰 그림이고 그 큰 그림 속에 자신의 죽음이 포함되어 있었던 것은 아닐까? 아무리 죽여도 자꾸 되돌아오는데 어쩌면 아빠는 귀신 들린 인형이 아닐까? 이 경우 인형은 어디에 있는 것일까? 그이의 시체라도 있었다면 무덤이라도 파내서 굿을 했을 텐데… 이래서 화장이 해롭다! (물론 젊은 여성분들에게도 화장은 해롭습니다.)

이 문제는 당사자(아빠)와 원만히 해결할 예정입니다.

어제는 마리랑 잠깐 다퉜다. 의도하지 않았지만 내게서 새어나간 뭔가를 마리가 너무 빠르고 정확하게 느껴서 그리고 그걸 던지듯 말해서 괴로웠다. 오만 가지 생각. 마리에게 내가 이런 사람일 뿐인가? 하지만 언젠가 마리가 나에게 던지듯 말하지 않는다면 그건 우리 관계가 변했다는 뜻이고 그때는 어떻게 견딜 건지? 나이가 들면 괜찮아질까? 가끔 마리랑 다투면 불길 속에 던져진 것 같다. 눈을 감으면 모든 것이 끝날 수도 있지만 그렇게 할 수 없고 나를 살려둘 사람은 마리—그리고 마리와 연결된 앞으로의 (잔인한) 낙관(약속)들이라는 걸 안다. 꿈에서 마리와 일상적인 문자를 주고받았는데, 중간에 깨서는 그게 꿈이라는 걸 알기 위해서 텔레그램을 다시 켜야 했다. 온전히 일어난 뒤에 마리도 나 때문에 슬프고 괴로웠다고 말해줘서 구원받았다.

이러는 와중에도 이것저것 시켜대는 사장님들의 문자가 닥쳐온다.

방해된다… 모든 것들이 방해된다… 친밀하고 따뜻한 우정의 말도, 항상 잠복하고 있는 터질 듯한 그리움의 말도… 종국에는 빠져나와야만 한다…

그러지 않는다면 아무것도 쓸 수가 없다. 지금처럼. 오늘치의 글도 언제나 사치스럽다. 해내야 하는 혹은 되어야만 하는 마음들이 있고 그러자면 글을 포기해야 한다.

아무도 내가 글 쓰는 걸 좋아하지 않는다. 세상 전체가 내가 글 쓰는 일을 지속하지 못하게 한다. 혼자가 되기엔 너무 어린 걸까? 어쩌면 혼자가 될 수 없는 거 아닐까? 어떤 사람들은 그렇게 태어나고 그렇게 시시하게 죽는 거 아닐까? 물론 모두가 그렇게 된다(결국에는). 그런 와중에도 뭔가를 해내지 않으면 안 된다고 믿는 오만함이 어디서 돌출하는 것인지 알 수가 없다. 나는 내가 뭐라도 된다고 생각하고 있는 것일까?

그야 모르죠. 언제나 사후평가를 기다리고 있으니까. 마치 잡동사니 호더가 잔뜩 뭔가를 모으면서 '혹시 모르잖아요. 아포칼립스가 오면…'이라고 뻔뻔하게 덧붙일 때처럼, 나는 이렇게 말한다. (호더들은 아포칼립스가 도래하기를 누구보다 기다리고 있다. 그때가 오면 자기들이 '혹시나 해서' 모은 물건들이 얼마나 유용한지를 뿌듯하게 증명받게 되겠지.)

해머랑 꼬박 하루를 같이 있었다. 붙어서 잔 시간까지 포함하면 이틀일까.

누가 내 옆에 계속해서 붙어 있으면서도 더 가까이 붙어 있고 싶어하고 붙어 있는 걸 넘어서 나에게 온전히 흡수되고 싶어한다는 걸 감각하는 게 포만감을 주는데(여기서 방점은 '나에게') 오늘 아침에는 그런 생각을 했다. 이 이상 오랫동안 같이 있을 수는 없는 것 같다고. 내가 줄 수 있는 건 전부 다 줘버린 것 같다는 생각을 했다. 얘가 이 이상의 얼마만큼을(사실 여기서 인텐시티는 중요하지도 않다. 전부가 아니면 아무것도 아니므로) 원하는지는 몰라도 아무튼 그렇게 할 수는 없다고 생각했다. 그것만큼은 줄 수는 없다고 생각했다. 더이상 가진 게 없지만 그게 뭐가 됐든 주지 않기로 선언하면서 그것의 (공허한) 내용 자체가 거래 대상이 되겠지. 그러기로 생각한 이유는 너무 단순하다. (남자애로) 기능하는 남자애랑 섹스하면서 상기되는 임신 가능성이나 (내가 어쩌면 원하고 있을지도 모르는) 다른 욕망의 범주들이 두렵고 잔잔하게는 (결국에는) 이애를 미워하거나 혐오하게 될지도 모른다고 생각했기 때문에. 그런데 이걸 내가 선택할 수 있나?

수액은 오만 원이었다

20200702

어제는 작업실에서 잤다. 아침에는 공사 소음 때문에 깼고, 머리가 깨질 것 같아서(보다 구체적으로는 공사 인부들에 대한 분노 때문이다. 그 사람들에게 그런 마음을 품어서도 안 되고 그래서는 안 되는데도 불구하고!) 집으로 서둘러 이동했다. 이동하고 나서는 삼십 분 정도는 밍기적거리고 삼십 분 정도는 글 속에 파묻혀서 허우적거리다가 이래서는 안 되겠다는 강한 충동이 일어서 룸메에게 이것저것을 부탁하고는 다시 작업실로 향했다. 버스에서 현기증이 일었다. 토할 것 같다고도 생각했다. 이 모든 것을 갑자기 끝내야겠다는 마음이 들었다. 그래서 신림역 근처의 아무 곳을 검색해서 수액을 맞았다. 고시촌에서는 평범한(?) 수액을 만 원대에 맞을 수 있었는데 신림역에만 와도 모든 것이 비싸졌다.

과하게 친절한 의사가 내 기관지의 모든 곳을 쑤셔댔다. 마치 그게 당장의 죽음과 관련된 것처럼. 코로나 검사처럼 아팠다. 처음에는 목구멍을 그다음에는 콧구멍을 마지막으로는 귓구멍 여기저기를 쑤셨는데 그는 그게 마치 신성한 임무인 양 그렇게 했다. 참지 못하고 그 사람에게 침을 뱉을 것만 같아서 힘을 주고 가만히 있어야만 했다. 누가 뭘 물어도 대답을 안 했다. 할 수 있는 한 최악의 고객처럼 그들을 대했다. 만약 계속 아프다면 노력하지 않더라도 그렇게 될 것이다. 최근에 읽은 책들이 생각났다. 아프고 늙은 몸들… 벌써 이만치 가까웠다. 그 글들에게.

수액은 좋았다. 맞으면서는 아프고 온몸이 묵직해지는 기분이었지만 다 맞을 즈음에는 좋았다. 수액은 오만 원이었다. 고시촌이었다면 만 원이었을 거야. 계속 머릿속에서 그런 독백이 맴돌았지만 잊으려고 애썼다. 자기한테 쓴 돈이니까 아깝지 않다고 자위하면서.

실제로 작업실에 도착하니 컨디션이 좋았다. 몇 개의 글을 썼다. 두 번 읽지도 않고 탈고했다. 나중의 내가 하리라고 믿으면서.

해머가 보고 싶었다. 그게 부끄럽고 싫었다. 그렇게 잘생기고 내게 잘하는 여자친구가 있으면서… 수치스럽다. 그렇지만 입 밖으로 꺼낼 수는 없을 것이다.

내가 자리를 비운 동안 집안의 뭔가가 고장난 것을 집주인과 룸메이트가 상의해주었으므로 룸메이트에게 보답을 해야 한다고 느꼈다. 떨어진 바디샤워를 사고 꾸역꾸역 사람들 사이에 치여 집에 오니 열시였다. 할 수 있는 게 없어서 와인을 샀다. 잔에 따르자마자 청바지와 웃옷에 술을 쏟았다. 그

꼴이 마치 인생 전체의 블루프린트인 것처럼 우울해졌다. 이 이상 내가 더 망칠 일은 없는 것 같았다. 왜 이러는 거지? 왜 이렇게 엉망이고, 제대로 해내지 못하고, 대충이고, 어쨌든 망하게 되는 거지?

지치고 지겹다

20200722

기록해두지 않았기 때문에 결국에는 아무 일도 일어나지 않았다. 감정의 찌꺼기들이 혓바닥에서 쓰게 굴러다니고 있다. 이럴 때는 어떻게 해야 하나. 알아서 하면 된다. 이런 일 따위로 세상이 멸망하지 않는다. 가끔 그러기를 바라지만 정말로 멸망하기를 염원한 것도 아니다.

오늘 같은 날에는 (금전적인 문제가 그 거대한 질량으로 나를 찌부러뜨릴 때) 어떤 희망도 품지 못하게 될 것 같다. 희망을 품을 능력조차 잃은 것 같다.

생각은 한다! 이 또한 지나갈 것이라고. 다른 모든 일들처럼. 하지만 지나간 것이 아니라 계속해서 째깍거리고 있을 뿐인 시한폭탄이라면 어떡하지? 그야 터진 뒤에야 알 것이다.

로맨틱한 약속들. 여자친구와의. 다른 누군가와의. 나를 구해줄 것이라고 약속한 사람들이 날 눈짓으로 부드럽게 애무하는 것을 알지만. 이런 날에는 누구에게도 호응해주고 싶지 않고 손끝에서부터 무감각한 마비 증상이 느껴진다. 어떤 사람들은 다른 사람들과의 약속을 통해서만 자기를 설명한다. 그렇게만 살아갈 수 있다. 어떤 비아냥도 없이 그런 사람들에게서 받아내는 언약의 가벼운 달콤함이 나를 살아가게 할 것이다. 그렇지만 정말로는… 온몸으로 낙하하는 쾌락을 잊어버린 것도 같다. 꾸역꾸역 주어진 일을 하고 있다. 짜릿한 통찰의 순간들이 그립다. 지치고 지겹다…

해머도 이런 식으로 혐오하게 될까

20200802

회복적인 관계가 남자애와의 관계에서도 가능한 것일까? 그애를 혐오하는 이유가 동시에 그애를 연민하는 이유이므로 자주 곤란하고 짜증이 난다. 해머도 이런 식으로 혐오하게 될까? 지금이야 해머랑 섹스하는 게 좋고, 그애가 내 앞에서 쩔쩔매는 것을 보는 것이 좋고, 무엇보다 해머가 나를 쳐다보는 (완전히 풀려 있는) 눈빛에 옴짝달싹 못하게 사로잡히는 것이 좋다. 어제는 오랫동안 섹스하면서 뇌가 녹아버리거나 정신을 잃어버릴 것 같았고 이런 식으로 영원히(미쳤냐!) 있고 싶다고(미쳤냐고요) 생각했다(정신 차려라~ 연숙아~). 그리고 생각하는 것을 그대로 말해버리지 않는 오랜 기간 정신수련을 통해 얻은 스킬로 인해 간신히 해머에게 결혼하자거나 같이 살자고 말하지 않을 수 있었다. 진지한 생각은 아니었지만 한순간이라도 마음의 어느 부분에서 그런 충동이 일었다는 것이 즉각적으로 수치스럽고 부끄러웠다. 도대체 무슨 정신머리에서 그런 그릇된 관념이 돌출된 것인지? 오르가슴 이후에 뇌의 일부가 손상되지 않고서야 불가능한 그런 생각을 할 수가 있을까? 물론 그런 생각을 하기는 했으나 농담으로라도 입 밖으로 내뱉지 말아야 한다고 다짐했다. 해머는 진짜로 그러기 위해서 뭔가를 준비할 것 같아서. 그리고 나는 반드시 그애를 실망시킬 것 같아서. 나는 그게 무슨 지상의 목표인 양 반드시 그애를 상처입히고 말 것이다(그러나 만약에 그애가 상처를 받지 않는다면 어떤 방식으로든 물질적 손해 혹은 상해를 입히려고 할 것이다).

이것은 전부 해머 때문이고

20200808

새벽에는 실컷 책에 대한 이야기를 하다가 쓰러지듯 잠들었다(여학생들이란~). 점심 무렵에 깼는데 잠에서 덜 깼는지 아니면 그냥 해본 말인지 B가 웅얼거리면서 가지 말라고 했다. 그것이 아깝고 귀여웠다. 그런데도 만질 생각은 전혀 들지 않았는데 이것은 전부 해머 때문이고, 아무리 생각해도 해머 때문이고, 마찬가지로 진진을 만나도 당분간은 만지고 싶지 않을 것 같아서, 어쩌면 아니 분명히 이것은 내가 나를 잔뜩 망치고 있거나 그애가 나를 망치고 있다는 증거라는, 그런 서늘하고도 느릿한 예감이 온 마음을 짓눌렀다. 더욱 스스로를 이해할 수 없는 점은 B네 집에서 깨자마자 어제 산 임테기를 썼다는 것이다. 그야 불안하고 궁금하니까 그랬겠지만 조금의 참을성도 없이 그것도 남의 집에서 굳이 씨발 그래야만 했는지? 스스로를 이해하기 어렵다. 또 한창 남자랑 섹스하고 다닐 때의 고질병인 요도염이 도진 것 같아서 비뇨기과를 가야 할 것 같은데 이런 일이 생길 때마다 내장 가장 밑바닥에서 미적지근하게 끓어오르는 분노, 커다란

가마솥에서 천천히 끓인 것 같은 뭉근하고 질척한 분노는 어떻게 할 것인지? 그 분노를 당사자에게 표출하기는커녕 차라리 딱 내가 품고 있는 것만큼의 이 분노를 상대가 나에게 분출하기를 원하는 억압-투사의 상태는 또 어떻게 처리할 것인지?

도대체 이렇게 정신 못 차리고 섹스를 하고 있을 때가 아니라는 자기 인식, 지금 이렇게 철모르는 남자애랑 붙어먹고 있을 때가 아니라는 객관적 판단, 진진한테 들이는 돈보다 훨씬 더 해머한테 많이 쓰고 있다는 죄책감, 근데도 씨발 아마도 계속 섹스할 것 같다는 비관적 전망, 끝날 거면 제발 올해 안에만 끝나길 바라는 마음에도 없는 소망…

술은 좀 줄여야 하지 않을까? 그러도록 해보자…

사랑에 빠졌을 때

20200821

자기 살점을 떼어주지 않고도 열심일 수 있는데도 그러지 못하는 사람들은 앙상해지기만 하는 것 같다. 특히 사랑에 빠졌을 때…

시계는 움직이는데 나는 꿈쩍을 못한다

20200827

술이나 진탕 마시고 오늘은 잊어버릴까? 그러다가 해머랑 섹스하게 될까? 그러다가 또 진진의 전화를 받지 못하고 어느 날은 마지막이 될 기회마저 영영 놓쳐버릴까? 그러면 어떻게 하지? 밀린 설거지하다가 엄마 생각이 나서 울게 될까? 하루치의 생계를 걱정하고 잔고를 보면서 어제 읽은 책의 문장을 떠올리게 될까? 무엇인가를 해낼 수도 있었노라고 옛 일기를 뒤적거리며 회한에 잠길까? 살아 있는 것만으로 열심이었던 삶이라고 위로받게 될까? 그런 끔찍한 일을 겪느니…

시계는 움직이는데 나는 꿈쩍을 못한다.

내가 뭘 할 수 있는 사람인지 잘 모르겠다.

(카레 먹고 싶음.)

왜요?

20200828

죽은 세상에 살고 있는 기분이다(기분만은 아닐걸).

상상… 상상하던 전망이 있었는데… 그러니까 완전히 전도된 가치의 두 세계를 널뛰듯 오가는 스릴…이 있었는데 그것을 동력으로 뭔가 해낼 수 있다고 생각하던 시기…가 있었는데…

아니 까무룩 잊어버렸다, 완전히. 모든 일에 질려버렸다. 했던 말을 또 하는 일에 지쳤다. 최소한 내가 무슨 일을 하는지 나는 알아야 할 텐데 그조차도 확신할 수 없고 언젠가 예리했던 감각의 원천들이 저만치 깊은 곳에 수장된 기분이다. 아니면 싱크홀에 버려진 것이 난가? 나만 빼고 그것들은 유유히 비싼 밥을 먹고 영화를 보러 다니는지도 모르겠다. 나는 앉거나 누워서 태풍을 또 기다리고 있다. 재미없는 루프물에 빠져버린 것 같다. 〈엣지 오브 투모로우〉의 톰 크루즈와 에밀리 블런트가 생각난다. 얘들이 지구를 구하기 위해서 수백 수천 번 죽고 다시 시작하는 동안 나머지 사람들은 어떻게 된 거지? 그만큼의 평행우주와 그만큼의 고통은 어디로 가는 거지? (요즘 우울하십니까? 답: 왜요?)

하느님, 제가 아무도 안 죽이게 해주세요

20200828

주말까지 무슨 일을 그렇게 다 하겠다고 큰소리를 쳤는지?

실상: 실종되고 싶음.

할 수 있는 말이 없다. 하고 싶은 말이 없기 때문이다. 안물안궁이 나날이 늘어가고 이런 날에는 차라리 시원하게 아무나 배신해줬으면 한다.

굳이굳이 내 방문 코앞까지 쫓아와서 나더러 죽으라고 자살하라고 강간당해서 임신하고 낙태하라고 고래고래 소리를 지르는 정겨운 이웃의 화이트 노이즈.

그래 더러웠니 재미있었니 살아 있었니? 그래 엄마는 그거면 됐다 너가 행복하면……

하느님, 제가 아무도 안 죽이게 해주세요.

그저 대책 없이 더 많은 사랑에 빠지게만 하시고 그 때문에 그들을 역겨워하고 미워하게 하시고 다만 증오하고 원망하게만 하지 마세요. 그따위 비관에 재능을 낭비하게 하지 말아주세요. 환희와 냉소를 오가게 하고 열정과 망상, 무력과 절망에 시달리게 하세요. 헛되게 누군가를 위해 그 많은 정념을 투자하게 하지 마세요, 알아들었으면 하느님, 까불지 말고 해산해라…

지금까지 신림동 르포였고요

20200917

오늘치의 가난 증명(이것은 실화입니다).

여러분도 아시다시피… 제가 거지잖아요? 그래서 거지 증거 120394개 제출하면 나라에서 저축을 도와주는 그런 정책이 있는데… 그거를 신청했거든요? 근데 그게 어제부로 당첨됐다고 연락이 와서… 하여튼 통장을 만들러 갔어요. 오늘은… 이거에 대한 이야기를 좀 해볼까 합니다.

(암전)

이 글을 이렇게 시작할 생각은 아니었다. 나중에 린다 티라도나 바바라 에런라이크처럼 리얼씹거지가난수기 같은 걸 쓰게 되면 그때 다시 시도해볼 예정이지만 조금만 그녀들의 흉내를 내보자면 이런 식이다.

"내가 살고 있는 신림동 고시촌은 대학동과 서림동을 아우르는 썩창 지역으로, 어떻게든 이 동네에서 빨리 탈출하고자

하는 불행한 청춘들이 젊음을 담보로 미래에 투기하는… (중략) 그런데 왜 '신림동' 고시촌인가? '대학동' 고시촌이 아니라? 그것은 신림동이라는 커다란 행정구역이 십 년 전쯤엔가 총 여덟 개(부정확)의 지역으로 쪼개져 각각 다른 이름을 가지게 되었기 때문에… (이하 위키백과 참조) 그래서 신림동은 단지 신림역을 가리키는 것이 아니라 가난과 불행의 대명사로 깊게 자리매김한 것이다… (중략)"

아니, 이렇게 쓰려고 한 것이 아니다.

다시

"그래서 이 행정구역이라는 게, 주민의 편의와는 아무 상관도 없이 대충 도림천(이쯤에서 도림천에 대한 각주)을 기준으로 찍찍 분할된 것이다(사실무근, 이것도 선행 연구해야 함). 욕 나오는 상황이 한두 개가 아니다. 우선 나는, 엎어지면 코 닿을 거리에 있는 대학동 주민센터가 아니라 버스를 타고 두 정거장이나 가야 하는 서림동 주민센터로 가야 한다. 서림동 주민센터로 가는 길에서 나는 보고 싶지도 않고 볼 필요도 없는 가난하고 불행한 얼굴들을… (중략) 아무렇게나 머리를 질끈 묶고 폴로 셔츠를 입은 주무관이… (중략) 그러고 나서 집에 오면, 어느덧 나는 세계의 거대한 불행에 목졸려 질식해 있다."

아니, 이것도 아니다. 십 년 뒤쯤에는 이 도입부를 고쳐 쓸 수 있기를 바란다.

(그런데 이런 것에 대해 너무 많이 썼다. 내게는 이미 가난을 다룬 수천 편의 명문이 존재한다.)

오늘 하루의 시작부터 이야기하자면, 우선 병원에서 시작한다. 내가 가려는 병원은 총 두 군데로 각각 한 건물의 팔층과 구층에 위치하고 있다. 그래서 나는 둘 중 한 군데가 풀방일 경우 다른 곳에서 먼저 진료를 받으려는 계획을 세웠다. 그런데 막상 도착하니 두 군데 모두 심각한 풀방이었다. 우선 아니 일단 정신과의 상황이 너무했다. 사람들이 무슨 맡긴 돈을 찾으러 온 소시민들처럼 그렇게 막 창구에 꽉 끼어 앉아 있었다. 거리두기는 다 좆깐 그 모습이… 굉장히 정신병자 같고 멋졌다. 그런데도 불구하고 나는 도저히 맨정신으로 거기서 대기할 수가 없어서 아쉽게도 그들을 뒤로하고 우선 은행으로 향했다. 아까 말한 그 청년거지계좌에 당당히 당첨되어서 은행에 첫번째 저축을 해야 했기 때문이다(계속해서 숨길 수 없이 당당한 모습).

은행에 도착했는데 은행원분이 굉장히 친절했다. 그녀는 계속해서 내가 '개꿀 기회'를 잡았으며 이것은 '혜자 상품'이라고 강조했다(실제로 '혜자'라는 단어를 사용함). 또 그녀는 정책이 바뀌고 대통령이 바뀌면 이제 이 상품의 운명은 어떻게 될지 모르는 거니까 꼭 삼 년 만기를 채워서 '개꿀을 빨라'고 했다. 만기 때는 창구에 와서 해지'하셔야' 된다며 그녀가 절차를 설명해주려는 찰나, 내가 '삼 년 뒤에는 어떻게 될지 모르잖아요'라며 특유의 노예패배자근성을 드러내자 그녀는 '그러지 마세요 파이팅!'이라고 대답했다.

그러고는 청약을 들게 되었다. 갑자기 그분의 권고로 그렇게 됐다. 막상 청약과 관련해 집에 대한 생각을 하려니까 아래의 부록들이 딸려옴: 앞으로구해야할전세에대한밀려오는압박,공포,내년3월에는집정리작업실정리인생정리다해서어떻게든계속살아야된다는것,이런모든것들이너무말도안되고막막한채,심장에돌덩이가내려앉은그런숨막히는상태…등등.

은행문을 열고 나오는데 내가 어떻게 이렇게 됐나 일 년 전만 해도 진짜 내일 죽어도 상관이 없었는데(아니… 꼭 그렇지만은 않을걸?) 갑자기 삼 년치의 약속을 하고 삼 년치의 금전을 계산하고 그러면서 나무로 만든 집과 마당의 큰 개와 성년에 이른 커리어 등을 백일몽으로 내버려두지 않으려고 한다는 게… 내가 '노오력'만 한다면 가능한 일로 만들 수 있다고 착각하기 시작하는 게… 정말이지 식은땀 나게 두려운 일이었다.

희망이 사람이라면 그거는 청약을 권하는 은행원이겠지
아슬아슬하게 그도 나를 못 알아봤고
나도 모른 체만 하면 이대로 모르고 살 수도 있는

이대로도 살 수 있었는데 이대로가 아닌 삶을 훔쳐보게 하는

(가정법 could have pp만큼 잔인하고 달콤한 말이 있을까?)

고시촌의 너무나 많은 사람들이 저마다의 못생긴 몸을 가지고 못생긴 삶을 살고 있는데 어떤 날은 그거를 견디기가 힘들다. 내가 생각나고 동생(들)이 생각나고 그 시절이 불쌍해서 질식할 것 같다.

당연히 그 사람들 그렇게만 안 살아요. 나도 알아요. 그래도 어떤 날은,

야 씨발 연숙이 그래도 인제 밥도 먹고 집도 치우고 빨래도 하고 사람같이 사는구나. 통장도 만들고 은행원하고 수다도 떨고 이제 청약도 계약했고, 아이폰 업데이트도 하고 집세도 내고 공과금도 내고, 그런데 인제 그럴 수 없는 사람들은 모두 어디로 치워지는 것이지? 은행에서 가져오라는 각종 서류들을 기억하느라고 그날치의 마음을 모두 써버린 사람은 어떡해야 하지? 소득금액증명원을 떼기 위해 홈택스에 접속하다가 설치해야 할 각종 공인인증서 앞에서 우는 것 말고는 할 수 있는 일이 없는, 그런 자기가 등신 같고 비참해서 하루종일 울다가 죽기를 생각하고, 다음날도 또 그다음 날도 여전히 우는 것 말고는 아무것도 할 수 없어진 그 사람은 어떡하지? 지금 당장 삼만 원이 없어서 모든 것을 포기해야 한다고 마음먹어지는 그 사람은 또 어떡하지? (나는 그게 가능

하다는 걸 안다. 죽을 용기로 왜 살지 못하는지 안다. 용기는 공짜가 아니기 때문이다. 용기는 삼만 원이다.)

오는 길에는 뚱뚱하고 못생긴(것으로 추정되는) 초등학생(으로 추정되는)을 뒤따라 걸었다. 자전거를 끌고 그씨발개같은놈의언덕빼기를 올라가고 있었는데 걸음이 느리고 무뎌보여서 속이 안 좋았다. 씨발개거지로 살아갈 애새끼가 한 명 더 늘었군, 내 눈에 띈 이상 너는 평생 개거지로 살 저주를 받게 될 것이다, 등의 못생긴 생각(또는 그냥 늘상 하는 생각)을 하고 있다가 개 손을 문득 봤는데 자전거 손잡이를 잡은 두 손이 전부 빨갛게 물들어 있었다. 안경을 안 써서 처음에는 잉크인 줄 알았는데 그게 아니었다. 반사적으로 그애 얼굴을 봤는데 코피를 철철 흘리고 있었다. 맞았을까? 넘어졌을까? 휴지도 없으면서 왜 그런 말을 했는지, 나도 모르게 휴지 줄까? 하고 물었다. 집이 바로 앞이라서, 아니요. 그애가 의젓하게 대답하고 자기 갈 길을 갔다. 가슴이 문드러졌다. 그냥 그애의 어떤 하루(아마 평범할)를 실수로 엿봤다는 걸, 겨우 그 하루치의 피 흘리는 얼굴이 내 앞에 잠깐 존재했었다는 걸 믿을 수가 없었다. 경외감. 고양감. 왜? 그야 개가 견디고 있는 게 다른 누구도 아닌 개의 인생이라는 점 때문에.

그리고 이 동네 전체의 인생들을 생각하면… (절로 가슴이 웅장해진다.)

지금까지 신림동 르포였고요. 저는 사실 대치동에 집 있고 차 있고 순자산 이천 억 있고 마누라도 있어요. 알았으면 해산해라… (웅장한 노란 장판 집구석에서 웅장한 hp 노트북으로 일기를 쓰면서 고시촌에 대한 동정과 연민으로 웅장하게 눈물을 흘린다.) (페이드아웃)

이게 다예요, 그냥

20201006

힘들고 자시고의 문제가 아니다. 그냥 깨달아버린 것이다. 막대한 유산 상속이 아니라면 이 인생에서 더 나은 알바, 돈 더 주는 알바, 이런 걸 나눌 이유가 없다는 것을.

이게 다예요, 그냥.

얼마 전에는 새벽에 가게에서 설거지하다가 문득 이 시간에 설거지하는 개거지 모두와 연결된 감각에 부드러운 충격—그리고 경악—도대체 왜 눈앞의 사람들은 놀고 있고 나는 일을 하고 있나? (침착하세요, 할머니.)

그래도 여자들은 엄마랑은 연락하게 되어 있어!

20201020

어제 심신이 녹초가 다 돼서 진짜로 울기 직전의 상태로 집에 가는 택시에 탔는데 개인택시 기사 아저씨가 돈자랑자식자랑가족자랑여행자랑 진짜로 끝도 없이 해대는 거였다. 그래서 큰맘 먹고 까짓 거 한번 상대해주자 싶어서 "부럽네요, 저는 아빠가 없어서…" 하고 나름 슬픈 눈을 하고 창문을 바라봤다. 그랬더니 아저씨가 "에이 아빠 없어도 돼 살아 있어도 꼰대 같은 아빠가 얼마나 많은데"라고 대답하길래 순간 벙쪄서 계속 듣고 있었는데 갑자기(거의 속수무책으로) 그가 "엄마는 어디 계시냐"고 물었다. 나는 이제 또 나의 기회가 온 것 같아서 "아… 엄마는… 연락이…"(사실 연락 존나 잘됨) 하고 또 슬픈 눈을 하고 창문으로 시선을 떨궈봤다. 그러나 아저씨는 누구에게도 한 조각의 연민이나 동정을 베풀지 않겠다는 무슨 맹세라도 한 것처럼 단호했다. "그래도 여자들은 엄마랑은 연락하게 되어 있어! 인생의 어느 시점에는!" 그래서 나는 그가 내 엄마인 것을 알았고, 우리는 눈물로 포옹을 했고, 마침내 택시에서 중간에 뛰어내리는 일 없이 이미 피떡으로 만신창이가 된 몸뚱아리를 수습해 무사히 집까지 도착할 수 있었다.

이 일화의 교훈: 안 될 것 같은 싸움은 하지 말자.

반대로 고통이 몸을 생산하는 것이다

20201021

어제는 일 끝나고 차이나당에서 밥을 먹다가 조금 울었다. 얼마나 볼품이 없고 초라한 것들에 휘둘리고 나를 내어주고 있는 것인지. 괴롭다. 이러고 사는 게 정말 아무 의미가 없다. 사는 게 의미가 없다는 게 아니고 '이러고' 사는 게. 세상이 나를 남용하게 두고 내 자원을 소모하게 두는 게.
겨우 이 정도 스트레스로는 사람이 죽지를 않는다는 게 이상하다. 온 마음과 영혼이 힘껏 수축하고 있는 것이 느껴진다. 아마도 최소한의 자극만을 받기 위해서. 내 고귀한 부분들을 잃을까봐 겁이 난다. 나는 요즘 이곳저곳이 아프다. 아프고 수상하다. 이 모든 게, 내 몸이 너무 작고 연약한 데 비해 세상이 심히 자극적이라 그 충격을 흡수한 만큼 몸이 질금질금 뭔가를 토해내는 증거라고 생각한다. 마치 둔중한 충돌사고 이후의 후유증처럼.

몸이 고통을 생산하는 게 아니라 반대로 고통이 몸을 생산하는 것이다. 고통이 통과하는 플랫폼이 아니라면 몸은 아무것도 아닌 것이다.

여기서 태어나 여기서 죽는 사람도 있다?

20201029

나는 요즘 어디에서나 일하는 사람들을 본다. 말도 안 되는, 사람이 할 일이 못 되는, 그런데도 그 조건에서 일을 해야 하는, 선택권이 없는, 집에 돌아가면 혹은 돌아갈 집이 없는, 보상이 있거나 없거나 하여간에 살기 위해서, 자기가 아니라 다른 누가 해도 며칠이면 능숙해지고 그래서 쓸모없게 되는, 바닥을 기고 누워 있는 사람들에게서 안심과 경각심을 얻는 그 사람들을, 어디에서나 훔쳐본다. 역겨워하지 않으려고 안간힘을 쓰면서.

고시촌은 젊음이 한정 없이 유예된 섬 같다. 여기에 사는 누구도, 여기에 사는 한, 무엇이 되지 않아도 된다. 십 년이고 이십 년이고 성년을 맞지 않은 인간들이 언젠가를 담보로 꾸벅꾸벅 졸며 유폐될 것이다. 누구나 떠나기 위해 여기에 머물고 머무는 동안 고시촌을 증오해야 한다. 그런 증오가 이 섬이 생동하게 하는 원천이다. 나는 저들과 다르고 저들처럼 결코 되지 않으리라는 혐오와 두려움은 옆집에게도, 윗집에게도, 그리고 집주인에게까지 영향력을 행사한다. 그래서 고시촌의 애새끼들과 마주치는 일은 처음에는 자제할 수 없는 연민으로, 그다음에는 절망 속으로 사람을 내동댕이치는 것이다. 놀랍게도 여기서 태어나 여기서 죽는 사람도 있다? (연민) 그리고 나도 여기에서 죽을 것이다? (절망) 한때, 저도 고시촌에 살았어요, 그런 말은 일천했고 어려웠던 과거를 가진 사장의 무용담에나 제격이다.

버스정류장에서 한 쌍의 여자들이 서로를 (벌써) 그리워하며 진지한 눈길을 주고받았고 나는 꼭 남의 알몸이라도 본 것처럼 화들짝 놀랐다. 단 몇 초간의 두터운 영원 같은 시선. 잠깐을 훔쳐본 댓가로 하루종일 그 시선을 외투에 묻히고 다녔다. 나는 그런 눈을 알고, 그런 눈으로 누군가를 쳐다본다는 것이 남은 생 내내 나에게 어떤 장면으로 기억될지 안다. 언니와의 겨울. 지금도 똑똑히 기억한다. 어느 해의 지하철 2호선에서, 멍청한(실제로) 언니의 눈동자를 보면서 그렇게 생각했다. 우리가 아주아주 늙어버리고 언니는 다른 누군가와 또 사랑을 하고 헤어지고 다시 누군가를 사랑하고 그리고 나와의 일을 아주 먼 과거처럼 회상하게 될 때가 오겠지. 그리고 반짝거렸고 젊었던 시절을 회상하면서 바로 지금을 떠올리게 된다면, 그때 나는 미래의 언니와 이 장면 속에서 다시 만나게 되겠지. (그렇지만 지금은 그런 생각을 하는 것만으로도 슬퍼. 슬프고 이만큼이나 오랫동안 언니를 기다려야 한다는 생각에 너무나 괴로워. 언니가 그리워. 언니가 보고 싶어.) 언니가 왜 울 것 같은 표정이냐고 물어봤다. 그때 사랑은 연민이라는 말을 그렇게나 많이 했다.

지난 몇 주간은 정신이 거의 파산 지경에 이르러 이 이상은 이렇게 살 수도 없을 뿐더러 이렇게 산다면 곧 죽을 것이라고 생각했다. 사실 내가 당한 것이 다름 아닌 사고, 우발적인 충돌이라면, 하여간에 재활 기간이 필요할 거라는 생각도 들었다. 내가 이러는 동안에도 누군가는 공부를 하고 글을 쓰고 있겠지. 여러 번 상황을 정리해서 글을 쓰고 싶다는 불 같은 충동에 휩싸였지만 정말이지 아무런 힘이 나질 않았다. 올해 내내 빠져나올 수 없을 거라고, 이것은 막다른 길이고 이미 한줌의 희망도 남지 않은 상태라고 생각했지만 최소한 이것을 과거형이라고 말할 수는 있게 되었다. 이런 상태를 누군가에게 입 밖으로 소리 내서 전하지 않아서 다행이다.

소리 내서 전하지 않은 게 다행인 이유: 말로 하면 재미가 없음. 게다가 불필요하게 사람들에게 자비를 베풀도록 해서 빚을 지는 기분도 원치 않음.

지난 주말 P는 정말 지옥 같았는데 다행히 이번주는 문을 안 연다고 한다. 퇴직금 문제도 어떻게 해결된 것 같다. 사장에게서 장문의 문자가 왔기 때문이다. 12월 둘째 주까지 준다고 하는데 금액을 제대로 산정 안 해줄 것 같다는 막연하지만 전례가 있는 불안이 있다. 이곳과의 관계 때문에 너무 힘들어서 머리털 다 빠지고 밥 먹다가 울고 길 걷다가 울고 먹먹해지고는 했었다. 불쌍하게도! 잘도 그러고 살아 있었구나.

말도 안 되는 일에 악랄하게 연루되어 있었다는 생각이 든다. 적당히 했으면 됐을 것을 돌아오지도 않을 애정을 쏟았고 그 때문에 마음이 슬프고 빈곤해졌다. 어떤 식으로 굴림을 당하든 거기서 가치를 발견하는 건 언제나 내 몫이고('정신승리'의 관점), 또 그렇게 열중해 있기 때문에 매번 일이 우스워지기도 하는 것이고(내가 열중하는 거랑 일이 성사되는 거랑 아무 상관도 없고 실제 돈이 굴러가는 방식의 본질이 우습기 때문에) 그래서 지긋지긋해지는 것이다, 결국에는. 그게 무슨 일이 되었든 간에.

하지만 솔직해서 뭘 어디다 쓰겠다는 것일까?

20201118

해머에 대해서 쓸 수 없다고 느끼는 건 언니에 대해서 너무 많이 (누군가를 사랑하는 마음에 대해 묘사하는 일을) 써버렸기 때문일까? 아니면 내 모든 글은 심지어 일기조차도 누군가를 즐겁게 하지 않으면 안 된다는 강박 때문일까? 내가 해머를 아끼고 좋아하고 원하는 마음은 재미있지 않다고 생각해서? 내가 여전히 받아들이는 중이기 때문에 때가 되면 쓸 수 있을 거라고 생각해서? 그런 때는 영원히 안 온다.

알고는 있다. (그래서 해머가 맨날 편지를 써달라고 조르는 것이다.) 마리와 대화하면서 어딘가 벽에 가로막힌 듯한 답답하고 사무치게 외로운 기분이 들 때가 종종 있다. 마리와 그간 알고 지내면서 이런 종류의 (해결할 수 없을 것 같은) 고립감이 들 때는 거의 처음이라서 스스로도 당황했다. 마리는 며칠 전에 '해머를 인생의 일부로 받아들이는 데 너보다 내가 더 빨리 적응했다'고 말했고 그건 정말로 사실이다. 나는 아무런 준비가 되지 않았다. 룸메가 없어지고 거의 그애랑 살다시피 하고 있다는 걸 (심지어 마리에게조차) 말하지 못했다.

마리가 한국에 있었다면 이 모든 상황은 금세 탄로났겠지. 여태까지 마리에게 아무것도 공유하지 않은 건 마리가 그걸 한심하게 생각할지도 모른다는, 또 내 삶의 어느 시기가 지금 정체되고 있다고 생각할지도 모른다는 두려움 때문이다.

또? 그리고 또, 여전히 수치스럽기 때문이다. 고작 남자애, 고작 그런 남자애에게 빠져 있다는 사실을 인정하는 것이, 사회적인 체면과 나 개인의 내적 고귀함에 돌이킬 수 없는 손상을 입힐 것이 분명하다고 느껴진다. 도대체 이런 끔찍한 상태를 어떻게 많은 여자들이 견디고 있는지 모르겠다. 이런 식으로 바라지 않는 누군가에게 지독하게 시달린 적이 과거에 있었나? 있었다고 해도 비교하려 기억을 끄집어내는 것이 무의미하게 느껴진다. 때로 해머와의 가까운 미래, 더 드물게는, 그애와의 먼 미래를 생각하면 곧장 공포에 사로잡힌다. 그런 일은 절대로 일어나게 둬선 안 된다고, 상상조차 해서는 안 된다고 자신에게 단단히 경고해야만 한다. 한편으론, 가진 모든 것을 걸고(왜 '건다'는 것이지? 비장해지지 않고는 한마디도 못하는 모양이군) 이애와의 관계에 열중하지 않는 내가 한심스럽다. 예를 들면 이런 문제. 이번 주말에 해머와 같이 있고 싶다고 생각하면서도 진진과 약속을 잡아버리는 것. 막상 진진과 함께 있으면 더 바랄 것이 없다고 느끼고, 심지어 해머의 존재조차 서서히 잊는다. 진진은 이제 나를 사랑한다는 표현을 아끼지 않고 나는 그와 있으면 나에 대해서 거리를 두고 생각할 수 있다. 앞으로 어떻게 살아야 할지도… 진진은 나와 같은 종류의 고민(어떻게 자신을 포장해서 팔 건지, 그러면서도 어떻게 자신에게 진실될 것인지)을 하고 있는 사람이고, 나는 거기서 위안을 받는다. 진진은 내게 중요한 것이 뭐였는지 잊지 않게 해준다. 지난주 진진과 있을 때 진진에게 잘해주고 싶고 더 많은 시간을 쓰고 싶다고 생각했다. 진진을 위해 작은 선물들(옷이든 책이든)을 준비하는 것도 좋다. 그건 최소한 양심의 가책을 덜어준다. 내가 돈을 쓰고 시간을 쓰고 싶은 사람은 진진 한 사람뿐이라는 식의 치사한 의식ritual이다. 그치만 이 모든 걸 그만두고 해머에게만 집중하면서 나 자신과 진진을 기만하지 않는 것이 더 솔직한 것 아닐까? 하지만 솔직해서 뭘 어디다 쓰겠다는 것일까? 진진에게는 돌아갈 거라고 약속했다. 누군가에게 그랬던 것처럼.

해머가 날 원한다는 걸 확인할 때마다 온몸이 녹아내릴 것처럼 황홀해진다. 실제로 조금 녹았는지도.

그애는 내년에는 집을 구해서 나를 구해주고 일하지 않게 해주겠다는 달콤한 말을 자꾸 해댄다. 그 모든 것이 불가능해지고 개박살이 날지라도 살아가는 법을 잊지 않기 위해서라도 그애를 밀어내는 것이 필요하다. 알지만, 나는 자주 그런 말을 해머에게 하면서 심장이 짓이겨지는 것 같은 고통 때문에 눈물을 줄줄 흘린다. 온몸의 작동 논리가 고장나서 재조립되는 것만 같다. 기구한 재능이다. 이렇게나 쉽게 누군가의 절박함과 열망에 감화된다는 것은 끔찍한 축복이다. 살면서 몇 번이나 이런 식으로 부서지고 다시 태어나게 될까? 그 모든 것들이 신체의 가용성에 달려 있다는 생각을 지울 수가 없다. 쓸 만한 생명력이 남아 있는 한은 계속 사랑에 빠지겠지. 솔직히 이쯤 되면 그만해달라고 애원하고 싶을 정도다. 이 모든 것들이 어떻게 나를 더 삶에 열중하게 할까? 덕분에 어느 때보다 많은 글을 쓸 수 없게 되었는데? 그 애 앞에서 나는 오직 만져지기 위한 살덩이로서 존재하는 기분이다. 그애가 만져줄 때 새어나오는 신음이나 바들거리는 내 몸뚱아리를 볼 때만, 하필 이런 크기와 모양으로 태어난 이유가 분명해진다고 느낀다. 확실한 건… 최소한 지난 모든 남자애들을 떠올려봤을 때 이건 내게 없었던 사건이라는 것이다. 다른 사람들도 모두 이런 식으로 사랑하고 있다면 어째서 그들이 일찍이 수치심으로 죽어버리거나 하지 않았는지 모르겠다.

그래도 나아지고 있다고 느낀다. 최소한 내가 여전히 그럴 능력(누군가와 영원히 결합되기를 원하고 그 불가능성으로 고통받을 수 있는 힘)이 있는 한에서 나는 파이고 휘어지고 마모될 것이고 그리고 가능한 한 깊숙이 또 돌이킬 수 없이 손상될 것이다. 그러니까 두려워해서는 안 돼. 그러나 해머 같은 사람을 사랑하게 되는 것이 지금 내게 닥친 최고의 재앙이 아닐까? 남자애를, 남자애의 몸을, 남자애의 냄새에 정신을 잃을 만큼 취하게 되는 것. 비이성적인 열정이다. 여기엔 너무 많은 변명이 요구된다. 아무리 내가 변명하는 일을 좋아한다고 해도 어디서부터 시작해야 할지조차 모르겠다. 오래된 생물학으로 회귀하는 일 외에는 (그럼으로써 정신분석을 최후의 '소수 취향자'들을 위한 성지로 남겨두는 것 외에는) 방법이 없는 것 같다. 개탄스럽다. 절망스러운 일이다.

집으로 돌아오는 버스에서는 아주 어릴 때부터 내가 다른 사람의 능력을 알아보고 그걸 모방하는 일에 능하다고 믿었던 일이 기억났다. 초등학교 저학년 때였던 것 같다. 꾸준히 그렇게만 한다면 따라 하지 못할 재능은 없을 것 같다고 생각했다. 예닐곱 살 무렵에는(이 기억은 아주 낮은 눈높이에서 시작한다. 거의 바닥에 붙은 채로 전개된다.) 다리가 잘린, 구걸하는 사람을 보고 펑펑 울었다. 그때 나는 울면서 이런 일들이, 과하게 누군가를 동정하다가 울어버리는 일이 죽을 때까지 반복될 거라고 생각했다.

도대체 너는 이런 극단적인 방식이 아니라면

20201202

이대로 주저앉아버리는 선택은 어때? 전부 다 양도해버리고, 그냥 잊어버리는 건 어때? 하지 않은 일들은 어차피 할 수 없었다고 위안하면서 더이상 원하지 않고 원하지 않으니까 빼앗기지도 않는 생활은 또 어때? 왜 이렇게 벌어진 채로 아무나 들어오게 두는 것일까? 배신하고 싶다. 가장 믿기지 않는 순간에 가장 시시한 방식으로 배신하고 싶다. 공생관계의 예열된 따듯함이 얼마나 안락한지 알지만 그러느니 살갗이 지글지글 녹아내리는 편을 택하고 싶다. 도대체 너는 이런 극단적인 방식이 아니면 관계라는 걸 맺지 못하는 거냐? 별다른 수가 없다. 기다리고 있는 것이다. 기회는 무조건 온다. 우리 둘 다 지치고 지겨워져서 나는 너에게 감응하기를 멈추고 너는 나를 사랑하기를 멈추겠지. 늘어지고 닳아빠진 몸을 바닥에 널고 누린내를 풍기겠지. 엉킨 살들을 풀어내는 게 아까워서 울고불고할 것이다. 그러다 살자고 밥을 짓고 설거지를 하고 빨래를 개는 다를 것도 없는 일상을 보내면… 그때는 내가 뭘 쓸 수 있는지 확실해지겠지. 그때는 너에게 고마워하게 되겠지.

이 얼마나 달콤한 상상인지, 그대로 울어버릴 뻔했다!

2021

인데놀을 먹고 이 글을 쓰고 있다

20210111

병원에 가야겠다고 결심한 것은 지난주의 어느 저녁이었는데 그날은 눈이 엄청나게 많이 왔다. 와인을 마시고 친구와 시시덕거리는 동안에도 숨이 가쁘고 가슴이 갑갑해서 어쨌든 집으로 빨리 돌아가서 눕든지 씻든지 해야겠다고 생각했다. 이런 증상을 인지한 것은 몇 개월 전이었지만 어떻게 해도 즐거워야 할 사적인 만남에서조차 공황에 준하는 신체적인 위협이 감지되기 시작한 것이다. 무시하고 싶었지만 12월부터 비슷한 상황은 수차례 있었다. 치명적인 건강상의 문제가 (이미) 발생했을지도 모른다는 생각에 절망적인 예감이 스쳤지만 속단하지는 않기로 했다. 오랫동안 나는 몸에서 일어나는 일들에 그리 큰 주의를 기울이지 않았고—이 말인즉 굳이 그럴 필요가 없었다는 뜻이기도 하다—그렇기에 몸에 대해 이런저런 판단을 할 만큼의 (개인적인) 역사도 지식도 갖추고 있지 않기 때문이다. 더군다나 작년 한 해 동안 나는 온갖 사소한 불편감들로 신체를 기관 단위로 나눈 병원들을 한 차례 순례한 바 있다. 의사들은 남들보다 약간 더 예민한 사람들이 겪을 수 있는 심리적인 증상들을 언급하면서 하여간에 정신력으로 이겨내는 수밖에 없다고 말했다. 아무튼 나는 그럴 여유도 자격도 없는 주제에 유난을 떠는 자신이 수치스러웠고 더이상 이런 사소한 일로 병원에 시간과 돈을 쏟지 않기로 다짐했다. 이제 무엇에도 '과민' 반응하지 않기로 마음먹으니 피부가 지나치게 건조하거나 방광염에 너무 자주 걸리거나 오른쪽과 왼쪽을 헷갈리는 괴상한 신경계의 고장 등은 단지 장기화된 팬데믹과 전국가적인 행정/방역 권력에 대한 반응(혹은 반동?)으로 여겨졌다. 클럽에서 10월까지 일을 한 것도 당연히 문제의 원인 중 일부였지만 아무튼 대부분은 어쩔 수 없는 일이라고 생각했다. 여기서 (아마도 남들이 보기에) 안타까운 점은 내가 내 몸을 과신하거나 또는 낭비하고 싶어서 일부러 무리한 일을 하거나 기꺼이 위험 신호를 무시하지 않았다는 점이다. 나는 내가 고장나 있거나 혹은 곧 고장날지도 모른다고 생각했지만 그저 멈추는 방법을 몰랐다. 사실 지금도 모르기는 매한가지다. 자본주의를 지탱하는 자기계발, 정신승리의 매혹적이고 기만적인 전술을 누구보다 잘 인지하는 '당사자' 중 하나로서, 내가 어떻게 이런 분열적인 상태를 유지하고 살아가는지는 여전히 미스터리다. 어쩌면 지금의 상태—하루종일 숨이 차고 가슴이 답답하고 만사가 피로해서 저녁 일곱시만 되면 온몸이 녹진하게 의자에 들러붙어 도무지 생활이라는 것을 할 수 없는,

어쨌든 꾸역꾸역 살아지긴 하는 이 상태—가 그 같은 분열의 증상인지도 모르겠다. 이것을 사실로 받아들인다면 나는 나을 수가 없는데 왜냐하면 나는 내가 존재하는 방식 자체가 결코 잘못되지 않았으며 혹은 (나뿐만 아니라 모두에게) 해롭다고도 생각하지 않기 때문이다. 아니 낫고 말고 할 게 뭐가 있는가? 내가 나라서 그렇게 길었던 작년 한 해를 온몸으로 소화하고 있는 중인 거라면 정신을 '똑바로' 차리고 병든 몸에서 탈출하는 대신에 이 작은 몸의 속도와 리듬에 익숙해지는 편이 낫다. 적응 기간에만 평생이 걸린다고 해도. 다른 모든 사람들이 그 사람들로 존재하는 것에 자비로운 만큼 내가 나에게 자비로울 수 있다면, 이건 유일한 방법이다.

이 글의 불길한 암시로 어쩌면 지나치게 걱정하기 시작했을 누군가를 위한 빠른 결말을 제공하자면: 순환기내과에서 이런저런 검사를 했지만 아무 이상이 없었기에 숨이 찬 것은 정신과적 문제일 수 있다는 ('조심스러운') 조언을 들었다. 잔뜩 굴욕적인 기분에 주눅들어 정신과에 갔는데 상황 설명을 하자 어쩐지 정신과 선생님이 한껏 즐거워하는 것 같았다. 물론 나의 착각이다. 두 달 만에 방문한 정신과 선생님의 책장에는 새로 보는 책들이 늘었는데 윌리엄 깁슨의 『뉴로맨서』와 눈이 마주쳤다. 예전에 물었을 때 이 책들을 다 읽는 건 아니라고 했다.

점심시간이 막 지난 병원에는 모든 문장을 악다구니 쓰듯 내뱉는 여자와 그 여자의 남편으로 추측되는 남자가 신문을 보고 있었다. 카톡 알림이 쉴새없이 울렸고 그만큼이나 시끄럽게 여자가 남자에게 알림 좀 끄라고, 정말 징하고 징글맞다는 말을 몇 번이나 반복하면서 했던 말을 또 하고 또 하는 꼴을 어쩌지도 못하고 보고 있었다. 남자는 대꾸 한마디 없이 무심하게 신문만 쳐다봤다. 순간 그 긴 세월 동안 다양한 병명이거나 또는 죄명으로 수감되었던 여자들의 역사가 내가 보고 있는 이 장면에 소실점으로 맺히는 것 같은 감각에 사로잡혔다. 나는 남자가 견딜 수 없고 죽일 수도 없어서 무시하는 저 혐오스러운 여자이고, 저 여자는 진단명을 받을 수 없는 증상들을 통해서만 자기 몸의 조각을 기울 수 있는 나 자신이다. 여자는 뒤축을 구겨 신은 운동화를 질질 끌고 크지 않은 병원 대기실 전체를 돌아다녔다. 돌아온 것을 환영해요? 처방전을 받자마자 용수철이 튀어오르듯 병원 밖으로 나왔다. 이제 이름까지 외운 아랫층 약국의 약사님은 몇 달 만인데도 친절했고 정답게 내 이름을 불러줬다.

그래서 인데놀을 먹고 이 글을 쓰고 있다.

집에 돌아왔기 때문인지 아니면 약이 진정제 노릇을 하고 있는 것인지 숨을 쉬는 것이 불편하지 않다. 기가 막힐 노릇이다. 나는 지난 몇 개월간 지속된 호흡기와 관련된 문제와 육체 피로를 되도록이면 다른 사람에게 이야기하지 않기 위해서 주의를 기울여왔는데, 우선 그게 쪽팔렸기 때문이다.

어떻게 봐도 건강하지 않은 내 생활방식을 들키는 것이 쪽팔렸고, 특히 '그런' 생활이 내 지적이고 정신적인 능력에 우선하는 실제적인 영향력을 행사한다는 사실을 누구보다 더 잘 알고 있었기에 쪽팔렸고, 그럼으로써 내가 해온 모든 말들의 진정성을 의심받고 무책임하고 미성숙한 자아를 유출하는 꼴이 될까봐 쪽팔렸다. 이런 쪽팔림은 정신적/정서적 장애를 오래 겪어온 당사자로서 정신장애인들에게 가해지는 낙인, 혐오, 편견을 내재화한 결과물로서의 반응인 한편, '아직도' 생활인으로서의 감각이 있는 예술계 종사자로서 어쨌든 '그 정도의' 정신장애인이 아닌 내가 엄살을 피워선 안 된다고 믿었기 때문이기도 하다. 어쨌든 나는 움직이지도 못할 만큼의 무기력과 우울이 뭔지 알고, 또 당장 조건만 갖춰진다면 망설이지도 않고 자살하고 싶은 상태가 뭔지도 알고, 미쳐버리기 일보 직전으로 정신이 산산조각나거나 온몸이 폭발해버릴 것만 같은 감각의 긴급함도 안다. 그리고 굳이 가짜와 진짜를 나누지 않고 순위를 매긴다면 이렇게 긴 글을 쓸 정도의 상태라면 어쨌든 살아갈 수'는' 있는 수준이라는 것도 안다. 지금 엄살을 피워선 안 된다고 믿는다면 아무튼 아프다는 이유로(그리고 언제 갑자기 아플지도 모른다는 이유로) 누군가가 나를 '보호'한다는 명목하에 열외시키지 않았으면 하기 때문이다. 이건 비겁하고 비굴한 말이다. 때때로 나는 내가 아프다는 것을 까맣게 잊은 채 다른 아픈 사람들을 그런 식으로 가혹하게 평가하곤 하기 때문이다. (쓸데없이 덧붙이자면, 거기에는 대충 얼버무리며 머뭇거리는 '척'의 반성적 태도는 있다. 그렇지만 그게 전부고, 어쨌든 그런 수준의 인간인 것이다. 그들 혹은 나와 어떻게 공존해야 할지는 여전히 모르겠지만, 만약 선택권이 있었다면 전력으로 도망치고도 싶다. 그 편이 더 쉬우니까.)

최초로 겪은 공황 발작과 아빠가 죽고 난 뒤 겪은 감각 소실이 떠오른다. 그때도 다신 이런 일로 병원을 찾지 않겠다고 다짐했었다.

어쨌든 2021년이라는 믿기지 않는 해가 당도했고 쏟아지는 자기고백과 회고, 그 와중에도 희망과 기대를 품어대는 자애로운 인간들의 센티멘털리즘에 몇 달을 앓아댔다. 눈이 녹아도 치우는 사람이 없어 진창이 된 고시촌의 길거리에서 굴러다니는, 한때는 진지했을 그 마음들을 힘껏 조롱하고 또 몰래 부러워했다. 나는 이제 아무것도 추억할 수 없는데 그럴 일이 더이상 남아 있어서가 아니라 여전히 그 속에서 살고 있기 때문이다. 그러니까 네가 추억이라고 부르는 그거. 꿈속에서 너는 내가 더러워서 같이 있을 수가 없다고 했지. 남들이 더러워져서 끔찍해져서 실컷 먹고 치운 어제의 음식이 나야. 네가 버려뒀기 때문에 내가 '아직' 거기에 있는 게 아니라 내가 단지 너에게 '한때' 먹음직스러워 보였을 뿐이라고. (그러나 어쩌면 좋을까? 나에게는 훌훌 털고 일어날 재능도,

갈 수 있는 다른 장소도 없는데.) 쓸데없이 직관이 좋은 엄마는 연말의 통화에서 내게 너는 한참 전에 다시 태어났고 내가 낳은 부분은 아주 조금밖에 남아 있지 않다고 했다. 나는 엄마에게서 강제로 입양을 보내진 기분이 들었고 어린애처럼 울고 싶었지만 눈물은 한 방울도 나오지 않았다.

씨발 지금 쓰면서도 존나 막막하고 고독한데

20210201

최근의 친목 모임들에서 느낀 단상: 아 나 진짜로 거지인가? 아무래도… 이 사람들이 거지인 것 같지는 않은데 우리 중 누군가가 거지라면 그건 나겠지? 게다가 이젠 거지 유머를 해도 아무도 웃지 않고 뭐 내가 당사자라고 해도 그런 유머는 하면 안 된다거나, 등의 킬조이스러운 (한편 우리 중 누가 존재 자체로 이미 킬조이인 것인가?) 주의가 들어오고야 마는데… 앞으로 이런 자리—즉 아무 목적 없이 웃고 떠드는 자리에는 나오면 안 되는 것인가? 속으로 (조금은) 시간낭비라고 생각하고 있는 것인가? 그래서 '양질'의 모임만 나가자고? 뭐 어떡하자고? 퀄리티를 누가 판단하는데? 이렇게 상처받을 가능성을 한껏 개방하면서 다른 이들의 열망을, 야심을, 그리고 무엇보다 중요한 끔찍하고 못생긴 마음을, 그리고 그것들이 그들의 목소리와 옷차림과 얼굴과 말투에서 어찌할 바 모르고 뿜어져나오는 광경을 비밀스럽게 훔쳐보는 것이, 그것만이 나를 살게 한다고, 뭐 그런 말을 했던 것도 같다. 최근에 때때로 깨닫게 되는 것은 내가 특별히 훔쳐보는 데에 재능이 있어서 이렇게 된 것이 아니라, 그저 훔쳐보는 것밖에는 선택지가 없었고 그래서 이 분야의 전문가가 되어버렸다는 것이다.

어쩌면 나를 둘러싼 나의 제반 상황과 경제적 조건들이 나만 빼고 자기들끼리 거지가 되고 있는 건 아닐까? 그래서 나도 모르는 새에 조츰조츰 그들과 더불어 거지가 되어가고 있는 거지.

새삼 이렇게 생각하게 된 이유. 우선 나는 자신을 거지 계급으로서 (진지하게) 생각하지 않고 있다는 사실을 알려둘 필요가 있겠다. 작금의 신자유주의적 자본주의 안에서 거주하는 노동자 계급을 지칭하고 세분화하는 다양한 개념어들이 이미 정서적·문화적인 분석틀에 의존하고 있는바, 우리는 여기서 '거지 계급'이 ('중산층' 개념의 시대적 위상 변화와 마찬가지로) 과연 유물론적으로 유의미한 분석의 대상이 될 만한 실존하는 집단인지를 검증해볼 필요가 있을 것이다. 근데 그거는 일기의 목적에 어긋나고 지금 그 말을 하려고 일기를 쓰는 것도 아니니깐 대충 넘어가도록 하자. 아무튼 나는 (거지 '계급'이 가능한지 뭔지는 차치하고서라도) 말 그대로의 '거지'가 아니다—최소한 나는 그렇게 믿는다. 물론 뭐 여러 가지 거지적인 에피소드가 많으며 생의 전반이 거지 냄새로 가득하였으나 진짜 '거지'들에 비하면 나는 아직(혹은 이미) 멀었다(혹은 지나갔다)고 생각한다. 막 진짜 '거지'가 뭔지는 모르겠는데 하루종일 먹고사는 걱정을 하는 사람들 즉 거지로서의 자의식을 가질 여유는 없되 거지라 불리는 상황에 종속당한 사람들이 아닐까? 물론 그런 백지, 자연 상태의 '천연' 노동자 계급 따위를 상정할수록 우리 자신에게 순수성이라는 이름의 부르주아 이데올로기를 강요하는 꼴이겠습니다만, 그런데도 이런 '거리 두기'를 멈출 수 없는 까닭은, 뭐… 일을 해보니까… 그렇더라고요… 그런 사람들도 있더라고요… 이런 논쟁은 그러니까 그만둡시다. 어차피 너네랑 나 아니면 알아듣지도 못하고 아무도 관심도 없는 이야기들이다. 물론 나도 '먹고사니즘'에 대한 걱정을 안 하는 것은 아니지만 소위 읽고 쓸 줄 아는 식자로서 그것들을 '가지고' 말을 하고 싶은 거고(일종의 도도함, 제 주제에 '품위'라고도 할 수 있겠네요) 그럼으로써 나는 나의 거지적인 상태를 면밀하게 관찰하고 연구하여 하나의 훌륭한 루저의 예시가 되고 싶을 뿐—하여간 거지 상태와 나 자신을 거리 둘 수 있는 '역량'이 있는 한은 진지한 거지 계급이 될 수 없다고 생각해온 것이다.

그런데 요즘은 어떤 식이냐면 내가 원하지 않는데도 자꾸 거지를 당한다. 나는 거지가 아니라고 생각하는데도 거지가 아닌 다른 사람들의 대화에 끼지를 못한다. 이런 식으로 주변인들의 '수준'에 튕겨져나올 때마다 나는 필요 이상으로 비참해지고 만다! 내 생각엔 이제 나도 삼십대니까 거주 환경이나 직업 등의 사회적인 레벨이 어느 정도 안정화된 사람들이 주변에 더 많아졌거나 아니면(혹은 동시에) 나랑 비슷한 레벨의 사람들이 그야말로 나가떨어져서 더이상 보이지 않게 된 것이 아닐까 싶은데—그러자면 나는 좋든 싫든 그저 모난 돌로서, 보기 싫게 튀어나온 실밥으로서, '우리' 눈에 제발 좀 눈에 띄지는 말았으면 하는 그런 처지의 어쩌면 유일한 생존자일 것이고—나는 이 말을 지금 한 치의 영광이나 기쁨도 없이 하고 있다. 이건 받아들이는 것 외에는 아무런 선택지가 없는 지극히 물질적인 현실인 것이다. 도대체 뭘 어떻게 살아야겠다는 그림은 차라리 이십대 때(그 진창 속에서도 그런 그림을 그리긴 그렸다) 크고 강렬했던 것 같고, 지금은 내가 생각보다 더 세속적이고 현실적인 미래를 소망한다는 사실을 인정하면서도 동시에 홀로 아무도 밟지 않은 곳을 개고생하며 개척해야 한다는 사실에, 씨발 지금 쓰면서도 존나 막막하고 고독한데, 그렇다고 해서 돌아가자면 이제 늦었고 여러분도 이렇게 되지 않도록 주의하라고 경고하려는 것은 아니다. 다만 저번에도 말한 것처럼 인간의 생애주기 뭐 그딴 사이클 속에서 나는 다른 주기를 맞았고 그거에 적응을 해야 하는데 요즘 과도기인 것 같다는 말을 하고 싶었을 뿐이다. 요약하자면, 이십대 때는 하여간에 엄청난 거지적 자의식 가득해서 어쨌거나 사람들이 나의 그런 면을 좀 암시로서나마 읽어주고 심지어 '배려'해주었으면 했는데, 이제는 딱히 그러고 싶지 않아도 거지적인 치부가 드러날 뿐인 환경에 자꾸만 노출되어서 혼란스럽고 쪽팔리고 모멸감까지 느낀다는 것이다.

예시: 내가 무슨 말을 했는데 사람들이 막 놀래거나 말문 막혀하거나 주의를 줄 때. 이만하면 충분히 사회화된 편이라고 생각했는데도 나의 모든 말과 태도가 '거지' 혹은 '천덕꾸러기'의 교양 없음, 바로 그것을 암시하는 것 같을 때. (참고로 나름대로 숨긴다고 숨긴 것임) (그냥 '지능' 문제인가?)

너무 비참해지지 말고, 너무 오래 너무 자주 비참해하지 말고, 생의 긍정적인 역량을 항상 개방하도록 의식적으로 노력하지 않으면 너 공부 안 하면 '저렇게' 된다 할 때의 '저렇게'가 될 것이다. 그럼에도 불구하고 누구를 사랑하고 미워하고 하는 모든 어린애적인 충동과 열정이 나를 살게 하므로 앞으로도 이렇게 쪽팔림을 안고 위험을 감수해야만 한다.

사람을 구하는 것은 사람이 아니다

20210225

이틀 전에는 진례집에 있었다. 내려오는 길에는 (이제 이 나이에는 건강상의 문제로 이어질 수 있는) 억누를 수 없는 부피의 슬픔이 차오르는 것이 느껴졌는데 아마 그게 물리적으로 엄마(집)이랑 너무 가까워져서인지 아니면 걍 씨발 KTX가 너무 빨라서인지 모르겠다. 자칫하면 기차 내에서 두 시간 사십 분 내내 울어버리는 수가 있으므로(지난 번엔 그랬음) 빠르게 기분을 전환하기 위해 『체벤구르』를 읽었다. 나보다 더 가난한 사람들 이야기를 읽으니 진정 박애와 연민으로 가슴이 충만해졌다. 하여간에 이런 식으로 나는 눈물을 찔끔대지 않고 무사히 진영역에 하차했다. 공기가 몹시 차갑고 서늘해서 온몸이 얼어붙었고, 그 바람에 엄마를 보고도 충분히 달가움을 표시하지 못하는 나의 미숙함은 변명거리를 찾는 데 성공했다. 차로 진례집에 이동하면서 엄마는 무슨 일을 하길래 부산까지 왔느냐고 물었는데 (그게 뭐가 됐든) 대답하는 것이 버겁고 부끄러웠다. 글을 쓰는데… 그게 무슨 글인데… 하여간에 이번에 온 것은… 작가를 만나기 위해선데…

작가를 만나서… 작업실에 가는 게 중요한데… 아무튼… (그런데 물론 나는 지난 수 년간 엄마에게 내가 무슨 일을 하는지 설명하려고 애썼다고 생각한다. 후에 더 설명하겠지만 분명히 엄마는 나에게 무관심한데, 딱히 나에게'만' 무관심한 것은 아니고, 또 무슨 이유가 있어서 그런 것도 아니고 그냥 말하자면 자기 일이 아니니까 신경을 안 쓰는 것이다. 이런 양육방식을 좋은 말로는 방목, 나쁜 말로는 방치라고 한다.) 나의 부끄러움은 애새끼 셋을 낳고 키운 생활인이자 매일 공장에 나가는 노동자인 엄마 앞에서 뭣도 아닌 예술… 뭐… 평생을 모르고 살아도 아무 지장 없는… '그런 거' 이야기를 하면서 무슨 자기가 대단히 중요한 사람인 양 허세를 부리려는 자기 자신 때문에 더욱 속수무책으로 자해에 가까워졌는데 왜냐하면, 미술관에서 공식적인 초대를 받아 일하러 가는 김에 집도 한번 들러봤다는 식의 '전문 직업인'으로서의 '자랑스러운 딸'을 연기하려는 나를 엄마가 전혀 몰라봤기 때문이다. 엄마가, 이 모든 설명이 겨냥하는 목표를 몰라보는 것이 명백했기 때문에, 최대한 엄마의 '교양' 수준에 맞춰서 내가 어떤 글을 쓰고 어떤 사람들을 주로 만나는지 친절하게—그러나 상대를 무시하지 않으려고 애를 쓰면서—더듬거리며 말을 이어나갔는데, 하여간에 실패한 농담을 설명하는 형벌과 마찬가지로 혼자서 만신창이가 되고 만 것이었다. 처참했다.

(창밖으로 점차 펼쳐지는 진례면의 끔찍이도 지루하고 황량한

풍경은 어떤 시절로 진입하는 거대한 입구처럼 보였는데, '아차' 했을 때는 이미 늦어서 내 안의 예술과 정신, 영혼 등의 고귀한 면은 모두 죽어버린 후였다. 이곳에서는 어떤 빛도 탈출할 수 없으리라. 나는 이후 진례면사무소 앞에서 하염없이 부산행 버스를 기다리며, 빛의 탈출 속도에 대해 생각한 것이었다.)

그리고 저녁식사 자리에서 나는 엄마가 나에게 모종의 역할을 맡겼다는 사실을 깨닫게 된다. 이 때문에 펼쳐진 앞으로의 상황이 바로 내가 이 일기를 쓰는 주된 목적이기도 한데 막상 쓰려니 이렇게 비장해질 이유는 없는 것 같다. 아무튼 나는 집에 도착해서 똥 마려운 강아지처럼(실제로 마렵기도 했다) 이북과 핸드폰을 번갈아 보면서 빈둥거렸다—아니 빈둥거리는 모습을 통해 그저 '집'에 적응한 것처럼 보이려고 했다. 나는 엄마와 막냇동생이 단둘이 살고 있는 아파트에도, 엄마에게도, 막냇동생에게도, 마땅히 혈연이라면 느껴야 할 친밀감이나 막역함 없이 그저 낯설음만을 느꼈는데, 이는 인생의 어느 한 시점을 계기로 완전히 변화된 가족관계의 한 양상이라기보단 그저 인생의 어느 순간에도 엄마와 끈적한 정을 나눈 적이 없기에(딱 한 번 있다. 지금 설명하진 않겠지만 어쨌든, 정황상, 엄마도 그게 처음이자 마지막의 딱 한 번이 될 거라는 걸 알았다), 그런 식으로 자란 서른두 살의 지금도 마찬가지일 뿐인 것이다. 그리고, 나는 나뿐만 아니라 두 사람도—막냇동생과 엄마도 서로를 낯설어한다고 생각했는데, 나에게는 그들이 도저히 보통의 모녀관계처럼 보이지는 않았기 때문이다. 오히려 두 사람은 노년기에 접어든 중년 여성과 한창 예민할 십대 소녀가 기묘한 공생 공동체를 이룬 것처럼 보였는데, 별다른 선택지가 없어 같은 공간을 점유하고 있을 뿐 딱히 (흔히 모녀관계에서 기대되는) 애틋하거나 상호의존적인 관계라고 보기는 어려웠다.

그렇다고는 해도, 이제 고3에 들어선 막냇동생으로서는 자기 자신과 엄마의 관계를 이런 식으로 객관적으로 파악할 수도 없을 것이고, 무엇보다 우리의 가난한 형편으로 대학 입시에 희망을 거의 포기하게 되면서 엄마를 향한 깊은 원망을 숨기지 못했다. 하필 글을 쓰는 사람을 언니로 둬 일기 소재로 착취당하게 된 동생에게는 미안하지만, 내가 파악한 그애의 상황은 이렇다. 동생은 만화를 그리는 것을 좋아하고 또 그것을 전공 삼고자 했는데(나쁜 피! 유전자는 운명이다!), 유년기 내내 시달린 가난과 부친의 병마와 죽음이 드리운 충격의 그림자는 동생의 성장에 큰 걸림돌이 되었다. 이런 상황에서도 올해 고3이 된 동생은 실날 같은 희망으로 뒤늦게 만화입시학원에 등록해 대학입시를 하고자 했다. 그러나 각종 명목으로 적게는 수백, 많게는 수천을 요구하는 장사치로서의 입시학원을 엄마가 감당하기란 어려웠다. (그렇다면 이 글을 쓰는 본인은 어떻게 입시를 하였는가? 그야말로 운이 좋았다고 밖엔 할 수 없는데, 음흉하지만 자비로웠던 원장 덕분에 무상으로 학원을 다녔던 것이다. 이런 터무니없는 행운이 동생에겐 어떤 위안도 되지 않을 것임은 분명하다.) 그래서 동생은 별다른 수가 없이 학원을 그만두었고, 만화과 진학을 포기했다. 가뜩이나 일련의 가족적인 비극과 생활의 비참함으로 희망을 품을 용기가 바닥나기 시작한 동생은 이 일로 인해 겨우 한줌 남은 미래에 대한 기대를 모조리 소진해버렸고, 덕분에 체념의 형태로 자신을 돌보지 않음으로써 학대하고 있었다. 나는 아주 오래전부터 그리고 가까운 미래에 나에게 수백수천 번 반복되었던 바로 그 장면을 동생의 눈, 그러니까 거의 마비된, 무감동한 눈동자 가장 깊은 곳에서 철철 넘치는 피고름을 보았고, 즉각적으로 나는 이애에게 해줄 수 있는 것이 없음을 직감했다. 내가 보고 있지 않는 동안에도 이애의 내부는 이미 몇 번이나 부서지고 허물어지고 있었는데, 나는 그 앞에서 감히 어떤 건설적인… 그러니까 삶과 열망과 사랑에 대한… 그 어떤 살아 있으려는 의지를 피력할 수가 없었다. 이애는 죽어가고 있었던 것이다. 살려는 사람만큼이나 죽으려는 사람 역시나, 정확히 삶의 반대 방향으로 꿋꿋하게 온몸을 돌려세우는 고집스러운 경향성이 있고, 그 때문에 나는 침묵 속에서 그애를 향한 경외심이 피어올랐다. 그애는 훌쩍 열아홉 살이 되어 생의 전반을 흙더로 뒤덮게 한 연속적인 고난 끝에 거의 사물처럼 단단하게 비밀스러워진 것이다.

그렇지만, 무슨 말이든지 해야 했다. 어쨌든 엄마가 나에게 언니 노릇을 할 기회를 준 것이다. 요지는 뭐, 상황이 이런데 입시는 그만둘지라도 언제든 원하면 다시 만화를 그릴 수 있을 거라는 자기의 말에 도움이 될 만한 실례로서 모범을 보여달라는 뜻인데(나는 지금도 이게 무슨 말인지 모르겠다. '원하면?' '다시?'), 엄마의 기대에 힘입어 나는 몇 가지 훌륭한 주변인들의 예시와 더불어 나의 열아홉 살 시절을 회고하는 하나 마나 한 헛소리를 늘어놓기도 했다. 엄마를 무시하는 것처럼 보이고 싶지 않았기 때문이다. 그따위 헛소리들로 천천히 멀어지는 동생의 눈을 보면서 울지 않으려고 얼마나 노력해야 했는지! 아무튼 엄마는 자기도 열심히 하고 있다고 여러 번 힘주어 말하다가 결국 우리 중 누구보다 먼저 울음을 터트리고 말아서, 나는 꼭 어리고 상처받은 아이의 모습을 한 영혼이 엄마의 육신 속에서 벌어진 상처를 헤집으며 영원히 흐느끼고 있는 것 같다는 생각을 했다. 그러니 이 자리에는 두 명의 불쌍한 아이가 있는 셈이었다. 어느새 이야기의 중심은 동생에게서 엄마로 전환되었는데, 아이들이 얼마나 자기 이야기를 하고 싶어하는지를 안다면 그저 아득한 일이었다. 어쨌든 동생은 다행히 그 자리에 미동도 않고 앉아서 입을 꾹 다문 채 놀라운 참을성으로 엄마와 나를 견뎌냈다. 그리고 무어라고 내가 말해주기를 (또는 알아주기를) 수줍어하며 기다리는 것 같기도 했다. 나는 그 올발라 보이는 헛소리들로 하여금 그애가 나를 경멸하거나 아니면 나에게 어떠한 아무 인상이든 품게 될까봐 두려웠다. 대학 편입… 뭐… 어쨌든 서울로 오고 싶긴 하신가요? 응… 그래… 맞아… 지금 생각해봤자… 그림은… 제가 고3 땐 말이죠… 아, 얼마나 두려웠던지, 그러니까 나는 이따위 허무한 바람소리가 입구멍으로 술술 빠져나오는 것을 두 눈을 뜨고도 막지 못했다. (반말과 존댓말을 섞어 쓰고 있다. 충분히 친하지 않은 상대와의 대화에서 편안함을 연기해야 하기 때문에, 고장이 난 것이다.)

그러나 내가 어떻게 그애를 몇 마디 말로써 구할 수 있을까? 사람을 구하는 것은 사람이 아니다(잘도 뻔뻔하게 이런 말을 한다). 어쨌든 열아홉 살의 나에게는 다행스럽게도 문학과 음악이 있었고… 또 뭐 팬픽션닷넷도 있었고… 아무튼 글을 쓰는 일도 좋아했다. 운이 좋아서 내게는 충분히 그럴 자원이—살아갈 능력을 잃지 않을 자원이 있었다. 그러나 이런 지루한 가난 속에서, 특히 더이상 시간이 흐르지 않는 진례면과 같은 곳에서는 어떤 호기심이나 열정도 장려되지 못한 채 웅크리게 된다. 그리고 차츰 주위의 어떻게든 억척스럽게 살아가는 거칠고 투박한 생활인들 속에 동화되면서 서서히 생기를 잃어간다. 곧 그는 사람은 어떻게든 죽지만 않으면 그런 상태로, 그러니까 숨은 붙어 있는 상태로 무한히 죽음을 지연시킬 수 있다는 것을 이해하게 될 것이다. 이 글이 전반적으로 농촌과 무식과 무교양에 대한 혐오로 점철된 사실은 나도 충분히 알고 있으며 이게 농담인지 진담인지는 나 자신도 헷갈린다는 것을 알아달라. 가난과 무식, 나는 그게 뭔지 안다. 그리고 사람이 얼마나 빠르게 그것에 익숙해지는지도 안다. 그런 상태의 한가운데에 내 동생이 있었다. 나와 비슷한 얼굴을 하고 비슷한 목소리로 앞으로 더이상 어떻게 해야 할지 모르겠다고 말하는 존재가, 마치 어느 분기점에서 각기 다른 운명을 맞이하게 된 쌍둥이처럼 십이 년의 시간을 지나 뒤늦게 나에게 도착한 것 같았다. 아득한 시간이 지나서, 수백수천 번 죽고 다시 태어나서, 그때마다 점점 더 지독하게 무기력하고 단조로워져서… 나는 겨우 그애가 되었다. 나의 유년기 시절로부터 수십 년이 흐른 지금 내가 볼 수 있는 것은 우리 같은 사람들—가난한 사람들에게 세월은 오직 퇴행과 고립을 뜻할 뿐이고, 그토록 빠르게 후퇴하는 문명의 속도 앞에서 해방되기란 거의 불가능에 가깝다는 것이다. 나는 지금 경제적인 형편만을 말하는 것이 아니다. 어쨌든 배우지 않으면 사람은 멈추고, 멈추면 다시 살 수가 없게 된다. 그리고 세상 전부는 전력으로 우리가 제발 그대로 불쌍한 채로 있기를 바란다. 그 결과로 나의 엄마나 동생에게 일어난 것과 똑같은 일이, 지금 이 순간에도 다양한 형태로 읍면리에서 일어나고 있는 것이다. 누가, 또 어떻게 읍면리라는 무시무시한 중력에서 탈출할 수 있을 것인가?

해머는 사랑스럽다

20210316

내가 처음 가져본 사랑스러운 동물인 것처럼…

끝이 보이지를 않는다

20210517

이사중에 있다. 그래서 하루종일 트위터에 죽고 싶다고 쓰는 것 외에는 별로 할말도 안 나온다. 이 이야기를 왜 쓰려고 했나? 사실 모든 게 다 끝나면 쓰려고 했지만, (내가 하는 모든 일들이 그렇듯) 도저히 끝이 보이지를 않는다. 남들은 이사를 일주일 만에 어쨌든 쓱싹 잘 하던데 이게 무슨 일일까? 돌이켜보면 육 년간의 업보가 고스란히 돌아온 셈이다.

짐은 다 옮겼지만 이전 집의 도배와 페인트 등등을 해주고 나가야 하고 지금 집의 사용자 최적화도 해야 한다. 눈뜨면 일 시작해서 밤 늦게서야 끝나는 이런 일상이 몇 주째 계속되고 있다. 그런데도 아무것도 안 끝났다. 돈을 엄청나게 썼고 책도 영화도 아무것도 못 봤고 이사센터 도배집 철물점 택배노동자들 외에 만난 사람이라고는 없으며, 내가 잠들어 있는 동안 아무나 이 모든 일들을 다 해내주고 간다면 얼마나 참 좋을까 생각하면서도, 어쩌면 이것은 내가 아직 인지하지 못하고 있지만 '자기-작업'으로서 '자기-중지'의 놀라운 시간이 아닐까 싶기도 하고, 그러니까 다시 말해, 지금이 어쩌면 인생에서 딱 한 번뿐인 합법적 농땡이 기간이 아닐까 하는… 그런데 이게 노는 거라고? (나는 그렇게 생각하지 않지만 뭐 아무튼 몸 쓰는 일 외에는 아무것도 안 하고 있잖아요… 이를테면 글쓰기 같은 걸.) (그러니깐…) (그럼 발등에 떨어진 불은 어떻게 끄실 건데요?) (나는 타고 있는 줄도 몰랐는데…)

해머와 있으면서 그 어느 때보다 여자들을 자주

20210523

며칠 전 집주인으로부터 육백만 원의 보증금을 돌려받음으로써 수개월에 걸친 이사가 완전히 끝이 났다. 이사가 너무나 고통스러웠으므로 나는 더이상 이사를 하지 않는 것을 삶의 목표로 삼게 되었다. 고시촌의 집에 새로 도배와 장판, 페인트를 칠하는 데 백십만 원 가량이 들었고 여기에 더해 살지도 않은 한 달치 월세 육십일만 원도 치렀다. 첫번째 룸메이트와 합의하에 버린 (집주인 말로는 '옵션'에 포함된) 중고 책상과 의자를 '원상복구'시키는 비용 또한 내 몫으로 주어졌다. 집주인은 내가 완전히 집을 '망쳐버렸다'고 표현했는데 나는 더이상의 비용을 무는 것이 무서워 겉으로는 반박했지만 마음속 깊은 곳에서는 정말로 그렇다고 생각했다. 나는 대책 없이 집을 방치했고 그 결과 기하급수적으로 불어난 복리이자를 치르게 된 것이다. 집주인은 폰뱅킹도 할 줄 모르는 정말이지 억척스러운 노인으로 복구 시공의 모든 것을 나에게 일임했다. 그래서 나는 봐선 안 될 것들을 봤다. 살던 집의 내부를 보는 것만큼 참혹한 경험은 없을 것이다. 시공 노동자가 와서 장판을 들어내자 물기로 축축해진 시멘트 바닥이 보였고 벽을 타고 흘러내린 물자국을 따라 곰팡이가 시꺼멓게 들어차 있었다. 지난 수 년간 부인해온 집의 썩어 문드러진 맨살을 보자 나는 단숨에 두 눈이 베이는 고통을 느꼈다. 도대체가 이 집에서 어떠한 삶과 사랑이 가능했었나? 그러나 감히 이제 와서? 나는 그 집에서 여러 번 죽고 다시 태어났고 어느 날은 내가 집의 일부가 되어버렸다고 생각했다. 모로 누워 벽에 닿아 있던 나의 일부가 녹아서 끈적이며 벽지와 장판을 타고 흘러내렸던 것을 똑똑히 기억한다. 나는 옷이 더러워지는 줄도 모르고 내 위에서 질척이며 뒹굴었다. 참으로 아늑했었다. 이사 견적을 내기 위해 집에 방문한 업체 대표는 이런 집에서는 사람이 살 수 없다고 말했다. 나는 그 말에 얼굴이 벌겋게 달아올랐는데 그것은 내가 '이런 집'이 아니라 '이런 삶'을 사는 것에 대한 부끄러움 때문이었다.

나는 이제 깨끗하고 밝은 집에서 산다. 나는 에어컨 수리 기사가 실크 벽지에 남긴 손자국과 집들이의 손님들이 흘린 길고 까만 머리카락들에 강박적인 결벽 증세를 보인다. 저녁에는 해머가 돌아올 것이고 나는 그애와 밥을 먹고 영화를 보고 섹스를 할 것이다. 이 집은 해가 질 무렵이 제일 아름답다. 나는 대가를 치른 것이라고 혼자서 생각한다. 돌아가고 싶지 않다. 여기서 주저앉아 그저 문드러지고 싶다. 다시 서는 법을 모르게 될 정도로.

어느 날은 해머를 기다리면서 생각했다. 이제 적어도 앞으로의 내 삶은 해머를 기다리는 시간의 단위가 되는 것이 아닐까? 하루를 세는 단위가 더이상 이전의 의미가 아니고 다만 해머가 집으로 돌아오는 바로 그 순간만이 내게 유효해진 것은 아닐까? 어느 날은 그애에게 귀가 시간을 채근하는 문자를 보내고 있었다. 보내면서도 하나도 부끄럽지가 않았다. 나는 정말로 그애가 당장 집으로 돌아오길 바랐던 것이다. 다른 무엇보다 더 그애가 필요했다. 나는 무엇을 읽고 쓰고 바라고 또 낯선 매력적인 사람들과 알게 되고 어울리는 그 모든 정신적이고 추상적인 활동들보다 그애에게 당장 안길 수 있기를 원했다. 그리고 마침내 그애가 집으로 돌아와서 나를 안아주고 만져주고 키스해주자 나는 내가 할 수 있는 유일한 배신이란 어쩌면 그애가 그러도록 내버려두는 것이라고 생각했다. 나는 그애의 뜨거운 몸으로부터 할 수 있는 한 재빠르게 달아났다. 그애가 나를 안고 있는 동안 나는 내가 한때 알았던 많은 사람들을 보았고 또 그들과 보냈던 옛날을 회상했고 그때 그들이 나에게 줬던 경고들을 상기했고 어느 한 시점에 정박해 영원한 채로 남겨진 그들과의 미래를 훔쳐봤다. 오직 그애를 생각하는 것만이 불가능한 것처럼.

이런 식으로 나는 해머와 있으면서 그 어느 때보다 여자들을 자주 생각하게 되었다. 나는 비로소 그때 그 여자들이 왜 그렇게 말했는지 알 것 같다. 자격이 없다고 여겨지는 사람을 기다리는 사람이 되는 것에 대한 비참함. 그 기다림 앞에서 그저 여자가 되는 일의 비루함. 아무것도 아니면서 동시에 전부인 일들. 그래서 정신분석이 발명된 것이었나? 여자들이 말할 장소를 찾게 하기 위해서… 나는 이제 여자들과 섹스하는 법조차 잊어버렸지만 해머의 큼직한 손을 볼 때마다 언니와의 섹스가 떠오른다. 내가 그 손을 얼마나 사랑했는지. 또 천박하지만 연인들에게만 허락된 친근한 장난들을 그애에게 자연스럽게 시도하면서 나는 내 신체에 축적된 진진의 버릇을 발견하고 갑작스럽게 놀란다. 그리고 해머의 서투르고 쩔쩔매는 반응이 귀여워 보일 때쯤 나는 진진이 얼마나 나를 사랑했는지를 깨닫는다. 나는 진진에게 많은 설명과 해명을 요구했지만 이제서야 왜 진진이 그렇게나 남김없이 내게 돈과 시간을 썼는지 알겠다. 왜 때때로 끔찍하게 꼬인 못된 말들을 나에게 했었는지도. 진진은 대부분 다정했지만 술에 취했을 때는 무서운 말을 해서 곧잘 나를 얼어붙게 했다. 이제 진진은 나의 연락을 받지 않지만 그녀는 그러기 위해서 나에게 백만 원을 송금했다. 나는 그녀가 한때 약속한 나와의 미래에 대한 책임을 다하려고 했다는 것을 안다.

나는 지금 아무런 미련도 죄책감도 없이 진진을 생각한다. 오로지 해머에게 안겨 있을 때만 나는 해머를 배신하고 진진을 모욕하기 위해 이런 추한 생각들을 한다. 그러다 충분히 배신했다고 생각할 때쯤, 나는 더이상 누구의 이름도 떠올려 내지 못한다.

어떻게 그 모든 씨발 것들을 겪고도 계속해서,

20210729

어쩌면 이런 식으로 계속 살아서는 안 될지도.

아니 안 될지도, 그런 어중간한 말로는 안 된다. 이렇게 계속 살면 안 된다. 이렇게는 할 수 없다. 오늘 밥을 지으면서도 그랬다. 순두부찌개를 끓이고 계란말이를 만들고 쌀밥을 안치면서, 해머에게 맛있고 좋은 것들을 잔뜩 먹이고 싶다는 마음이 포동포동하게 차오르는 것을 느끼면서, 여기서 도망쳐야 된다고. 빌어먹게 황홀한 그 살덩어리, 해머를 지긋지긋한 늦잠처럼 뿌리쳐야 된다고. 아주 부서지도록 이를 악물고 씨발 막 흘린 음식처럼 탁 쳐내야 된다고. 이럴 때의 나는 당장이라도 엄청나게 다른 사람이 될 수 있을 것만 같다. 뒤를 돌아보기만 하면 이제 그다음 장면은 쑤욱하고 내 껍데기로부터 빠져나오는 것이다. 더없이 상쾌하고 가뿐하게. 사실은 생살을 찢고 벌리면서 태어날 수밖에 없는데도. (그러니까 여성적 육체의 현실은 〈엑스 마키나〉가 아니고 〈에일리언〉인 셈이다.)

해머의 축축하고 따뜻한 사랑. 마치 욕조에 잠긴 것처럼.

나는 빠른 속도로 해머의 내장 속에서 용해되고 있는 것 같다. 또는 거기에 뿌리를 내리려고 하거나… 이애는 정말로 나를 보듬고 안아주는 것 외에 다른 어떤 궁극적이고 추상적인 소망을 품고 있지 않은 것 같다. 그게 나를 두렵도록 전율하게 한다. 그애가 소망하는 것은 나일 뿐 나로 인한 어떤 부산물에도 있지 않다(고 나는 느낀다). 두 육체가 하나가 되려는 위태롭고 불가능한 열망…(바타유가 이런 말을 했다.) 해머는 그애와 내 피부 사이에 어떤 틈도 허락하지 않으려는 것처럼 내 온몸을 칭칭 감싼다. 그 포옹엔 절박하다기엔 어딘가 집착적인 끈질김이 있다. 마치 조금만 더 바짝 끌어안는다면 우리가 서로에게 흡수될 것처럼. 나는 지금 플라톤의 향연에 등장하는, 지금은 이름이 기억이 나지 않는 누군가의 연설을 떠올리고 있다. …어쩌면 우리는 처음부터… 여기까지 생각해내자 뱃속에서부터 뜨거운 수치심이 올라온다. 문장을 끝내도록 하자. 어쩌면 우리는 처음부터 한 피부였던 것은 아닐까? 그렇다면 우리가 닿아 있지 않은 모든 시간들이란 곧 찢어지는 상실의 후유증, 멜랑콜리가 아닐까? 나는 너를 기다리는 동안에 니가 가까이 오고 있다는 걸 분명히 감지하면서 몹시 울적해져. 아무리 가까워도 충분히 가까울 수 없다는 사실 때문에 나는 (결국엔) 너를 원망하게 돼. 단지 십 분을 너를 기다린다고 해도 이 시간들은 나를 대체로 비현실적인 나쁜 상상들의 연쇄적인 가능성 속으로 빠뜨리게 되지. 거기서 나는 한참을 버려진 채로 오직 네가 나를 구해주기만을 바라면서 떨고 울고 웅크리고 있어. 어느 날 네가 결국 오지 않는다면 나는 앞으로 평생 여기서 살아가야 하겠지. 그런 생각을 하면 벌써부터 아득한 나락으로 떨어지는 기분이 든다. 이제 낮 동안에 나라는 독립적인 한 개인으로서 가졌던 경험과 사고와 감정들은 오로지 그애의 부재를 견디기 위한 마취제로 전락했다. 나는 도대체 어떻게 이런 일이 여전히 가능한 것인지 묻고 싶다. 어떻게 누군가의 삶에서 이런 일이, 어떻게 그 모든 씨발 것들을 겪고도 계속해서, 아니 더더더 병적으로 깊어질 수 있는지. 이제 꼬박 일 년이 지났는데도 여전히 끈적한 늪에 빠진 기분이다. 삶을 건설적으로 그리고 의욕적으로 추진해야 할 시기라는 것을 머리로는 충분히 알고는 있지만 해머의 몸, 해머의 온도가 내게 꼭 맞춘 아늑한 이불처럼 내 위에 덮일 때, 나는 잠식당한다. 이대로 모든 것이 녹아 사라져도 좋을 것만 같은 극치의 행복감. 나는 동물처럼 신음한다. 나의 살이 흐느끼는 소리. 그러자 발치에서 나의 가장 예리한 부분, 공들여 제련한 영혼이 투박하게 굴러다니는 것이 느껴진다. 이것은 혐오할 만한 일이다. 그러나 무엇보다 탄식할 만한 일이다.

해머가 지금 군대를 간다면 얼마나 좋을까! 하지만 그애와 노는 건 너무 재미있다. 언젠가 오랫동안 동거한 두 사람의 집에 놀러갔을 때, 그들이 얼마나 폐쇄적이었고 또 그들끼리의 소박하고 유치한 말장난으로 즐거워했는지를 떠올리면 끔찍한 기분이 든다. 엉망진창이 되고 싶다. 별것 없지만 조잡하고 수치스러운 사고를 치면서…

새벽 네시나 돼서야 살 만한 기온이 되었다고 느낀다.

씨발 당연히 혼자 해야지

20210804

지난 2일은 생일이었는데 파티를 하지 못해서 우울했다(이게 우울한 이유의 전부라고 생각하면 좀 애새끼 아냐? 싶은데 진짜로 이게 이유의 전부다… P에서의 생일 파티, 그게 아니더라도 어쨌든 떠들썩하고도 엉망이었던 파티들을 떠올리면 거의 비현실적인 기분에 사로잡힌다. 그게 진짜로 있었던 일이라고? 그런 게, 누구든 오는 사람들을 이름도 모르면서 환영하고 손을 붙잡고 술을 권하고, 그러다가 술기운에 못 이겨서 아무데서나 쓰러져서 잠을 자는, 그런 게 씨발 가능했다고? 아니… 그냥 없었던 셈 치고 살아가…)

왜 어떤 사람들은 어두운 곳에서 몸을 숨기고 술을 마시고 춤을 추지 못하면 죽어버리거나 하는 것인지? 정말 불편한 본성이 아닐 수가 없다.

전반적으로 무뎌지고 뭉툭해지고 있다. 대단한 사람들이 내 옆에 있어주지 않았다면 애초에 끝장이 났을 것이다. 이런 애매한 열정 따위는.

아무튼 이제 만으로도 완전히 서른한 살이 되어버렸다. 고작 서른한 살인데 벌써부터 내가 예전에는, 이라든지 혹은 제가 지금 이 나이가 되고 보니까, 같은 말들, 그러니까 통찰을 가장하고는 있지만 대체로는 서른 언저리 위아래에 속한 모두를 동시에 기분 나쁘게 할 수 있는 불행한 말들을 계속 지껄이고 있다. 이런 종류의 통찰이 누구에게라도 도움되거나 그들 인생에 적용될 수 있으리라고는 생각하지 않는다. 그것들은 너무나 특수한 나의 경험이기 때문에. 내가 그렇게 만들었기 때문에. 다른 서른 살들이 서른한 살이 되었다고 해서 나와 똑같은 경험을 하진 않을 것이다. '나의 서른한 살'이라는 특수함은 (더 많은 자기 설명을 발명해야 하는) 나에게는 장기적인 프로젝트로서 유용하겠지만, 대부분의 불행한 녀석들에게는 지나가는 헛소리로만 들릴 것이다. 그것은 존나 당연한 일이다.

여기까지 쓰고 나니 갑자기 인생 존나 혼자 사는 것이라는 생각에 무척 고독해졌지만, 씨발 당연히 혼자 해야지, 그럼 뭐 여럿이서 할 건가? 어차피 참지도 못할 거면서.

아무튼 일을 해야 한다.

일을 해야지 돈을 벌고 그래야지 혼자서도 살아갈 수 있게 된다…

이런 생각들에 몰두하고 있다보면 엄청나게 황망한 기분에 사로잡힌다. 그래서 어떤 때는 아 씨발 다 그만두고 그냥 '시골'(통칭)에나 갈까? 이딴 생각을, 그러니까 그렇게 이를 갈고 다시는 돌아가지 않으리라고 생각했던 그 온갖 차별과 혐오, 무식의 생산지와도 같은, 자애로운 어머니의 가슴, 경상남도 김해시에 위치한 진례면사무소에 전입신고라도 해버리고 싶다는 생각이… 아니 절대로 그런 일을 맨정신에 하지는 않는다… (그리고 언젠가 네가 물어봤었지? 어떻게 혼자서 이 모든 걸 다 하느냐고? 나는 그래서 사랑에 빠진 척 누가 날 데려가주기를, 내게 밥을 사주고 잠을 재워줄 아무나를 기다렸지.)

가을 전어가 먹고 싶다

20210810

나는 얼마 전부터 하던 일을 전부 멈췄다. 그래서 새벽의 독서와 새벽의 글쓰기가 남았다. 이게 이렇게 은혜로운 일인 줄 알았다면 진작에 시도했을 것이다. 작년과 재작년, 그리고 그전의 전의 전의 해에 이르는 모든 폭발적인 새벽들이 기억난다. 문장을 쥐어짜내고 마음이 앞선 논리의 도약(비약?)들 사이를 억지로 메꾸려고 하는 동안에 새벽은 눈 깜짝할 사이에 지나갔다. 단지 기억하는 것은 에너지 드링크와 담배를 물고 축축하고 무거운 새벽 공기를 들이마시던 순간들이다. 초조하게, 머릿속에서 기적이나 계시 같은 것들이 번뜩이지 않을까 기대하면서. 아무튼 그런 식으로 서성거리는 짧은 포즈pause가 없었더라면 무엇도 해낼 수 없었을 것 같다. 담배를 피우러 나와서는 이다음 번 담배를 피우러 올 때는 무조건 완성되어 있는 채로 아주 개운하고 시원한 마음으로 자리를 박차고 나오게 될 거야, 같은 희망을 품기도 했다. 그런 일들은 자주 일어나지는 않았지만 이런 자기최면은 강력한 보상체계로 자리잡았다. 그러고는 몇 년인가가 흘렀던 것 같다.

…

할말이 없다. 할말이 없는 이유는 정말로 누구에게 기쁨이든 수치심이든 역겨움이든 아무튼 내가 느끼는 그런 마음들을 전할 이유를 모르기 때문이다. 영구적으로 이렇게 변형된 것이 아니길 바란다. 나는 최근에 뭉툭하고 딱딱해졌다. 다행스럽게도 내부에서부터 굳어버린 것은 아니고(이런 경화 상태를 우울증적이라 분류할 수 있다면) 차라리 오랫동안의 집 짐승 생활로 자기보호 차원에서 피부가 자신의 두께와 감도를 필요 이상으로 늘린 탓이라 볼 수 있겠다. 난 요즘 사람들과 조금만 대화를 해도 생채기가 금세 생기고 잘 낫지를 않는다(고 느낀다). 거리를 두고 나를 관찰하면 곧 극단적인 수준으로 개방성과 폐쇄성이 병존하고 있다는 걸 발견할 수 있다. 누군가에게 완전히 착 달라붙어 밀착된 채로 그 관계 속에서 용해돼버리고 싶고, 그럴 준비가 언제든지 되어 있는 반면에, 또 너무 쉽게 버림받음과 방치당함, 부정당함과 같은 (타인에 의한) 자기평가에 촉각적으로 예민하게 반응할 준비 또한 되어 있는 것이다.

내 생각에 이건 지난 일 년간 점진적으로 그러나 유의미한 수준으로 감소된 새로운 사람 만남과 모임의 횟수 때문이다.

물론 이것 때문만이라고 할 수는 없지만 몸의 표면과 내부가 이렇게나 예민해지고 변덕스러워진 까닭은 이런 이유가 큰 것 같다. 사람이 내 주변에 한 명 이상 존재하기만 해도 나는 귀와 안구, 뇌와 두개골의 틈새가 떨리는 걸 느낄 수 있다. 그렇게까지 경계할 이유가 전혀 없는데도. 아무 정제 거치지 않은 허튼 말, 쓸데없는 말, 너무 많은 말을 눈도 못 마주치고 쏟아내고 난 다음에야 내가 그들을 당황스럽게 했다는 것을 알게 된다. 어떤 때는 전혀 사인이 맞지 않아 상대와 서로 같은 주제라고 간주했지만 사실은 아예 다른 주제로 얘기하고 있었던 때도 있었다. 이건 전적으로 내 탓은 아니다. 그러니까 이런 상황에 다소 자폐적이고 산만하게 적응했다면, (만약 상대가 나와 비슷한 물질로 이루어진 사람일 경우에) 상대 역시 그만의 문제의 시달리고 있을 것이기 때문이다. 물론 이런 식으로 성격적 결함을 얼버무릴 생각은 없지만 내가 생각보다 더 반성적이고 심지어 자학적인 사람이라면 대충 이 정도로 해둬야 최소한 복구 불가능한 상해를 입지는 않을 것 같다…

아니 다 거짓말이다.

나는 이미 상해를 입었고 반추 속에서 영원한 수치심에 몸부림을 치고 있다… (예: 그때 씨발 나랑 놀아준 사람들 대체 왜 놀아줬던 거지? 그런데도 쪽팔리게 해서 죄송했어요? 다신 나를 안 보는 것도 무리는 아니지만 조금의 자비심도 없나? 아니 아무래도 죄송합니다… 등등.)

뭐가 됐든 마음을 비우고 엄청 읽고 엄청 토하는 수밖에 없다.

내일은 반드시 미뤄둔 일을 시작해야 한다. 그리고 귀찮은 일들도 마무리해야 한다. 맛있고 비싼 밥이 먹고 싶다. 가을 전어가 먹고 싶다. 전어무침, 전어회, 전어구이… 그리고… 뜨끈한 조개탕과 생선구이 같은 것을 두고 사케를 마시고 싶다. 좋아하는 사람들이랑. 아마 그럴 때가 영원히 오지 않을 때를 대비해서 나는 어쩌면 다른 방식으로 존재하기를 배워야 할지도 모르겠다. 그런데 씨발 죽어도 그러기가 싫다.

최근에 머리를 아주 짧게 잘랐는데 탈색 때문에 다운펌이 안 돼서 소위 쥐 파먹힌 머리가 되었고, 여권을 아직 구청에서 회수 못했으며, 담배를 많이 피우고, 변비가 조금 있으며, 내일이 수강신청인데 뭘 들을지 여전히 결정 못했고, 이번 학기 논문 준비를 해야 하고, 돌려받지 못한 애정과 인정 때문에 때때로 들쑤시듯 마음이 아프다. 이렇게 쓰면서, 쓰는 동안에, 나는 이런 일들이 글자로 적힐 수 있을 만큼의 일, 아무것도 아닌 일이라는 걸 확인한다. 그러고는 안심한다.

이제 이것에 대해서는 그만 말하자

20210829

갑자기 네덜란드에 와 있다. 그리고 며칠 뒤에는 독일로 간다. 엄청나게 잘 자고 있다는 거 외에는 특별하게 달라진 점이 없다. 한번 잠에 빠지면 풍부하고 괴상한, 꿈다운 꿈들을 아주 오랫동안 꾼다. 떠나기 전까지의 목표: 미술관을 많이 가고 서점을 열심히 뒤져본다. 또 사람들을 챙기고 그들이 부탁한 것들을 잊지 말기.

최근에는 어떤 사람들에게 감사 인사를 하기, 밥을 먹이고 선물을 챙기기, 이런 것들을 할일 목록에 남기는 일이 잦아졌다. 왜냐하면 내가 본성상 극도로 배은망덕하고 이기적이라서. 계속되는 호의를 인지조차 못하고 결국 정말 원치 않았던 방향으로 관계를 소원하게 만드는 경향이 있기 때문에. 그래서 지금 이 글을 쓰는 와중에도 뭔가가 마멸되고 있을 것이다.

삼 년 전에도 이곳에 있었던 것이 생각난다. 그때 어떤 이라크 난민과 소꿉장난 같은 연애를 했던 것 같은데… 나는 그때 독일어를 아주 조금은 했었다. 그 외의 디테일: 그 남자와 섹스를 한 흔적 때문에 에어비엔비 주인이 엄청나게 화를 냈었다. 그는 한 살배기 아기를 태운 유모차를 끌고 내게 열쇠를 건네줬었다. 그 집에는 주디스 버틀러의 『젠더 트러블』이 꽂혀 있었다. 나중에 화가 난 그 사람에게 미안하다고, 그런데 나도 주디스 버틀러의 팬이라고 말했다. 웃기지도 않는 변명이다. 그것도 내가 아니라 계정을 빌려준 마리가 대신 그렇게 말해줬다. 나와 그 유치한 연애를 했던 남자는 한 달에 몇 번인가 난민 신고를 하기 위해 시청 같은 곳에 가야만 했다. 그가 사진으로 보여줬던, 사람들이 다닥다닥 붙어서 자기 차례를 기다리고 있던 대피소 같은 그 광경이 문득 기억났다. 그도 그럴 것이 거리 두기를 포기한 인간들이 핀셋처럼 꽂힌 이코노미석에서의 열한 시간 반의 비행이 너무 끔찍했어서…

당장 9월 17일 이후에는 어떻게 해야 할지, (여기로 돌아올지 아니면 베를린에서 다른 숙소를 잡아야 할지) 전혀 모르겠다. 오늘중에는 정해야 하는데 무슨 남의 일을 대신하려는 것처럼 성가시고 대수롭지가 않게 느껴진다. 대충 어떻게든 될 것만 같다. 이왕 왔으니 배우는 것이 있어야 할 것 같은 압박에서 은은하게 뒷걸음질치려고 한다. 그러기가 싫다.

지난 몇 주간 거의 한 가지 일만 했는데 이런 경험이 처음이어서 내가 모르던 한계와 자주 마주쳤다. 시간이 있었다면 어떻게(더 낫게) 했을 것이다, 같은 삶에서의 안타까운 가정들은 사실은 얼마간 시간이 더 주어진다고 해도 내가 나인 한에서는 별볼일 없는 넋두리에 지나지 않는다. 더구나 시간을 많이 투자했다고 느껴지는 만큼 그것에 적절한 보상이 있으리라 기대하는 노예적인 상태를 감지하는 게 너무 끔찍하게 창피스럽다. 아무튼 이렇게 저렇게 하려는 선택지들이 있었고, 그중에서 나는 가장 유순하고 타협적인 방식을 택했다. 그렇게 하지 않아도 되었는데 도대체 왜 그렇게 쫄보였던 것인지 새삼 떠올릴 때마다 고통이 되살아난다. 문장 단위로 힐긋대며 남 눈치를 보거나 쥐뿔도 모르면서 선언을 해대고 있으니… 나는 그저 하나의 거대한 수치덩어리를 널따랗게 펼쳐논 것만 같은 형국의 뭔가를 만든 것뿐이다. 이제 이것에 대해서는 그만 말하자. 그냥 다음 글을 시작하면 된다.

(모든게너무존나게지겹다)

헐, 우선은 하고 있던 것들을 다 쳐내야겠다, 그러고 나서…

작가의 말

작가의 말

이 책은 2016년부터 2021년까지 블로그와 메모장에 쓴 일기 중 일부를 모으고 다듬은 결과물이다. 나는 살기 위해서 일기를 썼다. 일기가 나를 살렸다. 책에 등장하는 많은 이름들 역시 마찬가지다. 나와 관계를 맺어주어서, 나를 견뎌주어서 고맙다. 특히 말 그대로 나를 먹여주고 재워준 마리, 언니, 진진, 해머, Y 선생님, J 선생님께 감사한다.

2024년 봄

이연숙

여기서는 여기서만 가능한

초판 1쇄 발행 2024년 3월 29일
초판 2쇄 발행 2024년 4월 15일

지은이 이연숙
펴낸이 김민정
책임편집 유성원 편집 김동휘 권현승
디자인 퍼머넌트 잉크
저작권 박지영 형소진 최은진 서연주 오서영
마케팅 정민호 박치우 한민아 이민경 박진희 정유선 황승현
브랜딩 함유지 함근아 고보미 박민재 김희숙 박다솔 조다현 정승민 배진성
제작 강신은 김동욱 이순호
제작처 더블비(인쇄) 천광인쇄사(제본)

펴낸곳 (주)난다
출판등록 2016년 8월 25일 제406-2016-000108호
주소 10881 경기도 파주시 회동길 210
전자우편 nandatoogo@gmail.com
페이스북 @nandaisart | 인스타그램 @nandaisart
문의전화 031-955-8865(편집) 031-955-2689(마케팅) 031-955-8855(팩스)

ISBN 979-11-91859-82-9 03810

○ 난다는 (주)문학동네의 계열사입니다.
○ 잘못된 책은 구입하신 서점에서 교환해드립니다.
기타 교환 문의: 031) 955-2661, 3580